LA FEMME SANS TÊTE

Antoine Albertini est chargé de la rubrique « Police » au *Monde*. Il est notamment l'auteur de *Malamorte*, des *Invisibles* et de *La Femme sans tête*, un roman basé sur des faits réels.

Paru au Livre de Poche :

BANDITI
MALAMORTE

ANTOINE ALBERTINI

La Femme sans tête

Enquête sur une affaire classée

ROMAN

GRASSET

© Éditions Grasset & Fasquelle, 2013.
ISBN : 978-2-253-18151-4 – 1re publication LGF

Aux femmes qui ont compté :
Kiline, ma mère.
Camille, ma meilleure amie.
Ariane, qui a permis cela.

Tout particulièrement, à Callista.

S'hé distessu ind'é l'aria un affanu di morte
E' so fatti di marmaru i visi sott'à lu sole

Dans l'air s'est répandue une mortelle angoisse
Le soleil n'éclaire plus que des visages de marbre

À Filetta (Sumiglia)

PREMIÈRE PARTIE

« Cette sinistre affaire criminelle ne peut être que l'œuvre d'un esprit malade, peut-être d'un fou... Elle ne peut en aucun cas ternir la réputation de notre commune et de ses habitants. »

Interview de Roch Sisti, maire de Santa-Lucia,
Corse-Matin, 9 août 1988.

Chapitre 1

L'après-midi du 7 août 1988, le vieux Pierre-Ange Cristofari, doyen de San Ghjacintu, un minuscule hameau perché sur les hauteurs de Santa-Lucia, dans le Cap Corse, convoqua ses trois enfants autour de son lit d'agonie. Le fils et les deux filles Cristofari savaient proche la fin de leur père, aussi quittèrent-ils leurs occupations pour emprunter la route du petit village où ils avaient grandi. Au début de l'après-midi, tous trois se retrouvèrent devant la porte de la maison familiale, une petite habitation sans prétention aux murs en pierre sèche, semblable aux autres petites habitations sans prétention de San Ghjacintu. Leurs regards étaient lourds lorsqu'ils entrèrent, le fils d'abord, ses sœurs ensuite, dans le vestibule ouvrant sur un étroit couloir au bout duquel ils pouvaient deviner les râles du vieux Pierre-Ange. Le cancer lui rongeait le ventre et les os depuis des mois, comme un charognard tapi dans les profondeurs de son corps ; la douleur causée par le traitement lui occasionnait des nausées atroces mais personne ne l'avait jamais entendu se plaindre. Son courage, la force qu'il tirait d'une vie simple et frugale, lui avaient permis de conserver une humeur égale, même aux pires heures de sa maladie.

D'après les médecins, qu'il ait survécu si longtemps à son âge constituait déjà un miracle, le don de Dieu aux enfants Cristofari, dont l'univers avait longtemps tourné autour de la figure aimable et débonnaire de leur père. C'est pourquoi, le jour où il leur avait révélé la nature et l'étendue de son mal, ils s'étaient juré de passer ses dernières heures auprès de lui.

Lorsqu'ils poussèrent la porte de la chambre, dans la pénombre où perçait un rai de lumière sous les volets fermés, leur père se tenait à moitié assis sur le lit, le dos appuyé sur deux épais oreillers que l'infirmière avait soigneusement arrangés lors de sa visite quotidienne. C'était une brave fille du village, une parente éloignée de sa femme, emportée quelques années plus tôt par une mauvaise congestion. Elle prenait soin de lui comme elle l'aurait fait pour son propre grand-père, le genre d'attentions qui pouvaient encore avoir un sens en ces temps-là, il y a à peine plus de vingt-cinq ans, dans un hameau comme celui de San Ghjacintu.

Pierre-Ange accueillit ses enfants d'un grand sourire. Autrefois harmonieux et bien proportionné, la maladie et la souffrance avaient transformé son visage en un masque fripé au milieu duquel seuls ses yeux, d'un bleu étincelant, semblaient encore briller. Il ne parla pas très longtemps, il n'en avait plus la force. Mais ce qu'il demanda à ses enfants jeta dans leur esprit un grand doute. Quand ils quittèrent la chambre de leur père pour se retrouver dans la lumière aveuglante de l'été, ce doute était déjà devenu de l'inquiétude.

Pourquoi leur père leur avait-il fait jurer de l'enterrer « en haut et à droite » du caveau familial, dans le cimetière marin de Santa-Lucia ? Pourquoi le vieux Pierre-Ange avait-il insisté, de cette voix sifflante qui résonnerait longtemps dans leurs souvenirs, pour être enseveli à cet endroit précis ? Cette tocade ne leur paraissait pas seulement saugrenue. Elle renversait aussi les mois d'âpres négociations familiales qui avaient suivi la construction du caveau, des mois pendant lesquels, comme le voulait la tradition locale, les Cristofari vivants s'étaient vus morts, se disputant les places qu'ils occuperaient pour l'éternité en fonction de subtiles préséances d'aînesse et de l'affection portée à leurs chers disparus. Or, l'emplacement revendiqué par leur père devait revenir à la cadette des Cristofari, une cousine âgée d'à peine vingt ans. Que le vieux Pierre-Ange, si soucieux de préserver la bonne entente de la famille, toujours prévenant et préoccupé du sort des siens, ait pu faire aussi peu cas de cet accord, voilà qui laissait perplexes ses propres enfants.

On attribua d'abord la lubie du vieillard à un accès de sénilité, un de ces flottements d'avant la mort où l'esprit se dérobe à lui-même et jette le trouble dans le cœur des parents endeuillés. Mais devant son impatience et le souhait renouvelé de rejoindre la tombe située « en haut et à droite » du caveau – il brûla ses dernières forces dans un ultime appel téléphonique à son fils le soir même –, les réticences finirent par céder et le vieux Pierre-Ange, assuré du respect de ses dernières volontés, rendait son ultime souffle le lendemain, aux premières lueurs de l'aube.

Ce jour-là, vers le milieu de l'après-midi, son fils avisa un certain Antone Curcio, un ouvrier d'origine piémontaise dont les talents de maçon lui valaient parfois d'être employé comme fossoyeur du village, qu'il faudrait desceller la plaque de marbre « en haut et à droite du caveau » pour préparer les funérailles. Curcio enfourcha aussitôt sa Mobylette rouge, dévala la route pentue qui menait de San Ghjacintu (où lui aussi résidait) au cimetière de Santa-Lucia, puis il poussa la lourde grille de fer qui en condamnait l'accès. Sans plus attendre, il prépara sa gâche et son mortier et disposa soigneusement ses outils sur une bâche de plastique vert étalée au sol pour ne pas souiller les pavés de lauze du cimetière. Une fois qu'il eut terminé, il repoussa sa casquette sur l'arrière de son crâne, dit une prière pour le vieux Pierre-Ange, qui s'était toujours montré aimable et bon avec lui, puis il épongea son front d'un revers du poignet et décida d'attendre des heures plus fraîches pour se mettre à l'ouvrage. Il gagna un coin ombragé du minuscule cimetière, s'assit un instant entre deux caveaux et finit par s'assoupir, bercé par le murmure de la mer en contrebas.

Lorsqu'il se réveilla, les ombres s'étiraient déjà entre les tombes. À l'ouest, au-dessus des collines frangées d'une lumière dorée, le soleil quittait la vallée de Santa-Lucia et des milliards de grains de poussière semblaient danser dans ses derniers rayons. Le moment était venu.

Curcio s'approcha du caveau des Cristofari. Mentalement, il se répéta les instructions données par le fils au téléphone : « En haut et à droite ». Il enfonça délicatement un coin de bois de hêtre dans l'interstice entre la plaque de marbre et le rebord du caveau puis, en donnant de petits coups de *mazzetta*, parvint à faire levier sur la lourde plaque, qu'il retint des deux mains. Il se pencha pour la déposer avec précaution sur le sol.

Lorsqu'il releva la tête pour inspecter le trou noir du caveau, il ne put retenir un hurlement. Un cadavre desséché et décapité reposait à l'intérieur.

*

J'avais treize ans à l'époque et mon père l'âge qui est le mien alors que je tente d'ordonner mes pensées à travers ces lignes. C'était un homme fait, qui avait bien mieux réussi que moi aujourd'hui. Son cabinet d'avocat lui procurait de substantiels revenus grâce auxquels nous déménagions, l'été venu, de notre appartement de Bastia pour prendre nos quartiers dans une grande maison au bord de la mer, une villa massive posée sur des rochers noirs et tranchants comme des lames.

J'aimais mon père plus encore qu'aujourd'hui. J'aimais la douceur de ma mère, ses rires, sa manière de tenir le drame à distance de notre quotidien, j'aimais les airs de jazz qu'elle choisissait pour donner une autre couleur aux matins des dimanches, sa musique et ses fredonnements qui remplissaient le grand salon ouvert sur l'infini du bleu ; j'aimais la bonté affleurant à chacun de ses gestes, si pure et si naturelle.

Ma mère avait une âme parfaite mais mon père me fascinait. Sa rage et sa violence, ses manières de divinité omnipotente que rien ne paraissait affecter – tout cela nourrissait ma crainte et ma vénération. Je voulais lui ressembler, me montrer dur et rieur, incapable de la moindre concession. Mon père était un continent inexploré, une contrée secrète et hostile hérissée de barbelés. Tout le monde avait son avis sur lui, saisi au hasard d'une conversation. Il n'était pas tout à fait un notable, pas tout à fait une figure de la vie locale mais cependant assez connu en ville pour que son existence suscite des commentaires – bons ou mauvais, parfois entre les deux. Mon père ne se livrait jamais, il ordonnait simplement et attendait que ses commandements soient accomplis. Il était mon dieu et je lui étais soumis, réduit au statut de victime que je combats encore aujourd'hui.

En 1988, je n'étais rien d'autre qu'un enfant naïf, un bon élève et un fils obéissant. J'étais encore le petit Antoine, « le fils Albertini ».

Le 9 août de cette année-là, au début de l'après-midi – je revois la scène aussi nettement que si elle datait d'hier –, mon père quitta la table du déjeuner sous l'auvent de la terrasse pour s'allonger sur le canapé du salon. Une brise légère venue du large faisait trembler les rideaux blancs, apportant avec elle un discret parfum d'iode. Pour tout vêtement, mon père portait un short de sport bleu électrique et, dissimulé comme un trésor enfoui dans les poils noirs de sa poitrine, un monstrueux pendentif en or massif figurant une tête de Christ grossièrement sculptée, aux minuscules yeux de saphir. Ma sœur, ma mère et moi détestions ce bijou.

Allongé sur le sofa, il posa son bras sur son front, parut réfléchir un instant puis se redressa et, sans me regarder, déplia l'exemplaire du jour de Corse-Matin. *Il se tenait assis sur le bord du canapé. La tête de Christ doré oscillait à son cou comme un pendule. J'entendis un long sifflement, je vis les sourcils froncés et sa mâchoire se contracter. À la une du journal s'étalait le titre du jour, en caractères gras : « Un corps sans tête découvert à Santa-Lucia ».*

Je revois la silhouette massive penchée sur le titre rouge, les grosses lettres d'encre noire. J'entends encore la voix glacée de mon père : « Quel est l'enfant de putain qui a bien pu faire ça ? »

Depuis, je me pose la même question.

Chapitre 2

En 1988, Santa-Lucia n'était pas très différente de ce qu'elle est encore aujourd'hui : une ébauche de village, comme tracée à main levée par un urbaniste paresseux. C'est un endroit sans âme qui perd son temps à se prendre pour une station balnéaire, coincé entre Bastia au sud et un chapelet de marines pittoresques semées le long de la route du Cap Corse au nord de Lavasina, Erbalunga, Siscu, Petracurbara, Porticciolu, Santa-Severa : tous comptent au moins une curiosité locale, une vieille chapelle, quelques criques, un petit port de pêche.

Mais à Santa-Lucia, on ne trouve aucun effet du pittoresque ; pas la moindre ruelle pentue dévalant vers l'eau bleue ; pas une seule fontaine crachotant un mince filet d'eau de source ; aucune place de l'église à l'ombre des platanes. La seule curiosité historique, une splendide tour génoise, est aujourd'hui dissimulée derrière un immeuble proposant des « studios à louer, été comme hiver » grâce à la judicieuse décision d'un promoteur immobilier.

La tour génoise de Santa-Lucia ne figure donc sur aucune brochure touristique. Sa seule utilité est d'offrir une ombre rafraîchissante aux interminables parties de boules entre villageois et, l'hiver venu, de soutenir une guirlande lumineuse souhaitant « *Pace e Salute* » à qui peut l'apercevoir depuis la route, c'est-à-dire à personne.

Le village en lui-même se concentre sur cinquante mètres de trottoir, de part et d'autre de la départementale numéro 80, que les locaux appellent simplement la « route du Cap ». À l'entrée, à gauche en venant de Bastia, le camping *Les Oliviers* accueille chaque été une solide clientèle de touristes, principalement allemands et italiens. En face, de l'autre côté de la route, une plage de galets épouse la courbe du rivage sur environ deux cents mètres. Elle est délimitée, au sud, par une petite rivière qui vient se jeter dans la mer et, au nord, par la vieille tour abandonnée. Pour le reste, Santa-Lucia n'a rien d'autre à offrir qu'un minimal commerce de proximité : un unique bar à l'enseigne du *Pacifico* jouxte une boucherie à la façade ornée de mosaïque blanche et rouge, juste en face de la pharmacie Mariani, propriété d'un adjoint au maire de la commune. Même la route du Cap Corse, sinueuse et trouble, consent à infléchir son tracé, comme si la topographie commandait de traverser l'endroit en quatrième vitesse. Aux abords de Santa-Lucia, elle se détend en une longue ligne droite semée de pavillons les pieds dans l'eau, avant de se tordre à nouveau, à la sortie du village, en lacet frôlant le précipice.

C'est ici, au bout de la ligne droite, qu'on trouve le cimetière de Santa-Lucia. Côté route, un mètre de trottoir le sépare de la chaussée. Côté mer, un mur de béton nu faisant office d'enceinte plonge dans une molle écume que décousent des rochers aux arêtes tranchantes, piquetées de milliers de trous creusés par le sel et le vent. La superficie du cimetière n'excède pas cent cinquante mètres carrés et la place y est si étroite que les morts s'y coudoient, rangés par étages dans des caveaux bâtis en hauteur pour gagner de l'espace. Parmi ces tombeaux, certains signalent la réussite sociale de quelques familles de commerçants du cru, en même temps qu'un discutable goût funéraire. Semblables à des maisonnettes de marbre rose, fermés par des portes à double vitrage en menuiserie inoxydable, leur façade se retrouve éclairée, la nuit venue, par des chapelets de fleurs artificielles alimentées à l'énergie solaire. Quand le soir descend en silence sur le repos des morts, à Santa-Lucia, ces diodes lumineuses se mettent à clignoter, jetant des lueurs de discothèque sur les autres tombes, bien plus nombreuses, où l'exil et le temps ont effacé le nom des lignées éteintes depuis longtemps. Depuis qu'on a quitté l'île pour aller faire le sergent dans la Coloniale, le maquereau à Toulon ou le ténor du barreau parisien.

Sans l'imposante croix qui en surmonte le chapiteau, le caveau des Cristofari pourrait passer pour simple et sans apprêt, à l'image de cette famille estimée dont on célèbre encore l'*estru paisanu*, le « bon sens paysan », du côté de San Ghjacintu et plus haut, sur les collines dominant Santa-Lucia. C'est une tombe de bonnes dimensions, ni prétentieuse ni misérable, aux ornements discrets, divisée en neuf niches d'égales dimensions – soixante-cinq centimètres de côté. L'une d'elle accueille depuis 1957 l'oncle Gavin, colonel d'infanterie dont le portrait saisi à la mode des photographies d'antan, tourné de trois quarts sans fixer l'objectif, semble veiller sur ceux de ses sœurs Annonciade et Gracieuse, qui l'ont suivi dans la tombe avant la fin des années 1970. Seules ces trois niches sont occupées. Les six autres restent vides.

Cet après-midi du 8 août 1988, sur le coup des 17 heures, une voiture banalisée freine le long du trottoir après avoir franchi deux barrages de gendarmerie. La circulation est coupée dans les deux sens de la départementale numéro 80, pour permettre aux véhicules de secours et à ceux de la gendarmerie d'accéder aux grilles du cimetière, devant lesquelles s'est massée une foule de curieux. On y reconnaît le maire du village, hagard, la main posée sur l'épaule du fils Cristofari, entouré de son conseil municipal et de dizaines de badauds en tricots de corps et chemises à fleurs, riverains, voisins du cimetière, habitants des petites villas plantées le long de la côte, et même des familles entières de touristes, accourues du camping *Les Oliviers* sitôt la nouvelle connue.

À peine descendu de sa voiture, le major Serrier, chef de la brigade de recherches de la gendarmerie de Bastia, comprend que les procédures n'ont pas été respectées. Il y a trop de monde aux alentours de la scène de crime. Les collègues de la brigade de Brando, un village situé à quatre kilomètres au nord de Santa-Lucia, ont été prévenus les premiers. Ils ne sont guère habitués à ce genre de situation. Rapidement débordés, ils ont dû demander des renforts à Bastia mais il était trop tard pour bien faire. Les pandores ont mis plus de vingt minutes avant de contenir la foule pressée aux abords du cimetière. À chaque mouvement derrière le mur d'enceinte, où les enquêteurs relèvent les indices, à chaque fois qu'une tête dépasse d'une tombe, qu'un morceau de combinaison blanche s'offre aux regards, une ondulation traverse la cohue comme s'il s'agissait d'un seul et même grand corps humain, secoué de curiosité, d'exclamations, de soupirs d'espoir ou d'exaspération.

Devant ce tableau, Serrier comprend mieux le coup de téléphone du procureur de Bastia, une vingtaine de minutes plus tôt :

— Filez à Santa-Lucia. Au cimetière. Il y a un problème.

— Un problème de quel ordre ? a demandé Serrier.

— D'un genre très particulier. Vous verrez là-bas. Je crains que… Je crains que ça ne soit relativement inédit. Même pour quelqu'un comme vous.

En soufflant, le major Serrier franchit les quelques pas qui le séparent de la grille d'entrée du cimetière, aux montants de laquelle est suspendu de guingois un panneau bleu menaçant de poursuites « les voleurs de fleurs ». Son arrivée provoque une nouvelle oscillation de la foule, surprise de constater qu'un civil – comme ses hommes de la brigade de recherches, Serrier ne porte pas d'uniforme – puisse se jouer aussi facilement des contrôles et de la haie de gendarmes qui barre l'accès au cimetière. Maintenant qu'il arpente le cimetière marin de ce village oubliable du Cap Corse, entouré d'une nuée de techniciens en combinaison blanche s'affairant près du caveau béant d'où l'on vient d'extraire une momie décapitée, Serrier comprend l'étendue de l'euphémisme – quelque chose de « relativement inédit ».

Après avoir descendu une volée de marches, il n'a qu'à suivre le bourdonnement des murmures des collègues chargés de l'enquête pour se repérer et gagner la troisième allée du cimetière, celle où une demi-douzaine de techniciens d'investigation criminelle engoncés dans leurs combinaisons blanches opèrent les premiers relevés d'indices. Alors qu'il fait quelques pas en direction de la tombe des Cristofari, un spécialiste de l'investigation criminelle lui adresse un clin d'œil derrière le masque de protection qui couvre le bas de son visage. Il tient entre ses mains un sac en plastique translucide à moitié rempli de ce qui ressemble à de la terre, ou des gravats, ou n'importe quoi de vaguement marron, une matière indéfinissable dont Serrier préfère ne pas connaître l'origine. « Cette affaire, elle est carrément pour toi », lui dit son collègue, et Serrier se demande quelle image il peut bien renvoyer aux autres gendarmes pour qu'à chaque mort, chaque cadavre, chaque assassinat, il entende cette même phrase, « une affaire pour toi ».

À quelques mètres du caveau, quatre pompiers font glisser la momie desséchée sur un brancard recouvert d'un drap blanc. Penchés au-dessus de la dépouille, avec des précautions d'archéologues au chevet d'une relique oubliée, ils font de leur mieux pour ne pas détourner le regard en saisissant délicatement le squelette avant de le reposer, avec une infinie douceur, sur le carré immaculé. L'espace d'un instant, Serrier se sent pris d'un malaise. Les images tourbillonnent dans son esprit. Ce n'est pas la vision du corps mutilé qui le saisit à cet instant mais autre chose, un pressentiment, comme si un poing invisible serrait son cœur si fort qu'il pourrait éclater à l'intérieur de sa poitrine.

Le soleil s'obscurcit. Serrier s'arrête un instant de faire les cent pas et la scène du cimetière, la foule massée derrière le mur d'enceinte, les silhouettes spectrales des experts de la gendarmerie, la cacophonie lumineuse scintillant sur les plaques de marbre noir, tout cela se confond dans une image réduite à deux dimensions, une anfractuosité dans l'espace et dans le temps au creux de laquelle il se tient immobile, les yeux fermés, surpris de vaciller et de sentir ses jambes fléchir imperceptiblement sous son poids.

Mentalement, Serrier compte jusqu'à cinq, égrenant patiemment les secondes, insensible au bruit et aux éclats de voix qui fusent dans le petit cimetière, aux exclamations des badauds lorsque le flash d'un appareil photo fige la scène du crime. Lorsqu'il rouvre les yeux, chaque chose a retrouvé sa place. Le maire de Santa-Lucia, la main posée sur la grille du cimetière, opine du chef sans oser croiser le regard du fils Cristofari, son visage agité de tics nerveux, dont les traits menaçants trahissent sa haine des *porchi*, ces salauds de cochons qui ont usurpé son deuil et celui de ses sœurs en entreposant ce cadavre dans *leur* caveau, où devait reposer *leur* père.

Plus loin, entourées de quatre gendarmes aux chemisettes bleu clair piquées de minuscules points de sueur, les filles du défunt se serrent l'une contre l'autre, le visage ombré d'un voile de dentelle noire, leurs mains crispées sur des mouchoirs froissés et humides. Oui, tout retrouve sa place, même la jeune et jolie juge d'instruction qui déboule au cimetière en engueulant les enquêteurs parce qu'ils ne font rien « comme il faut » et donne ses ordres comme si elle était officier de gendarmerie.

Serrier observe un instant la jeune femme. Elle est grande, paraît déborder de vitalité. Son chemisier blanc est tendu sur sa poitrine, ses longues jambes musclées serrées dans un blue-jean qu'on pourrait croire cousu à même la peau. Sans lui accorder un regard, elle s'approche du caveau, piétine au passage un morceau de Rubalise, le ruban jaune que les enquêteurs ont déroulé autour de la tombe des Cristofari.

Le major Serrier tire une cigarette du paquet glissé dans la poche de sa chemise. Il avale une bouffée de tabac blond, laisse la fumée déferler dans ses poumons et brûler son souffle lorsqu'il expire à nouveau.

Dans son dos, les yeux plissés sous la visière de sa casquette trempée de sueur, Antone Curcio, le fossoyeur de Santa-Lucia, répond d'un air intimidé au micro tendu par un journaliste :

— Et le cadavre que vous avez découvert... commence le reporter.

— Non, il était sans tête...

— Sans tête ?

— Non, sans tête, ouais...

*

L'été 1988 fut celui où j'échangeai mon premier baiser. Celui où je tombai amoureux pour de bon. Elle venait du Continent, débarquée dans les cantines d'un père militaire qui n'aimait pas trop la voir fraterniser avec « des gosses d'ici, peut-être des enfants de terroristes ». Chaque après-midi, je la retrouvais près des falaises de Capo Sagro. Sous le sémaphore de la Marine nationale, qui guide les lourds ferries bleu et blanc vers le port de Bastia, nous prenions notre élan du haut des rochers enfoncés à pic dans l'eau sombre et nous nous laissions tomber comme des corps morts. Celui qui plongerait du haut de la falaise, depuis le pied du sémaphore, serait le « champion de la bombe », sacré roi de l'été après une chute libre de vingt-sept mètres. Michaël fut le premier. Benoît vint en second et Pierre-Albert s'élança à son tour. Sébastien refusa. Nous avions trois rois mais elle me choisit, moi qui n'avais pas sauté et qui cachais mes yeux dans mes mains en tremblant lorsque les autres grimpaient sur les rochers éclaboussés de soleil.

Le jour du sacre, je l'avais entraînée le long du sentier qui remontait vers la route. Le parfum des bouquets de cistes explosait dans l'air immobile. La rocaille chauffée à blanc brûlait sous nos pieds nus. Ce fut le dernier été de mon enfance. Pendant deux heures, nous nous étions embrassés. Je goûtais le sel dans son cou, je respirais son odeur chaude et son haleine iodée, je pressais sa main contre ma poitrine. Elle commençait à gémir doucement lorsque les autres sont arrivés en haletant à notre cachette de buissons. En sautant du haut des « 27 », François avait atterri sur les rochers en contrebas. Il ne bougeait plus. Un filet de sang coulait de ses oreilles.

La mort de notre ami fit l'objet d'un entrefilet dans l'édition corse du Provençal *datée du 11 août 1988 où il était question de « Jeux stupides entre ados ». En page 4, l'avis de décès montrait sa photo, ses yeux doux, son long visage de presque adulte et son sourire effacé. Il est mort le lendemain de mon anniversaire. Je ne pensais qu'au Cadavre Sans Tête.*

Depuis cet été, celui de mes treize ans, l'histoire du corps décapité de Santa-Lucia est restée tapie dans un recoin de ma mémoire. À intervalles réguliers, je l'oubliais puis la redécouvrais. Je n'en savais guère plus que ce que la presse en avait dit à l'époque : une femme disparue et retrouvée neuf ans plus tard à la faveur d'une coïncidence d'épouvante. Et puis, un jour du printemps 2007, elle est brutalement remontée à la surface de ma conscience. Elle m'a happé. M'a dévoré d'angoisse. À l'époque, mon existence suivait une courbe déclinante, brisée en plusieurs endroits par une certaine malchance et par mon entêtement à ne jamais regarder la réalité en face, à toujours me réfugier dans un fantasme de vie inatteignable. Ma carrière, jadis prometteuse, de journaliste s'est vite réduite à une suite d'articles insignifiants, des reportages sur les centenaires aux quelques papiers consacrés à la politique locale. Je n'avais pas eu matière à me forger un style, encore moins une réputation. La Corse de mon enfance laissait place à une caricature d'elle-même, peu à peu grignotée par la lèpre du profit et de la médiocrité, un paradis livré aux pires d'entre nous, politiciens rapaces et petites frappes, véreux marchands de soleil, dealers de drogue. Devoir côtoyer ces gens-là, même rarement, m'écœurait.

Quinze années de vie conjugale se mouraient dans la trahison, le mensonge et la haine. Je commençais à penser qu'il me faudrait bientôt prendre mes fils avec moi et quitter cette île devenue étrangère à mes yeux, où rien ne me retenait que de mauvais souvenirs.

Un dimanche de mars 2007, alors que je me hissais sur la pointe des pieds pour remettre un dossier sur la plus haute étagère de la salle des archives de la télévision régionale, où je travaillais comme journaliste, mon regard se brisa sur un morceau du passé. Je reconnus aussitôt la une du 9 août 1988, ses caractères typographiques, ses mots, ses grosses lettres noires : « Un corps sans tête découvert à Santa-Lucia ». En un instant, je revis la tête de Christ en or, la silhouette musclée de mon père et l'éclair de colère qui avait traversé son regard – « Quel enculé a bien pu faire ça ? ». J'étais à la limite du malaise. J'ouvris la chemise de carton souple. Le dossier ne renfermait qu'une vingtaine d'articles publiés entre 1989 et 1994, le temps d'une enquête orpheline qui avait vu le « Cadavre Sans Tête » devenir la « Femme Sans Tête » avant de disparaître tout à fait. Le contenu des articles suffisait à peine à dresser la chronologie des faits : un corps décapité découvert « par hasard » dans un caveau, des investigations aléatoires menées par la gendarmerie, quelques impasses, un tunnel, des pistes avortées et une émission de télévision sans lendemain.

L'une des plus stupéfiantes affaires criminelles de ces cinquante dernières années expédiée en six mille mots : pourquoi ?

Chapitre 3

Interloqué, le médecin légiste s'avance vers la large table en inox sur laquelle on a déposé le corps sans tête. Appuyé à la paillasse de carreaux blancs, sous la lumière artificielle dispensée par deux rangées de néons aveuglants, Serrier fait un signe de la tête au spécialiste, qui lui rend son salut et tend la main au procureur de la République. Le magistrat a exigé d'assister à l'autopsie. Dans son jargon ampoulé, il a expliqué vouloir « rendre compte de manière circonstanciée et exhaustive des conclusions de l'examen ». Mais à présent, Serrier remarque qu'il fournit un effort presque surhumain pour regarder le corps momifié. S'il pouvait, il prendrait ses jambes à son cou, bousculerait Serrier et s'enfuirait aussi vite que possible dans les couloirs vers l'air libre, là-haut, à la surface où les choses conservent au moins l'apparence de la normalité.

Loin de ces considérations, le médecin légiste poursuit son examen attentif, sans s'approcher toutefois du cadavre. À bonne distance, il se contente de tourner autour de la table, allonge parfois le cou pour scruter un détail puis recule d'un ou deux pas, comme un peintre soucieux d'apprécier l'équilibre d'une composition. Il pourrait presque passer pour un enfant. De petite taille, il a le visage constellé de taches de rousseur et ses yeux d'un gris profond, enfoncés sous une barre de sourcils roux, sont constamment en mouvement. Il ne perd rien du spectacle. Serrier est pratiquement certain qu'il s'est déjà fait une idée relativement précise de l'état du cadavre, des circonstances de la mort et de la manière dont ses assassins ont tranché la tête de leur victime. Si c'est le cas, il n'en laisse rien deviner et se contente de se composer une attitude de praticien rigoureux, entièrement préoccupé par la bonne fin des opérations. Avec des gestes vifs mais sans la moindre précipitation, il dispose sur un plateau en inox une impressionnante batterie d'instruments chirurgicaux, des scalpels de tailles et de formes diverses, des écarteurs, des pinces de toutes dimensions et même une petite scie circulaire, posée près d'un maillet en métal.

C'est le procureur de Bastia qui a exigé sa présence dans la salle d'autopsie de la morgue, à l'hôpital de la ville. Pour rejoindre la Corse, le médecin a dû survoler la Méditerranée le matin même, depuis l'institut médico-légal d'Aix-en-Provence d'où on l'a expédié en urgence, l'obligeant à suspendre ses affaires, la justice estimant que le cas du corps sans tête excédait les compétences locales. D'après le procureur de la République, mieux valait avoir recours à un expert réputé pour sa pratique, ce qu'est indubitablement le docteur Marcangeli, dont le nom dit les origines corses mais qui officie depuis des années dans le sud de la France. De Marseille à l'arrière-pays provençal, il a eu l'occasion d'exercer ses talents sur des cadavres de voyous criblés de balles, des corps d'enfants suppliciés, des charognes oubliées dans un coin de garrigue et mûries au soleil du Midi. Jusqu'à présent, son souvenir le plus effroyable reste celui d'un monstrueux cas d'infanticide commis deux ans plus tôt, deux gamins de trois et quatre ans que leur mère avait noyés dans leur baignoire pendant qu'ils jouaient, parce qu'elle « s'ennuyait ». Les petits corps n'étaient pas très abîmés mais leurs yeux ouverts sur le vide, les lèvres bleuies et cet aspect blanchâtre de mannequins caoutchouteux lui avaient retourné le cœur. Cette fois le spécialiste se trouve confronté à autre chose. Ce qui s'offre à son analyse ne relève pas de la banale pulsion homicide. Le corps momifié retrouvé à Santa-Lucia n'a pas été simplement meurtri, blessé et rompu. Il n'a pas été frappé au hasard par un assassin aveuglé de violence. Il porte, dans les interstices de sa peau croûteuse et brune prête à se craqueler au moindre contact, les signes d'une entreprise de dévastation méthodique, infligée avec application et ténacité par un bourreau sans âme, ni remords, ni conscience.

Parmi les stigmates encore visibles, de larges hématomes s'inscrivent en nuances verdâtres sur les restes de peau parcheminée à travers lesquels on devine les os jaunis brisés en plusieurs endroits. Le médecin tâte du doigt les fractures puis se retourne et s'empare d'un magnétophone à cassette pour enregistrer ses constatations :

« Le sujet est une femme, décapitée, encore jeune, mesurant approximativement un mètre et soixante centimètres, les hanches larges mais de complexion tout à fait normale. Les profondes lésions des tissus encore visibles et les multiples fractures relevées sur le côté gauche du sujet indiquent, pour commencer, un état de violence corporelle ante mortem extrême. »

À l'énoncé des mots « violence corporelle extrême », le procureur se raidit. Pourtant, la formulation clinique ne rend pas tout à fait compte de l'horreur qui saisit le légiste à mesure qu'il se met à détailler les blessures. Le corps est dans un état inimaginable, comme passé dans une broyeuse. En tournant autour du cadavre, interdit, il tente de comprendre l'enchaînement des faits qui ont conduit au martyre. Il sait déjà avec certitude que la souffrance endurée par la victime se situe au-delà de son propre entendement. Il peut l'imaginer déferler en vagues puissantes le long de la colonne vertébrale pour saturer le cerveau d'influx nerveux, il imagine les convulsions, le craquement sec des os, la peur et la douleur démultipliées à chaque nouvelle fracture, la décharge électrique qui s'abat coup après coup, si puissante que le corps se tord malgré lui. Les avant-bras, probablement levés en un geste de défense pour protéger le visage, ont été fracassés en premier.

Puis les coups ont écrasé les côtes, le bassin, le fémur, le péroné, le tibia, les pieds et jusqu'aux orteils. La colonne vertébrale a été brisée en plusieurs endroits, on distingue nettement les fractures en soulevant la couche de peau craquelée. D'après les observations du médecin, la victime a dû chuter au sol et s'y recroqueviller sur le côté droit, ce qui explique la concentration des lésions sur le côté gauche, très abîmé. À l'intérieur de la cage thoracique, le poumon gauche pend comme une bourse de cuir vide, il s'est racorni sur sa bronche d'origine après avoir été crevé par une côte fracturée. Les déchirures des reins et de la rate ont provoqué une hémorragie digestive massive, gonflée du sang libéré par le poumon lacéré.

Selon le médecin, « à ce stade de souffrance, la victime a dû commencer à étouffer dans son propre sang ». Le degré de violence le laisse abasourdi : il estime à « une bonne soixantaine » le nombre de chocs portés sur le corps. L'instrument du supplice ? Il n'en est pas très sûr mais « il devait être lourd et contondant ». Un pied-de-biche ou une barre à mine, vraisemblablement.

— Il l'a massacrée, dit le procureur à voix basse, comme si ce constat apportait un élément d'appréciation décisif.

Le médecin ne relève pas. Concentré sur sa tâche, il note le positionnement de chaque plaie, en estime la profondeur et décrit scrupuleusement son aspect.

— Vous pensez pouvoir vous prononcer sur les causes exactes du décès ? interroge le procureur, de plus en plus fébrile.

Le médecin redresse la tête pour fixer le magistrat.

— Nous avons l'embarras du choix, dit-il. D'après moi, les fractures ne sont pas la cause directe de la mort. En revanche, les coups ont désorganisé les compartiments musculaires. Beaucoup ont été touchés. Pour faire simple, la peau, les tissus, toute la graisse et les muscles ont été réduits en bouillie sous l'effet des chocs répétés…

Devant l'air hébété du procureur, il poursuit :

— Mécaniquement, c'est simple : plus la victime paniquait, plus les hémorragies internes se diffusaient, plus le cœur pulsait pour compenser en essayant d'irriguer les organes vitaux. Il a dû se mettre à pomper de plus en plus frénétiquement. La pulpe de sang a migré à travers le réseau vasculaire et a obstrué les cavités des organes internes. Rien n'est certain mais il est possible d'envisager l'embolie graisseuse comme l'un des facteurs létaux privilégiés.

La description pousse le procureur au bord du malaise mais il s'efforce de ne rien en laisser paraître. Serrier se demande dans quelle mesure le médecin en rajoute pour écœurer définitivement le magistrat, pour le réduire au silence, qu'il cesse enfin de l'importuner à tout bout de champ avec ses questions.

— À vrai dire, continue le légiste, je n'en sais strictement rien et je ne pense pas pouvoir fournir une réponse claire et définitive à votre question. Il faudrait probablement des mois et des mois d'analyses pour parvenir à des conclusions optimales, et même dans ce cas, attribuer le décès à une cause précise me paraît pratiquement impossible. Le corps est trop dégradé, vous comprenez. C'est... À ce stade, ce que vous avez sous les yeux n'est même plus une charogne.

— Et la tête, demande le procureur. Vous en pensez quoi, de la tête ?

— Qu'elle n'est plus là.

— Ce n'est pas le moment, docteur...

— Je veux dire par là que son absence nous prive d'éléments d'appréciation très précieux.

— Vous pensez que c'est pour cela qu'on l'a fait disparaître ? Pour dissimuler des indices ?

— Ça dépend...

— De quoi ?

— Du type d'indices auxquels vous pensez...

Un instant, l'ombre du triomphe passe dans le regard du procureur. Il se tourne vers Serrier puis fixe à nouveau le médecin.

— Eh bien, voyez-vous, dans de tels cas – que j'ai déjà pu observer par ailleurs –, il peut arriver que, disons, des assassins décapitent leur victime pour brouiller les pistes…

Le médecin se tait. Il attend la suite. Le procureur décroise les bras et pose les mains sur le rebord de la paillasse, dans une attitude qui montre clairement qu'il entend savourer sa victoire. Son interlocuteur est sans doute un as des autopsies, mais sur le plan de la psychologie criminelle, il a encore beaucoup à apprendre.

— Mettons que le ou les assassins aient logé une ou plusieurs balles dans la tête de cette malheureuse… La décapiter et dissimuler la tête retardait d'autant son identification et permettait de faire disparaître d'autres indices, comme les munitions utilisées. Pas de tête, pas d'ogives de 9 mm, si vous préférez…

Le médecin tourne le dos au procureur et se penche à nouveau sur le cadavre, en concentrant son examen sur ce qui reste du cou, un embout de tuyau rabougri aussi friable que du bois sec.

— Impossible, observe-t-il simplement.

Le procureur en reste bouche bée. Sans lui accorder un regard, le légiste, toujours courbé au-dessus du corps, continue :

— Quel assassin torturerait sa victime pour abréger ses souffrances d'une balle dans la tête ? Il voulait la punir jusqu'au bout, pas la délivrer de la douleur…

Le magistrat se renfrogne aussitôt.

— Mais…

— Non. Cette hypothèse-là ne tient pas non plus.

— Quelle hypothèse, je vous prie ?

— Le tueur – ou les tueurs, mais je penche davantage pour un auteur unique – n'a pas non plus abattu sa victime d'une balle dans la tête pour *ensuite* outrager son corps avec autant de méthode. Son but était de faire souffrir, pas d'exécuter froidement cette jeune femme pour profaner son cadavre. Cela n'aurait eu aucun sens…

« Bien », coupe le procureur… Puis, après s'être raclé la gorge :

— Observations pertinentes. Et la tête en elle-même ? Vous pensez qu'elle a été…

— Abîmée ? Oui. Sans aucun doute. Je ne vois pas pourquoi il l'aurait épargnée.

— Mais vous n'en avez aucune certitude ?

— Aucune. Évidemment. Sans tête…

— … Pas de preuve, bien entendu, tranche le procureur d'un ton sec.

Le médecin observe une courte pause. Il n'a toujours pas quitté la momie des yeux. À présent, il s'attarde sur l'endroit où l'assassin a sectionné la tête, essayant d'évaluer l'outil utilisé, la force physique déployée dans cette tâche. Son désintérêt pour les arguments du procureur ne témoigne d'aucun mépris. Il poursuit simplement son objectif : apprivoiser, au moins en partie, la vérité racontée par la dépouille gisant sur la table d'autopsie en inox.

— Si vous voulez mon avis, reprend-il, la personne qui a fait le coup s'est dépensée sans compter. Elle disposait de temps. Elle était pratiquement sûre d'agir dans une totale impunité.

Serrier sent ses muscles se contracter. Instantanément, il tend l'oreille aux descriptions du légiste :

— Imaginez-vous avec une barre de fer ou un pied-de-biche de deux à trois kilos dans les mains... Vous tapez une soixantaine de fois sur un corps qui ne cède pas, qui résiste, dont les membres ne se brisent pas au premier choc. Imaginez-vous lever vos bras au-dessus de votre tête et les laisser retomber le plus lourdement possible sur une victime qui remue, qui bouge, qui cherche à esquiver... Essayez de vous figurer le tableau : la sueur vous pique les yeux, vous l'entendez hurler de douleur, elle vous supplie mais vous, vous continuez, vous frappez encore et encore, vous avez mal aux mains, vos paumes sont déjà couvertes d'ampoules et rien ne vous préparait à un tel spectacle, rien du tout. Mais vous êtes aveuglé par la rage. Vous voulez vraiment détruire cette fille...

— Écoutez, tente de l'interrompre le procureur...

— Attendez, je n'ai pas fini... Si vous vous acharnez à ce point, c'est parce que vous êtes certain de votre fait. Personne n'entendra votre victime hurler. Vous êtes à l'abri. En lieu sûr, dans un endroit où vous pouvez tranquillement jouer de la barre de fer pendant longtemps, une cachette où vous vous sentez en sécurité et pensez ne jamais être dérangé. Conclusion ?

— Il connaissait parfaitement les lieux, tranche Serrier.

Le procureur encaisse sans broncher. L'esprit de Serrier tourne à plein régime. Un silence pesant s'abat sur la salle, à peine troublé par le grincement d'un chariot à roulettes sur le linoléum, quelque part derrière la double porte à hublots.

Le médecin décrit encore la complexe intrication de mécanismes physiologiques qui ont pu entraîner la mort : effondrement de la saturation d'oxygène dans le sang, chute dans un coma sans rémission, extinction progressive des fonctions vitales et, même s'il lui est impossible d'en juger faute de crâne, atteintes irrémédiables au cerveau, déchirure du périoste et explosion sous les coups de la table externe de la boîte crânienne, tout l'alphabet de la souffrance scandé dans le martèlement sourd du supplice. Il répète : « Soixante coups de barre de fer. Au moins. » Il explique que la victime a uriné, vomi et déféqué pendant que son bourreau pulvérisait son corps. « C'est presque toujours le cas », avance-t-il. Il extrapole, parle de « la bouche emplie d'une purée sanguinolente de gencives, de dents et d'épais morceaux de langue tranchés par réflexe nerveux », il détaille avec précision l'enchaînement des blessures et leurs conséquences inscrites sur le corps qu'il triture et fouille devant Serrier et le procureur, s'arrêtant seulement pour essuyer la transpiration de son front d'un revers de manche.

Mais à mesure qu'il progresse dans ses explications, il comprend qu'il ne pourra jamais apporter de réponse intelligible à sa propre interrogation : pourquoi un tel acharnement ? La tête manque. Pas de tête, pas de preuve scientifique. Et sans preuve, aucune confirmation possible du mode opératoire. Une seule chose peut être tenue pour sûre : un quidam aurait été incapable de couper aussi proprement la tête. D'un doigt ganté de latex, le médecin légiste explore les bords de la blessure, nette et franche. À l'aide d'un couteau, il faut l'adresse d'un boucher ou d'un chirurgien. On doit savoir où glisser la lame, esquiver le rempart formé par les vertèbres, taillader les muscles épais du cou et bûcheronner, cisailler, tronçonner la trachée et sectionner, enfin, les derniers lambeaux de chair au fil de l'acier. Une telle tâche réclame l'application d'un professionnel et de solides connaissances anatomiques. À la base du cou, les bords de la section sont « propres », comme réalisés à l'aide d'un outil mécanique. « Du genre scie circulaire », précise-t-il.

Au terme de onze heures d'une œuvre méticuleuse, seulement interrompue par une courte pause-cigarette au cœur de la nuit, le docteur Marcangeli ôte enfin son masque chirurgical et retire ses gants de latex rendus collants par la sueur. À son tour il s'appuie sur le rebord de la paillasse carrelée, croise les bras sur sa poitrine et, l'espace d'un court instant, paraît happé par ses pensées, le bas du visage retroussé en une grimace d'impuissance.

Sous la lumière crue des néons grésillants, ses traits apparaissent accusés, la fatigue creuse de larges sillons sombres sur son front. Un pli ourlé de gris court autour de sa bouche et de son nez, la trace laissée par le masque médical. Il apparaît vidé. Ses épaules sont affaissées, ses gestes moins assurés. Après avoir hésité un moment, il lève les yeux vers Serrier, qui n'a pratiquement pas ouvert la bouche pendant toute la durée de l'autopsie :

— Cette malheureuse n'est pas morte tout de suite, lâche-t-il de sa voix nasillarde. Elle a dû agoniser pendant un bon quart d'heure.

Puis, dans un murmure presque inaudible :

— C'est largement suffisant pour se faire une idée précise de l'Enfer.

*

Trente-trois ans plus tard, alors que nous déjeunions à la table du bar du Marché, à Ajaccio, le docteur Paul Marcangeli ne toucha ni à son entrecôte saignante, ni à sa « concassée de petits légumes du jardin » qui pissait un jus rouge et vert sur les rebords d'une assiette blanche. Le regard plissé sous le soleil, il contemplait l'animation et les étals colorés du marché de la ville, de l'autre côté de la rue, n'interrompant sa méditation qu'à l'occasion d'un geste distrait pour saluer un passant de sa connaissance. Rien, dans la presse de l'époque, n'avait pu laisser deviner son identité sous le mystérieux titre d'« expert venu exprès du Continent pour autopsier le Cadavre Sans Tête » qu'on lui avait donné. À la parution des articles, le docteur Marcangeli, Corse de pure souche, s'en était d'ailleurs étonné : « Personne n'a cherché à me joindre. Pas un seul journaliste. J'en connais pourtant plusieurs depuis l'enfance, mais non, aucun d'entre eux ne m'a passé le moindre coup de fil pour essayer d'en apprendre davantage sur cette affaire. »

Dans le domaine de la mort violente, l'expérience et la pratique ont fait du docteur Marcangeli un expert réputé et écouté, dont l'avis fait encore autorité même s'il ne pratique plus depuis de longues années. Sa carrière lui a permis de côtoyer toutes les variétés de cadavres, depuis les corps frais et roses de récents suicidés jusqu'aux dépouilles enflées de putréfaction, pendus au visage cyanosé, truands percés d'éclats de grenade et, en une ou deux occasions, cadavres d'enfants martyrs. Mais, des quelque six cent quarante et une autopsies pratiquées au cours de sa carrière, celle qu'il accomplit sous l'œil égaré du procureur de Bastia le 9 août 1988 reste la plus « hallucinante », la seule dont le souvenir glaçant s'invite toujours dans ses cauchemars. Ce choc persistant ne vient pas de la barbarie de l'acte ni du « contexte de violence corporelle extrême » décrit dans le rapport qu'il signa alors, mais de l'interrogation « lancinante comme une rage de dents » à laquelle il n'a toujours pas su apporter de réponse scientifiquement et humainement acceptable.

— En cas d'importante hémorragie, explique-t-il, un réflexe reptilien conduit le cerveau à mobiliser toutes ses ressources pour assurer tant bien que mal la survie du corps. Le mécanisme peut être assimilé à celui d'un ordinateur attaqué par un virus surpuissant – dans le cas de la Femme Sans Tête, la douleur. En présence d'un tel épisode, l'unité centrale déconnecte ses périphériques et assure le fonctionnement minimal du système informatique en « mode sans échec ». Dans le cas du cerveau, le phénomène est assez complexe mais, grosso modo, il détourne la circulation sanguine de son circuit habituel pour en concentrer le flux vers les organes vitaux. Le corps peut alors fonctionner de manière minimale. Parfois, la victime se retrouve dans le coma, simplement maintenue en vie d'un point de vue clinique. Dans d'autres cas, il peut arriver que le corps et l'esprit résistent, que la victime vive chaque instant de son calvaire et en soit pleinement consciente.

C'est la raison pour laquelle le docteur Paul Marcangeli ne peut balayer cette hypothèse et apaiser ses cauchemars : la victime vivait et respirait peut-être lorsque son bourreau appuya la lame d'une scie électrique sur sa nuque et sépara sa tête de son cou.

Chapitre 4

Les stores découpent la lumière incertaine de l'aube en lames brisées sur les angles du mobilier réglementaire, quelques armoires métalliques et de larges bureaux encombrés de piles de paperasse. Sur trois d'entre eux, dont celui de Serrier, trônent d'antiques batteuses, des machines à écrire que la hiérarchie ne remplacera pas avant longtemps, faute de crédits. Le décor est austère, la seule fantaisie concédée à l'agencement des lieux tient dans une affiche du film *Garde à vue* punaisée au dos de la porte d'entrée. À la radio, la voix grésillante du présentateur de la météo annonce « une journée caniculaire bien au-dessus des normales de saison » et rappelle les consignes de prudence : les enfants doivent se protéger du soleil, les randonneurs effectuer de fréquentes pauses et cheminer si possible aux heures les plus fraîches de la journée, les personnes âgées boire régulièrement.

Le major Serrier en a terminé. Il repousse la liasse de feuilles couvertes de pattes de mouche, se laisse aller contre le dossier de sa chaise et ne peut retenir un bâillement. Du dehors lui parviennent les échos du jour qui renaît, quelques coups de klaxon, le cahotement du bus de 6 h 30 qui entame sa tournée depuis les quartiers sud de Bastia, passe sous les fenêtres de la gendarmerie et, chargé de sa cargaison de retraités qui partent en ville faire leurs courses, tourne au rond-point, s'engage sur la quatre-voies en brinquebalant et disparaît bientôt dans un ultime toussotement de moteur. Au fond du couloir, derrière la porte du bureau, un rire étouffé signale l'arrivée des hommes de l'escadron motocycliste.

La langue de Serrier lui fait l'effet d'un morceau de carton. À part l'infect café de la machine, il n'a rien avalé depuis la veille. Il a faim, son ventre émet un gargouillis rauque, mais la seule idée de manger lui soulève le cœur.

Sans changer de position, affalé sur son siège, il étend le bras vers le paquet de cigarettes posé sur son bureau mais se ravise aussitôt : il a fumé la dernière vers minuit. Au milieu de la nuit, il s'est même résigné à descendre dans la cour d'honneur et cogner à la vitre blindée de la guérite pour en réclamer deux ou trois à un garde à moitié endormi sur son magazine. Il en a profité pour lui rappeler la consigne de vigilance : après quelques semaines sans attentats, l'habituelle trêve après une élection présidentielle, les cagoulés du FLNC ont repris leurs danses nocturnes. Dans un communiqué aux accents martiaux, ils ont prévenu : « Aucun séide de l'ordre colonial français ne sera à l'abri de nos commandos. » Il ne leur a pas fallu longtemps pour joindre le geste à la parole : une semaine auparavant, la gendarmerie a été visée par un mitraillage en pleine nuit, dix-sept impacts de balle ont été relevés sur la façade. Au premier étage, un projectile a fracassé la vitre d'un bureau où un jeune gendarme de permanence se reposait pour aller se ficher dans le mur opposé à la fenêtre, à une dizaine de centimètres du visage du militaire. Pour toute réponse, la hiérarchie a recommandé aux militaires travaillant la nuit pour les « nécessités du service » de ne pas allumer les plafonniers et de recouvrir les ampoules des lampes de bureau d'une couche de gouache rouge, un stratagème qui devrait théoriquement permettre de « voir sans être vu », de pouvoir travailler paisiblement sans offrir de cibles aux rafaleurs du FLNC. La consigne a bien fait rire les gendarmes. Chaque nuit, quelques loupiotes rougeâtres jettent une lueur de maison close dans les bureaux occupés par les militaires de permanence.

C'est dans cette atmosphère que Serrier a passé les dernières heures. À présent que le jour se lève, ses yeux peinent à s'habituer à la clarté. Il étire ses bras, se lève de son siège puis opère quelques mouvements de flexion du bassin. L'odeur que dégage son propre corps, une odeur rance de sueur et de tabac, le fait frémir.

Malgré la fatigue, son esprit reste tourné vers cette nouvelle affaire de cadavre sans tête. « C'est surtout le cadavre sans assassin », marmonne-t-il en se levant pour gagner la fenêtre de son bureau. Posté derrière les stores baissés, il peut observer son visage se refléter sur la vitre et ce qu'il y devine lui arrache un sourire de pitié. Ses cheveux, quoique coupés court, sont désordonnés ; ils rebiquent sur l'arrière de son crâne et lui font une sorte d'épi indomptable qu'il ne parvient pas à lisser ; ses joues sont couvertes d'une barbe courte et drue comme du crin. Qui pourrait reconnaître dans ce portrait « L'Enquêteur numéro 1 », le surnom que lui donnent les treize hommes de la brigade de recherches, tous triés sur le volet et recrutés par ses soins ? Si un visiteur le rencontrait à cet instant, il ne pourrait pas se douter que Serrier affiche le meilleur taux de résolution d'enquêtes criminelles jamais enregistré par un gendarme en Corse ; qu'en onze années de carrière seulement, il a gravi quatre à quatre les échelons de la hiérarchie jusqu'au grade de major ; que ses supérieurs officiers, non sans une pointe de jalousie, reconnaissent en lui un élément d'exception, un enquêteur comme on en croise peu dans une vie. En Corse, où il a débarqué après trois années passées dans le centre de la France, il a appris davantage que le b.a.-ba du métier. L'île lui a offert une encyclopédie pratique du crime. Il ne s'agit pas seulement de constater, d'enquêter et de trouver un coupable acceptable et un mobile, mais d'explorer in vivo la pulsion homicide, de la respirer, d'en sentir les remugles, la passion et la haine, cette volonté de donner la mort si bien exprimée, et si souvent, qu'elle a hissé la Corse sur le podium des statistiques mondiales : le nombre d'assassinats par habitant la propulse loin devant la Sicile. Serrier sait tout cela. Il ne perd jamais cette donnée de vue, bien que cela finisse par être lassant, ces mensonges et ces types qui nient l'évidence dans son bureau, les yeux dans les yeux, leurs dénégations et leurs bassesses.

De cette réputation de limier, tranquille et implacable, Serrier ne tire aucune autre satisfaction que celle de savoir son devoir accompli. Il sait ce que pensent les autres gendarmes de son caractère secret, de ses manières sévères, de son respect pour le règlement et la procédure. Cela n'influe en rien sur son état d'esprit. Le crime ne constitue à ses yeux qu'une équation à une ou plusieurs inconnues, un problème qu'il lui appartient de résoudre en mobilisant un certain nombre de compétences mesurables et quantifiables sur diverses échelles, et inscrites dans des registres allant de la psychologie pure à la procédure pénale en passant par le vaste domaine des sciences appliquées. Enquêter et démontrer, croiser les données spatiales, temporelles et les faits pour confondre un assassin : c'est ainsi qu'il conçoit son travail, sans affect, sans jugement de valeur porté sur le criminel ou la victime, deux entités d'égale importance, deux fonctions d'une variable. C'est la raison pour laquelle, s'il reste aux yeux de ses hommes « L'Enquêteur numéro 1 », Serrier peut aussi apparaître, au détour d'une conversation, comme « La Machine » ou « Le Robot », ou même « L'Emmerdeur numéro 1 » lorsque ses ordres sont trop autoritaires – une définition que lui-même ne songerait peut-être pas à récuser.

La veille, après avoir regagné son bureau, il a entamé les premières vérifications. Phase numéro un : établir une éventuelle correspondance entre le cadavre sans tête de Santa-Lucia et d'anciennes affaires non résolues. L'une d'elles lui est revenue à l'esprit, celle d'un crâne découvert par un promeneur entre deux cailloux de la plage de Lavasina. Unité de lieu : l'endroit est distant de deux kilomètres de Santa-Lucia. Unité de temps : comme le cadavre décapité, le crâne est « ancien ». L'ossement a été conservé dans les scellés de la brigade « à des fins d'identification ultérieure », mais sitôt soumis à l'appréciation d'un collègue du service technique d'investigation, la piste a été écartée : le crâne est indiscutablement celui d'un homme d'âge mûr, l'autopsie a révélé que le corps sans tête avait appartenu à une femme encore jeune. À 18 h 50, dans le premier procès-verbal de son enquête, daté du 8 juin 1988, le major Serrier a donc écrit :

« le crâne mis au jour à Lavasina doit être classé dans la catégorie des dépouilles rejetées sur les côtes corses à échéances régulières par les courants marins ; en l'état actuel des investigations, sa découverte ne saurait être utilement reliée à la procédure en cours ».

La deuxième phase a duré toute la nuit. Il a fallu parcourir les milliers de cas de disparitions inquiétantes de femmes recensées depuis des années. Le service des fichiers lui a transmis par Télex des centaines de biographies minimes, les cas limites, les alias, les surnoms, les « circonstances de la disparition », une cohorte sans âge de putains camées et de fugueuses de quinze ans, de toxicos en vadrouille, de mesdames « retrouvée » ou « réapparue » ou « signalée » ou « qui aurait donné des nouvelles », les asociales avérées et les bourgeoises cramées par la passion adultère, les adeptes du retour à Mère Nature, les Émilie, Marie-Dominique, Francesca, Nathalie, Carmen, Fathia, Marzia, l'annuaire des routardes et des démentes paranoïdes et des filles qui ont simplement disparu un jour, mortes parfois après vérifications, ce que leurs fiches signalétiques ne prennent même pas la peine de mentionner – au fond, quelle différence, et pour qui ?

Toute la nuit, Serrier a raturé et biffé, notant ses observations sur son carnet noir – il en usera trente-deux au long de l'enquête – sous la forme d'un alphabet que lui seul peut déchiffrer : deux traits verticaux pour les faits avérés, un rond pour une question sans réponse et nombre d'autres symboles traduisant ses doutes, ses convictions ou ses soupçons.

C'est ainsi qu'il a toujours travaillé, rapide et efficace, ne laissant au hasard que des miettes – ce qu'il appelle « l'inexploitable ». Les cas ont défilé, des dizaines de pages ont été froissées, des centaines de photographies observées, visages tuméfiés de femmes battues, gueules d'anges blonds, regards retouchés au pinceau et, au milieu de la nuit, deux noms ont fini par émerger de ce processus de sélection. Le premier : Lucia Strawson, étudiante, fille de diplomate californien en poste à l'ambassade des États-Unis à Paris. Avec son compagnon David-Gérard Fellous, un étudiant niçois « portant de fines lunettes à monture de métal », elle a disparu au mois de juillet 1972 après qu'un individu « non identifié à ce jour » a proposé aux amoureux une balade en mer au large de Propriano, dans l'extrême sud de la Corse. On ne les a jamais revus.

Le deuxième nom est apparu à l'été 1986 dans la presse. En revenant d'une soirée donnée dans une paillote de Capo di Feno, une plage à la mode près d'Ajaccio, Sofia Renoult, vingt-quatre ans, s'est tordu la cheville sur le sentier qui remontait vers le parking où elle avait garé sa Coccinelle. Son petit ami est allé chercher une lampe torche. Lorsqu'il est revenu à l'endroit même où il avait laissé Sofia une minute auparavant, la nuit avait avalé la jeune femme. Depuis, elle reste introuvable.

En face du nom de Lucia Strawson, Serrier a tracé deux barres parallèles. Les faits sont avérés : une jeune femme, une disparition, la Corse. Aussitôt, il a dessiné un rond pour matérialiser ses doutes. À supposer qu'il y ait bien eu crime, pourquoi un assassin aurait-il pris le risque de traverser la Corse du nord au sud, de Propriano à Santa-Lucia, pour fourrer le corps décapité de la jeune Américaine dans un caveau ? Et qu'aurait-il fait de son compagnon ? Idem pour Sofia Renoult : kidnappée, passe encore. Mais décapitée, puis ensevelie à l'autre bout de l'île ? Serrier a tourné et retourné les hypothèses dans tous les sens, lu et relu les fiches, pointé les contradictions de chaque cas en contractant les éléments, en tordant jusqu'à les déformer les circonstances de chaque disparition. Au bout de son raisonnement, la même conclusion pour chacun des deux dossiers : improbable.

À présent que le jour se lève tout à fait, « L'Enquêteur numéro 1 » délaisse son reflet dans le carreau de la fenêtre et se laisse gagner par le spectacle. C'est le seul luxe autorisé par son bureau : jouir d'une vue imprenable sur la mer, plus bas, au bout de la perspective de l'avenue qui défile sous les fenêtres de la gendarmerie. Au-delà du gymnase scolaire, de l'autre côté de la route nationale qui déroule son ruban d'asphalte en direction du sud, la Méditerranée se révèle sous le bleu cobalt de la nuit qui s'enfuit. À l'horizon, un filet rose, puis doré, rouge enfin, éclaire en contre-jour la silhouette noire de l'île d'Elbe, flottant entre deux eaux comme la carcasse d'un monstre marin endormi.

Serrier sait.

Tout le monde sait.

La Femme Sans Tête n'est ni Lucia Strawson ni Sofia Renoult. Depuis la découverte du cadavre à Santa-Lucia, la rumeur a transpercé les volets cloués aux façades par la canicule.

On a retrouvé l'infirmière.

*

La confirmation formelle de l'identité de la Femme Sans Tête tomba sur le bureau du procureur de Bastia une semaine plus tard, un délai anormalement long que le magistrat expliqua dans la presse par « l'état particulièrement dégradé du corps » et « le regrettable refus de la famille de se déplacer en Corse pour identifier le cadavre ». Les images tremblotantes de la conférence de presse donnée ce jour-là ont été sauvées de la destruction par un ancien archiviste de la télévision régionale. En prenant sa retraite, il n'a pu s'empêcher de faire une copie de la bande vidéo originale parmi d'autres sujets télévisés promis à l'oubli. « Parce que ce genre de trucs, m'affirma-t-il le jour de notre rencontre, ça finit toujours par intéresser quelqu'un un jour ou l'autre. »

L'ami d'un ami – c'est toujours comme ça – lui avait parlé de mes vaines recherches sur « la bonne femme de Santa-Lucia ». Après avoir hésité plusieurs semaines, il avait fini par me contacter directement au siège de la télévision. Notre première conversation téléphonique fut glaciale, chacun de nous restant sur ses gardes sans oser trop en dire.

« Je me suis renseigné sur vous, avoua-t-il. On ne m'a pas dit beaucoup de bien. » Au fil des échanges – nous nous étions rappelés trois ou quatre fois –, il avait cependant accepté de me recevoir dans son petit appartement de la rue Impératrice-Eugénie, près de l'ancien hôpital de Bastia. Sur la table basse d'un salon de style rustique, aux murs placardés des portraits fanés d'un gosse en tenue de footballeur des années 1980, il avait disposé des biscuits apéritif premier prix dans une assiette en carton. Leur goût était infect. Il me fallut plusieurs rasades d'un vin râpeux

et aigre pour faire passer la désagréable sensation d'avoir avalé du sable. À présent que je me tenais face à lui, presque à respirer son haleine, je n'osais lui avouer que ses vieilles histoires de reportages ne m'intéressaient pas plus que les « merveilleuses années » qu'il passa dans la petite pièce au deuxième étage du siège de la télévision régionale, que nous appelions désormais « u cafucciu », le cagibi, où, vingt-deux années durant, il décrypta chaque bande vidéo avant d'en reporter le contenu sur des centaines de fiches bristol petit format et de les ranger par ordre alphabétique dans d'énormes classeurs noirs. Son monologue dura près d'une heure. Il devait en avoir besoin. Même le chat ronronnant sur ses genoux semblait n'y prêter aucune attention. Comme je restais muet et me contentais d'acquiescer sans même me donner la peine de prolonger ses confidences par les miennes, il finit par abandonner. Il se leva péniblement, disparut dans les profondeurs d'un étroit couloir et réapparut avec une cassette VHS d'un autre âge dans les mains. « C'est ce que vous cherchez », dit-il. Il la glissa dans la fente d'un de ses trois vieux magnétoscopes reliés à un téléviseur dernier cri et se rassit en soupirant. « Ça ne dure pas très longtemps », s'excusa-t-il. L'image était piquée, traversée de dizaines de lignes horizontales, légèrement surexposée. Face à la caméra, en contre-plongée, le procureur de la République tenait nerveusement une feuille de papier entre ses doigts tremblants et s'entretenait avec des journalistes :

— Oui, donc, eh bien il s'agit bien d'une femme... commençait-il face à quatre reporters serrés sur les marches du palais de justice de la ville.

Hors champ, une voix au timbre juvénile interrogea :
— Comment avez-vous pu l'identifier ?
— Eh bien, sur la foi des bruits qui couraient... Une infirmière disparue dans le Cap Corse... Vous étiez certainement, disons, tenus au courant... En bref, nous avons procédé à des vérifications auprès des hôpitaux et plusieurs d'entre eux nous ont signalé la disparition de membres de leur personnel...
— À l'époque ?
— Absolument.
— Et vous...
— Un seul établissement nous a fourni, disons, des éléments sérieux.
— Quel type d'éléments ?
— Eh bien, disons des radiographies... Mais à ce stade de l'enquête, vous comprendrez que...
— Vous ne pouvez pas en dire plus ?
Après un flottement de quelques secondes, le procureur levait les yeux vers la caméra, laissait son regard errer l'espace d'une seconde et, d'une voix flûtée de fausset, entreprenait la lecture de la feuille qu'il tenait :

> « Les similitudes de la morphologie osseuse globale, de la septième côte cervicale, de la clavicule droite légèrement déformée et de la cage thoracique dans son ensemble permettent d'établir sans discussion possible que le corps découvert il y a huit jours est celui de Gabrielle Nicolet, née le 30 juillet 1950 à Brest, dans le Finistère, et disparue en août 1979 alors qu'elle se trouvait en vacances au camping *Les Oliviers*, à Santa-Lucia, en compagnie de son fils Yann, alors âgé de huit ans. »

Chapitre 5

Le dossier a été confié à une jeune juge d'instruction fraîchement débarquée à Bastia. C'est une belle femme, grande et mince, qui fait tourner la tête des avocats et des magistrats au palais de justice. Son air décidé contraste avec ce que l'on croit savoir d'elle : sa première affectation, en Bretagne, n'a pas vraiment été couronnée de succès. Sa désinvolture affichée, ses tenues décontractées produisent une mauvaise impression sur la faune du palais de justice. Mais on la dit aussi « compétente » et « accrocheuse », soucieuse de « sortir » les dossiers dont elle a la charge. Avec celui-ci, elle devra faire ses preuves : on l'attend au tournant.

Serrier l'a déjà rencontrée à deux reprises sans pouvoir dire si l'intérêt qu'elle paraît manifester pour l'affaire ne relève pas de la simple politesse. En tout cas, elle n'a ordonné aucune mesure d'enquête particulière, se contentant de lui répéter à deux ou trois reprises qu'elle faisait « confiance aux gendarmes » et, dès leur deuxième rendez-vous, l'a invité à prendre un verre – offre poliment déclinée par le chef de la brigade de recherches.

Avec la preuve de l'identité de la victime, Serrier a pensé pouvoir rapidement progresser en interrogeant les proches de Gabrielle Nicolet. En règle générale, cette première étape se révèle déterminante. Les langues se délient, les souvenirs refont surface. Par bribes de confidences patiemment reconstituées, on peut non seulement parvenir à se faire une idée sur l'état d'esprit et les habitudes d'une victime mais aussi envisager les premières pistes qui conduiront à son assassin. Qui fréquentait-elle ? Se montrait-elle trop confiante ? Insouciante ? Était-elle au contraire vigilante, n'accordant son amitié qu'avec parcimonie ? Avait-elle un petit ami ? De simples « aventures » ? Répondre à ces questions, c'est déjà dissiper le mystère d'une personnalité et emprunter le chemin qui mènera tout droit à la vérité de l'acte criminel. Mais cette fois, Serrier s'est heurté à un mur. La courte vie de Gabrielle Nicolet se cristallise autour de plusieurs énigmes aussi profondes que des trous noirs, un vortex qui semble avoir englouti sa famille et ses origines, et fait disparaître jusqu'à son souvenir, comme si sa propre vie avait conspiré contre elle-même en effaçant derrière elle chaque trace. Le seul élément matériel dont il dispose tient en quelques lignes tapées à la machine sur une feuille à en-tête de la mairie de Brest-Lambézellec, transmise par les services d'état civil de la ville :

> « Ce jour, le 30 juillet 1950 à onze heures quarante-cinq, est née Gabrielle, Jeanne Nicolet, du sexe féminin, de Antoine, Yves Nicolet et Yvonne Massey, au 4, rue Robespierre, à Brest-Lambézellec (Finistère). »

C'est à peu près tout ce qu'il peut découvrir sur la Femme Sans Tête. Une rapide recherche lui permet ensuite d'apprendre qu'Antoine Nicolet, ouvrier typographe, avait été réformé vers la fin des années 1950 pour une maladie chronique des bronches et que la mère de Gabrielle Nicolet, Yvonne Massey, avait élevé trois enfants bien plus âgés avant d'être emportée par un cancer foudroyant. Gabrielle venait de fêter son dixième anniversaire, et cet événement provoqua une série de cataclysmes intimes qui minèrent le foyer Nicolet, précipitèrent le départ de ses trois frère et sœurs aînés et la laissèrent orpheline de sa propre enfance. D'après les voisins de la rue Robespierre, à Brest, où Serrier a accompli un voyage éclair, les choses s'étaient déroulées d'une façon simple et tragique. Un jour de mai 1960, Yvonne Massey avait remarqué un archipel de taches brunes sur ses épaules. À la fin de l'été, ces traces avaient déjà colonisé son cou, son dos et ses reins, et la mère de famille ressemblait déjà à un squelette vivant. Le diagnostic révéla une infection rare, déjà parvenue à un stade pratiquement irréversible. Au début de l'année 1961, Yvonne Massey fut admise à l'hôpital de Brest où un médecin reçut la famille Nicolet au grand complet pour expliquer au père et aux autres enfants qu'il n'y avait rien d'autre à faire qu'attendre la fin. Lorsque Jacques, le frère aîné de Gabrielle, lui demanda s'il existait un espoir de rémission, ce dernier secoua la tête en lui posant la main sur l'épaule. Les Nicolet regagnèrent le petit appartement du 4, rue Robespierre, pour faire ce qu'on leur avait suggéré : attendre. Un mois et neuf jours plus tard, ils quittèrent leur maison en procession, tous vêtus de noir, pour enterrer Yvonne Massey dans le petit cimetière du port de Roscanvel, un petit village côtier du Finistère où elle était née et avait grandi.

À en croire les voisins des Nicolet, la maisonnée avait jusque-là abrité un foyer heureux, l'exemple parfait d'une famille provinciale, unie et soudée autour de valeurs simples. Le frère et les deux grandes sœurs de Gabrielle prenaient soin de la petite dernière, les rires rebondissaient dans la cage d'escalier lorsque, le dimanche, ils quittaient Brest tous ensemble pour une balade en auto dans la campagne avoisinante. L'été, tous s'installaient dans la maison des Massey, les grands-parents maternels de Gabrielle, à Roscanvel. La mort de sa mère avait anéanti ce bonheur. Son frère, ses sœurs, se révélèrent incapables de surmonter le drame. Les enfants Nicolet, autrefois si aimables et polis, ne saluaient plus les voisins en les croisant sur le chemin du lycée. On ne les entendait plus se chamailler « pour de rire » dans les escaliers. Leurs mines étaient sombres, tous avaient perdu du poids. Mais il y eut autre chose, une déchirure plus douloureuse encore que le deuil et la tristesse : la révélation brutale de la trahison de leur père. Deux mois à peine après l'enterrement de son épouse, il décida d'installer sous son toit, au milieu de ses propres enfants, une maîtresse entretenue depuis de longues années et dont personne n'avait jamais imaginé l'existence. La peine se transforma alors en haine. L'univers des Nicolet avait volé en éclats. Au milieu de cette explosion, Gabrielle se tenait aussi droite que le pouvait une petite fille de dix ans.

Elle ne tarda pas à vaciller et sa chute fut accélérée par un événement précis : un vendredi de janvier 1961, après des mois de hurlements, de reproches et de scènes, son frère et ses deux sœurs, à peine en âge de quitter le domicile familial, entassèrent leurs affaires dans une guimbarde achetée avec le maigre héritage de la mère et disparurent au bout de la rue. Ils essaimèrent aux quatre coins de la France et fondèrent bientôt leur propre famille. Gabrielle ne les revit qu'une seule fois, alors qu'elle était déjà devenue une femme et que rien ne les liait désormais plus qu'un passé commun avorté.

En Bretagne, Serrier n'a pu rassembler aucun témoignage valable sur l'enfance de Gabrielle Nicolet, bien que sa présence soit attestée dans le village maternel de Roscanvel chaque été, de 1956 à 1967. Ces deux dates mises à part, le maire de la commune, qui lui a pourtant affirmé connaître ses administrés comme ses propres enfants, peine à se souvenir des habitudes de la gamine. Même les voisins de la maison familiale, vendue il y a longtemps déjà à un couple de retraités parisiens, ignorent bonnement ce qu'est devenue « la petite », qu'ils confondent en plus avec l'une de ses sœurs. Aussi Serrier s'en trouve-t-il réduit à supposer, à imaginer et à inventer l'enfance de la Femme Sans Tête. Pendant trois jours, il sillonne les rues du village, descend jusqu'au port et s'attarde sous le clocher de l'église Saint-Éloi, sur les pas de son fantôme. Il devine en Gabrielle une enfant timide et sauvage, pas vraiment mignonne, mais embellie de cet air revêche qu'affichent souvent les gosses qui ont souffert. À Roscanvel, elle ne fréquenta jamais les enfants du village et personne ne se souvient de sa robe à fleurs tourbillonnant au milieu de la piste de danse improvisée, près de la buvette, au bal du 14 Juillet. Seul un vieux monsieur bien mis, croisé par hasard alors que Serrier prend le frais près du port, se souvient l'avoir aperçue les soirs d'été, silhouette esseulée derrière le portillon du jardin des grands-parents devant leur petite maison transformée en mausolée au souvenir de la mère défunte où la pendule rythme les heures depuis sa mort et prévient le grand-père et la grand-mère que leur tour ne tardera pas. Repense-t-elle à l'enterrement dans le cimetière tout proche, sous le crachin ? Revoit-elle les gestes lents du prêtre agitant le goupillon au-dessus du cercueil descendu au plus profond de la terre grasse et noire de la fosse, dans une rumeur d'éternuements et de chuchotis ? Serrier l'ignore mais le vieil homme lui a raconté la scène, « d'une tristesse à mourir », les visages congestionnés des cousins de Paris et le père qui se mouchait sans oser lever les yeux. Les matins brumeux, raconte encore le vieillard, on croit avoir reconnu Gabrielle dans l'ombre qui montait souvent vers le sentier de la Pointe des Espagnols, en haut des falaises d'où l'on peut contempler les voiles blanches flotter sur la rade de Brest. Mais était-ce bien Gabrielle ? Personne ne peut le confirmer.

Serrier n'en saura pas davantage. Il erre dans les ruelles de Roscanvel et commence à s'inquiéter du sentiment indéfinissable qui remue son ventre et lui donne presque la nausée.

À quoi songeait-elle ? Au départ, peut-être. Au jour où elle aussi pourrait quitter l'appartement de la rue Robespierre, devenu si sombre et plein de fantômes depuis le départ précipité de ses frères et sœurs. À Roscanvel, elle devait se sentir à son aise, le long de la route de Pont-Scorff, une fois passé les belles maisons de pierre ocre couvertes de lierre et les masures aux fenêtres blanches et bleues, aux toits pentus, à l'extrémité sauvage et déserte de la presqu'île. Mais Roscanvel disparaissait avec l'été et, dès la fin août, elle devait retrouver l'appartement brestois encombré de revenants, les soupirs d'un père absent à lui-même et sa belle-mère, qui faisait de son mieux pour entretenir l'apparence de l'amour entre les petits plats mitonnés et les discussions avortées, le soir, lorsque le moignon de famille se retrouvait autour du transistor. Le reste tient sur une feuille de papier, un formulaire d'émancipation que Serrier a retrouvé dans les archives de la mairie de Brest, sur le chemin du retour vers Bastia. Le jour même de ses dix-huit ans, trois ans avant l'âge requis pour se retrouver majeure, Gabrielle tendit à son père une simple fiche. Sur le document signé de la main du père, en lettres bâtons, on peut lire :

« Je soussigné Nicolet, Antoine, demeurant au 4, rue Robespierre, autorise ma fille Nicolet Gabrielle à quitter le domicile familial et travailler à l'Établissement national d'Esquirol en qualité d'élève infirmière stagiaire. »

Le même jour, Gabrielle s'installa sur la banquette du deuxième wagon du train Brest-Paris de 15 h 09. Lorsque son père mourut en 1977, elle ne l'avait pas revu une seule fois.

*

L'annuaire du Finistère recense vingt-deux familles Nicolet, un chiffre porté à cinquante et un si l'on inclut les résultats obtenus pour l'ensemble de la Bretagne et à soixante-dix-neuf pour la France entière. Aucune de ces familles ne connaît de « Gabrielle, décédée en Corse en 1979 ». Mes appels téléphoniques pour en retrouver la trace sont restés vains. À Quimper, Alain Nicolet me répondit d'un simple : « Non. » À Plougasnou, Albert Nicolet jugea mes questions malsaines mais accepta finalement de répondre : « Pas de Gabrielle chez nous. » À Toulon, à Strasbourg, à Vanves, à Nice, les Nicolet dissertèrent volontiers sur le climat, les mœurs étranges de leurs voisins de palier et un tas d'autres considérations sans aucun lien avec mes recherches. Leurs réponses étaient toujours identiques : « Pourquoi cette question ? » suivie de « Nous ne connaissons personne de ce nom ».

Au mois de novembre 2009, après deux cents coups de téléphone infructueux, la voix lasse et traînante d'une femme entre deux âges, du côté de Perros-Guirec, fit cependant naître un mince espoir.

« Je me souviens d'une Gabrielle Nicolet, interne avec moi au collège de Telgruc-sur-Mer », avança la voix fatiguée. « Sa famille était originaire de Roscanvel. C'était une jeune fille blonde, très dynamique. Mais la plupart du temps, elle restait à l'écart des autres élèves. Elle ne nous parlait pratiquement pas, à nous autres. »

Au bout du fil, la voix croyait savoir que les Nicolet avaient formé « une famille compliquée ». Je notais frénétiquement ses paroles sur mon calepin. L'âge pouvait correspondre. La région aussi. Je bombardai la voix de questions. Gabrielle avait-elle des frères et sœurs ? Des amis ? Un professeur principal qui se souviendrait d'elle ? Des loisirs ? Handball ? Du volleyball, peut-être ? Un livre de chevet ? Un tic de langage ? Un signe distinctif, une cicatrice ? Faisait-elle partie du club d'échecs du collège ? Existe-t-il une photo de classe de l'époque ?

La voix s'excusa : « Je n'en sais rien. Ce n'était pas vraiment une amie. D'ailleurs, elle n'avait pas vraiment d'amis. » Quant au collège de Telgruc, il était inutile de chercher de ce côté-là : « Il est fermé depuis des années et c'est devenu une maternelle », conclut ma correspondante avant de raccrocher en me souhaitant « bonne chance ». Pour elle, Gabrielle n'était qu'un vague souvenir d'enfance estompé par les années. Elle n'avait pas manifesté la moindre émotion lorsque je lui avais annoncé les raisons de mon appel, la découverte déjà ancienne d'un cadavre anonyme dans le cimetière d'un petit village du Cap Corse.

Pendant des mois, je n'ouvris plus l'annuaire. J'en avais terminé avec mon tour de France téléphonique. Je me sentais ridicule d'avoir essayé de forcer la chance par un procédé aussi vain.

La dernière tentative d'entrer en contact avec des proches de Gabrielle Nicolet, assassinée en Corse en 1979, eut lieu le vendredi 23 avril 2010 par l'entremise d'un ami proche qui fit paraître dans les colonnes du quotidien Libération, *où il travaillait, une annonce sibylline à la rubrique des messages personnels :*

« Gabrielle et Yann Nicolet (1979-2010). Informations : gabrielleetyann@gmail.com »

Personne n'y répondit.

Chapitre 6

Contre l'avis de ses supérieurs, pour lesquels « le cadavre est déjà trop froid pour en tirer quoi que ce soit », le major Serrier a obtenu de prolonger son séjour sur le Continent, quittant Brest pour Paris. Il a passé trois nuits dans un hôtel miteux du XIIe arrondissement avant de recevoir à la Poste du coin une télécopie : une commission rogatoire signée de la juge d'instruction, qui l'autorise à procéder à « toutes vérifications utiles auprès du personnel et de la direction de l'hôpital Esquirol ». C'est l'établissement où Gabrielle Nicolet travaillait. Elle y est arrivée le 4 décembre 1969, bien décidée à mettre autant de distance que possible entre son passé et la vie qu'elle rêvait de mener, bien décidée à se débarrasser d'une enfance volée par le deuil et le silence.

Au petit matin du 18 août 1988, Serrier se présente devant les grilles titanesques d'Esquirol. Il s'est préparé à sa rencontre avec le directeur, a revu ses arguments. Il connaît ces hauts fonctionnaires pâles et cassants qui se soucient de leurs employés comme d'une guigne et n'y voient que des numéros affectés à une tâche. Histoire d'en imposer, il a revêtu son uniforme. D'ordinaire, c'est en civil qu'il enquête, mais cette fois les circonstances exigent qu'il incarne la loi et la rigueur. Il veut visiter les lieux et s'imprégner de leur ambiance, consulter le registre du personnel. La juge d'instruction lui a donné toute latitude pour agir. Il y passera le temps nécessaire. Il ne se laissera pas faire.

En fait de directeur plein de morgue et d'autorité, c'est un petit bonhomme souriant, vêtu d'un impeccable costume trois-pièces rehaussé d'un nœud papillon multicolore, qui l'accueille. Il apparaît bouleversé par l'histoire de Gabrielle, dont il ne savait rien. Sitôt la commission rogatoire du juge en main, il a interrogé son personnel, sa secrétaire en particulier, qui travaille à Esquirol depuis trente-huit ans et s'apprête à partir à la retraite. Elle lui a raconté l'histoire de l'infirmière disparue, sombre et tortueuse, gênée de n'en avoir rien dit plus tôt. À présent qu'il rencontre Serrier, il se dit « heureux » que quelqu'un s'intéresse enfin à cette « malheureuse ». Mais avant de restituer au gendarme le récit livré par la vieille secrétaire, il lui propose un tour du propriétaire, intarissable sur « les apports essentiels du docteur Esquirol à la psychiatrie moderne » et les origines du lieu, l'hospice des Frères hospitaliers qui voulaient déjà « soigner avec humanité » les malades, le dispensaire devenu maison royale et les pratiques qui y avaient cours, largement en avance sur leur temps, la conception de l'endroit, son architecture novatrice et le souci constant de faire le bien. Incollable, également, au sujet de la petite chapelle où, derrière le maître-autel, une Vierge consolatrice accueillait autrefois les prières des déments pour les messes de Noël et de Pâques. Serrier écoute patiemment le directeur. Il prend son temps, jauge ses intonations et les inflexions de sa voix.

Le long des allées, ils discutent paisiblement comme de vieux amis et Serrier, pour la première fois depuis le début de l'enquête, ressent le besoin de confier ses doutes et ses craintes. Il en dit sur les investigations en cours bien davantage qu'à l'accoutumée, depuis la découverte du corps jusqu'aux constatations du médecin légiste. Il parle, raconte, fait des détours et formule quelques hypothèses sans savoir s'il éprouve le besoin de se confesser ou celui de mettre de l'ordre dans ses propres sentiments. La discussion se prolonge tard dans la matinée. Le directeur pose quelques questions, prend beaucoup de notes dans un cahier à spirale. Ce n'est qu'après avoir déjeuné au réfectoire, parmi les infirmiers de l'hôpital, assis face à face comme n'importe quels employés, que les deux hommes se retrouvent dans le bureau du directeur. Le gendarme pose son carnet sur la table, se penche et couche sur le papier l'histoire de Gabrielle Nicolet, infirmière à l'hôpital Esquirol.

C'est ici que sa vie a recommencé, le long de ces bâtiments étagés à flanc de coteau sur trois parcelles de terrain nivelées face aux bords de Marne. Ce n'est pas Paris mais presque. Ce n'est pas très loin non plus. Depuis l'hôpital, il suffit de suivre la rue Gabrielle – la première fois, ça l'a fait sourire – puis une portion de la rue de Paris et prendre le métro à la station Charenton-Écoles. Et puis il y a le bois de Vincennes, qui jouxte l'hôpital, avec son paysage apaisant d'érables qui bordent les petits lacs artificiels – un décor unique pour un hôpital.

Elle a retenu le nom que portait autrefois l'établissement, débaptisé depuis que les filles du coin ne trouvaient plus à se marier : Charenton. « Charenton » : le séjour du marquis de Sade vieillissant. Lorsqu'elle y arrive, Charenton est devenu Hôpital national Esquirol, du nom du bon docteur qui ne voulait plus punir les aliénés ni les surveiller mais – si possible – les guérir ; le psychiatre révolutionnaire imposa les cellules individuelles ouvertes sur des patios tranquilles où la vue de la Marne, douce et indolente, apaisait les cauchemars. Il avait humanisé le traitement de la folie et c'est cela qu'elle apprécie, l'histoire du très doux docteur Jean-Étienne Esquirol. Prendre soin des autres, c'est un programme qui lui convient. C'est pour cela aussi qu'elle a choisi ce métier d'infirmière en psychiatrie. Elle pose son unique valise, le trousseau payé par son père, une jupe bleue, un chemisier blanc aux poignets fermés par un liseré rouge, une paire de chaussures à talons plats de couleur noire – rien d'autre –, et sonne à l'imposant portail de métal noir. La silhouette massive d'une infirmière en chef émerge de la pénombre, un lourd trousseau de clés à la main, puis la précède sans un mot jusqu'à l'aile de l'hôpital réservée aux infirmières célibataires. « C'est là », dit-elle en désignant une porte, au bout du couloir du troisième étage. Gabrielle pose de nouveau sa valise et relève le col de son manteau, s'époussette les épaules et cogne à la porte, le temps pour l'infirmière en chef de lever les yeux au ciel et de laisser sa lourde silhouette rejoindre l'obscurité du corridor.

La porte s'ouvre sur un joli visage encadré de cheveux blonds :

— Bonsoir, dit la jeune femme en souriant. Vous êtes Gabrielle ? Je suis Martine.

Elles deviennent amies en quelques semaines. Gabrielle apprend vite et bien, Martine l'aide dans ses tâches quotidiennes. Elle veut devenir médecin, passe ses nuits entières à bûcher dans le pinceau de lumière qui tombe d'une lampe posée devant la fenêtre de la chambre commune. Gabrielle admire Martine et, d'une certaine manière, songe à l'imiter même si elle sait confusément qu'elle n'en aura jamais les moyens. Après une journée de travail, elle trouve parfois le temps de passer à la bibliothèque de l'hôpital pour y choisir un livre, non pas un de ces gros volumes modernes au titre technique, plutôt ces vieux bouquins reliés de cuir – *La Femme criminelle*, *Le Ramollissement du cerveau*. Gabrielle s'y intéresse mais elle abandonne souvent sa lecture après quelques pages. « C'est écrit trop ancien », dit-elle, et Martine lui explique pourquoi il faut aussi connaître le passé pour pouvoir progresser et maîtriser son sujet.

Le 17 avril 1970, Gabrielle est nommée élève infirmière stagiaire, indice 183. Elle est compétente et dévouée, sa notation est excellente même si elle doit prendre garde « aux absences injustifiées ». Martine remarque combien elle paraît seule. Jamais un colis, pas la moindre lettre de sa famille. Les rares fois où elle s'est risquée à le lui dire, Gabrielle a acquiescé tristement. Elle n'a aucune nouvelle d'« eux » et consent vaguement à admettre qu'elle pourrait tenter de renouer le contact, de se mettre en quête de ses frère et sœurs. Jacques, surtout, l'aîné de la fratrie, lui manque. Avec le temps, les souvenirs ont commencé à affluer. Les fous rires de son frère qui passait des disques à plein volume pour l'effrayer quand elle prenait son bain, les gestes doux et tendres de Pauline, sa grande sœur, qui lui préparait toujours son petit déjeuner et la tenait par la main sur le chemin de l'école. De temps à autre, les images d'avant la frappent de plein fouet et elle se retrouve à haleter en repensant à cet après-midi, la seule fois où on l'avait autorisée à rendre visite à sa mère à l'hôpital de Brest. Elle avait poussé la porte de la chambre pour se retrouver en compagnie d'un squelette à peine animé, une marionnette aux bras recouverts d'une peau mince et grise aussi fins que des baguettes. Une odeur de pet et de moisi flottait dans l'air de la chambre. Elle avait fait trois pas. Sa mère se tenait recroquevillée sur elle-même puis, en l'entendant approcher, elle s'était lentement tournée vers elle et un sourire grimaçant avait dévoilé ses gencives noires derrière ses lèvres crevassées. Sa voix avait grincé. Mais Gabrielle avait reculé, saisie d'effroi, et elle ne s'était jamais pardonné son dernier geste envers sa mère, si malade et aux portes de la mort : elle avait reculé jusqu'à se retrouver dos à la porte et à bégayer « non, s'il vous plaît ». Lorsqu'elle y repense, Gabrielle sent le sol s'ouvrir sous ses pieds.

Son reclassement en « élève infirmière » intervient par décret numéro 70815 du 4 septembre 1970, pour un traitement annuel de 9 797 francs. Elle a demandé à Martine de venir s'installer avec elle au 5, square

Nungesser, à Saint-Mandé, dans le petit appartement qu'une connaissance a accepté de lui sous-louer. Son amie a décliné l'offre d'un air navré : si elle quitte l'aile des célibataires, elle ne trouvera plus suffisamment de courage pour réviser ses cours chaque nuit après le travail. Gabrielle, un peu vexée, s'est contentée de cette explication mais Martine ne lui a pas donné les véritables raisons de son refus : elle ne veut pas qu'on les sache trop proches. Gabrielle n'a pas toujours bonne réputation. Elle s'emporte facilement. La petite provinciale des débuts s'est effacée devant une jeune femme affirmée, qui confond souvent franchise et brutalité. Elle ne participe jamais aux collectes pour les collègues enceintes, ne se montre pas aux pots de départ des infirmières fraîchement retraitées. Ses aventures, aussi, défraient la chronique des jours tranquilles à Esquirol. À l'hôpital, dans le service du docteur Bocquillon où on l'a affectée, on dit qu'elle couche – que les hommes lui tournent autour et qu'elle ne sait pas dire non pour peu qu'on lui témoigne un peu d'attention.

Un jour, l'infirmière de semaine a même validé une ordonnance pour une crème contre les mycoses vaginales. L'anecdote a fait le tour du service : où est-elle encore allée traîner, Gabrielle Nicolet, qui se donne des grands airs et ne se mêle jamais aux autres infirmières ? Qu'a-t-elle encore fait ? Et avec qui ? Le jeune médecin, comme la dernière fois ? Ou ce colosse venu la chercher un soir aux grilles d'Esquirol et qui ne l'a ramenée qu'au matin ?

Et puis vient la rencontre avec Lionel. Lionel est beau, d'une beauté fragile. Il ressemble à un oisillon tombé du nid avec ses cheveux de paille décoiffés et son regard bleu qui semble toujours hésiter à se fixer quelque part. Infirmier également, il travaille avec elle dans le service du docteur Bocquillon, où plusieurs jeunes femmes s'intéressent à lui. Mais c'est Gabrielle, qui s'en moque d'abord puis l'aime, qu'il choisit. Il ne l'a embrassée qu'au quatrième rendez-vous, en sortant du cinéma. C'est elle qui l'a invité à L'Excelsior, l'unique salle de Charenton-le-Pont. On passait une comédie sentimentale qui ne les a pas vraiment captivés. Lorsqu'ils ont quitté le cinéma, il a attendu qu'elle se penche à la vitrine d'une agence de voyages pour la prendre par la taille. Ils ont encore fait quelques pas, elle a résisté en riant pour la forme puis s'est doucement laissé attirer et elle a senti la pointe de sa langue entre ses dents, le lent baiser timide, et le gouffre sous ses pieds s'est refermé.

Au mois de mai 1970, ils s'installent dans un petit appartement au 81, rue de Wattignies, dans le XIIe arrondissement parisien, où elle continue de payer seule le loyer après avoir quitté le square Nungesser. Lionel attend de passer à l'échelon supérieur. Tant qu'il n'a pas reçu sa promotion, impossible de participer aux frais du ménage. Sa mère est très malade et il doit payer pour ses médicaments, il ne peut rien « lâcher pour le moment ». Comme pour s'en excuser, il répète souvent : « Ça changera bientôt ». Mais le « bientôt » tarde alors qu'elle sait, Gabrielle, qu'il leur faudra déménager sous peu parce qu'elle n'a pas saigné ce mois-ci et que l'appartement risque de devenir trop petit pour trois personnes.

Un matin, alors qu'il rentre de son service de nuit, elle l'attend comme si de rien n'était. Juste avant d'entendre la clé dans la porte, elle a nettoyé la cuvette des toilettes maculée de vomi et a avalé la moitié d'un tube de dentifrice pour se rafraîchir l'haleine. Lionel se déshabille et il l'embrasse sur le front – « Excuse-moi, je suis crevé. » Il se couche, entortillé dans la couette aux motifs géométriques qu'elle lui a offerte parce qu'il se plaint toujours du froid. Quand elle entend les premiers ronflements sourds, elle se penche à son oreille et lui souffle : « Ça y est. »

*

Il y avait aussi ce policier grand et barbu qui, à ce qu'on disait, savait tout de l'affaire. Un ancien collègue à lui m'avait suggéré de le contacter mais mes efforts n'avaient connu aucun succès. Je me souvenais très bien de ce policier. À la « Journée des métiers » organisée chaque année par le proviseur de mon collège, il impressionnait les élèves par sa haute taille, sa barbe drue et noire taillée au millimètre, comme on imagine celles que portaient autrefois les grands d'Espagne. Dans sa sacoche de cuir fauve, il nous avait montré son arme de service, un minuscule .38 Spécial Smith & Wesson Centennial AirWeight à cinq coups, le percuteur dissimulé dans un renflement de la carcasse chromée. « C'est plus facile, si on doit dégainer en catastrophe », nous avait-il expliqué. J'avais compté sur cette anecdote et mes souvenirs pour briser la glace et le pousser sur la pente des confidences mais cette occasion ne se présenta jamais. Après plusieurs tentatives avortées, un ami, flic également, m'avait communiqué sa réponse : « Pas question de parler de cette affaire puante de Femme Sans Tête, surtout à un connard de journaliste. »

Des années auparavant, j'avais moi aussi voulu devenir flic. Ma licence de droit en poche, j'avais passé un coup de fil à mon père pour lui annoncer mon intention de présenter le concours de lieutenant de police. À l'autre bout du pays, sa voix s'était chargée d'intonations crispées : « Pas question. Deviens prêtre, si tu veux. Ou épicier. Ou n'importe quoi d'autre, même patron de boîte à pédés si ça te chante, mais je te préviens : il n'y aura jamais de flic ou de voyou dans notre famille. »

J'ai renoncé à la carrière comme j'ai dû me résigner à ne jamais aborder le sujet de la Femme Sans Tête avec le policier au .38 Spécial chromé qui « connaissait tout de l'affaire ». Mais à force de voir les portes me claquer au nez, je me suis entêté. Je voulais savoir.

C'est ainsi qu'à l'été 2010, au moment où l'enquête sur le passé de Gabrielle Nicolet menaçait de tourner court, une employée du service de l'état civil de la mairie du XIIe arrondissement, à Paris, me tendit une feuille de papier sur laquelle on pouvait lire :

« Ce jour, le vingt et un août 1971, Gabrielle Nicolet, née le 30.7.1950 à Brest (Finistère), infirmière, domiciliée au 81, rue de Wattignies, XIIe, déclare reconnaître seule son ou ses enfants à naître dont elle se dit actuellement enceinte. »

Quelques semaines plus tard, par la bouche d'une ancienne infirmière d'Esquirol, j'appris la raison pour laquelle Gabrielle avait décidé que Yann ne porterait jamais le nom de son père. « *Elle a surpris les mauvais mots de deux collègues qui plaisantaient au vestiaire, se souvint-elle alors que nous venions de commander un café dans un bar de Charenton-le-Pont. Le soir même, au lieu de rentrer chez elle, elle a guetté l'arrivée de Lionel et, lorsqu'il a pris son service, elle l'a suivi le long des allées de l'hôpital en prenant soin de ne pas se faire remarquer.* »

Le reste tenait en peu de mots. Lionel s'était engouffré dans le bâtiment réservé aux infirmières célibataires. Le souffle court, Gabrielle avait laissé passer quelques minutes avant de lui emboîter le pas aussi discrètement que possible. Après avoir erré dans les étages sans rencontrer âme qui vive, son ventre plein tiraillé par l'effort, les jambes lourdes, elle avait eu l'idée de pousser jusqu'aux dépendances de l'édifice. En entrebâillant la porte de la laverie, au sous-sol, elle n'avait d'abord perçu que le brouhaha des machines à laver lancées à plein régime. Puis elle avait entendu les râles de Lionel. Dans le mince rectangle de la porte entrouverte, elle avait alors surpris l'homme dont elle portait l'enfant, qui soufflait comme un bœuf sur le dos de Martine. Sa meilleure amie.

Chapitre 7

À la fin de l'année 2010, trois ans après avoir laissé glisser une photocopie d'une boîte d'archives, mon enquête avait dispersé ma vie depuis Roscanvel jusqu'à Marmande, où un ancien gendarme de la brigade de recherches de Bastia, désormais retraité, me reçut d'une manière très courtoise mais ne m'apprit rien de plus sur « cette terrible affaire ». J'étais épuisé. La Femme Sans Tête occupait mes nuits d'insomnies et les longues promenades sur la berge de l'étang d'Urbinu, le paradis de mes vacances d'adolescent.

Mes petits garçons supportaient difficilement de me découvrir au petit matin, penché sur mon ordinateur dans la position où ils m'avaient laissé la veille en allant se coucher. Les dizaines de mégots découverts au fond d'une poubelle posée dans un coin de notre terrasse, à l'endroit où nous nous asseyions parfois pour regarder les lumières des ferries s'éloigner du port de Bastia, les inquiétaient encore davantage. Ils me menaçaient alors : « Tu attraperas le cancer et ça nous fera une belle jambe que tu deviennes la plus belle étoile dans le ciel. » Leur mère n'était plus avec nous. En guise de remplaçante, je n'avais été capable de leur offrir qu'une revenante mutilée, une morte de Grand Guignol dont le portrait fané ornait le mur de mon bureau entre une affiche de Mohamed Ali et une mosaïque de Post-it retraçant la chronologie de mon enquête.

Le 14 décembre 2010, je reçus une lettre simple à en-tête de la direction des affaires générales de l'Hôpital national Esquirol : « Votre courrier du 22/10/10 au sujet de la disparition de Gabrielle Nicolet a retenu toute notre attention. Compte tenu de la législation en vigueur, il nous est néanmoins impossible de vous autoriser la consultation du dossier administratif de l'intéressée. »

Quinze jours plus tard, je m'envolais cependant pour Paris. Un coup de téléphone anonyme, quelques jours après la réception du courrier, m'avait fixé un rendez-vous sur le quai de la station de métro Charenton-Écoles, pour le mardi 1er février 2011. À l'autre bout du fil, un homme qui se présenta comme « un ancien collègue de Gabrielle » assurait qu'il m'y attendrait « sans faute ».

Le jour dit, à l'heure prévue, un individu d'une soixantaine d'années, vêtu d'un impeccable complet veston, refusa de me donner son nom mais me proposa de prendre un café dans un bar des alentours. Il ne vit cependant aucun obstacle à ce que notre entretien soit enregistré. Voici ce qu'il me raconta.

Le 16 octobre 1979, alors que Gabrielle et Yann avaient disparu depuis plus d'un mois, un « Comité Gabrielle et Yann », créé deux semaines auparavant, organisa une soirée de soutien afin de récolter des fonds. Le comité était constitué en grande partie de parents d'élèves de l'école Croissy et de quelques infirmiers et infirmières d'Esquirol, une trentaine d'abord, venus de tous les services et devenus une quinzaine, puis une dizaine, puis une demi-douzaine à mesure que passaient les semaines d'absence. Ils ne représentaient qu'une infime partie de l'effectif – près de mille cinq cents employés au total. Ce soir-là, le comité espérait récolter des fonds pour une nouvelle campagne d'affichage sur les platanes de l'avenue de la Liberté à Charenton-le-Pont. Des tracts avaient déjà été distribués sur les marches de l'Assemblée nationale, en pure perte. Personne ne semblait s'intéresser à ce qui avait pu se passer en Corse, pas plus qu'à l'existence de Gabrielle et de Yann, ou à l'inquiétude que pouvait susciter leur disparition. Même le maire de Charenton, s'il avait accepté une brève rencontre avec le comité, s'était contenté de lever un sourcil distrait : « Eh bien quoi, une jeune femme en pleine santé peut bien s'offrir de bons moments, non ? »

Sur les tréteaux improvisés au beau milieu d'une vaste salle de réunion prêtée par la direction d'Esquirol, les chansonniers Font et Val poussèrent leur répertoire devant un parterre clairsemé, mais bientôt gêné lorsqu'un jeune médecin, inconnu de Gabrielle mais qui s'était senti « concerné » par son histoire, gratta sur trois accords l'air à la mode du moment, signé Michel Delpech : « Un jour on se donne un coup de poignard / On est tous des assassins / Et même quand on a comme toi / Les yeux d'un ange / ça ne change rien. »

À la fin de la soirée, bien après les derniers applaudissements, les organisateurs avaient ouvert l'urne en carton dans laquelle les spectateurs étaient invités à verser leur obole. La recette de la soirée s'établissait à deux cent quarante-trois francs, à peine de quoi payer de nouvelles affiches ornées du portrait de Yann. Au fond de la boîte, des mains anonymes avaient glissé deux enveloppes. La première ne contenait qu'une feuille de papier blanc barrée du mot « salope ». La deuxième, trois grains de riz.

Chapitre 8

Il ne dispose d'aucune preuve mais Serrier n'en démord pas. Le corps du gosse est quelque part dans le coin, qui palpite comme un secret brûlant. Depuis quelques jours, une idée que les autres gendarmes trouvent saugrenue s'est mise à hanter ses pensées : Yann repose lui aussi dans un cimetière du Cap Corse. Il suffit de dénicher le bon caveau et un nouveau morceau du puzzle s'emboîtera aux autres, un pas de plus vers la résolution de l'affaire. Il y croit dur comme fer. Reste à trouver la tombe.

Bien qu'il ait obtenu l'affectation de la moitié des effectifs de la brigade – six hommes à temps complet – à l'enquête sur la Femme Sans Tête, il mène en personne les recherches, tenaillé par cette certitude que lui seul comprend : le corps du gosse est là, tout près, qui attend qu'on le tire du purgatoire de l'oubli. Les premières recherches ne donnent rien. On ne trouve pas, dans tout le Cap Corse, un seul caveau qui puisse présenter la moindre similitude avec celui des Cristofari, où a été retrouvé le cadavre momifié de Gabrielle Nicolet voilà trois semaines ; pas de place vacante pour des décennies, aucun signalement suspect, pas le moindre mouvement nocturne aux abords des cimetières. Une fois, une seule fois, le maire d'un petit village perché sur les collines qui surplombent l'extrémité nord du Cap Corse a avisé la gendarmerie de visites « étranges », la nuit, aux abords d'un groupe de tombes situées à l'extérieur de l'ancien cimetière communal. Revêtus de treillis kaki, Serrier et trois de ses hommes se sont cachés dans les fourrés qui entourent les premières tombes, le doigt crispé sur la détente de leurs fusils à pompe, prêts à sauter sur le premier suspect venu. Mais les nécrophiles n'étaient que des adolescents d'un hameau voisin. Ils avaient simplement décidé de se donner le frisson en se racontant des histoires à dormir debout. De toute façon, Serrier n'y avait pas cru. Il le reconnaît lui-même : une traque si facile aurait déçu ses attentes. Ce qu'il veut, c'est parvenir à localiser Yann par ses propres moyens, en mobilisant ses propres ressources. Vérifier la pertinence de ses intuitions. Il doit rester « L'Enquêteur numéro 1 ». Et pour cela, il lui faut retrouver le gosse. Il se l'est juré : il finira par mettre la main sur Yann.

Puisque les cimetières ne parlent pas, Serrier décide de fouiller les mausolées. Le Cap Corse en est semé, de ces tombes imposantes aux dômes surmontés de croix en fer forgé qui semblent veiller comme des sentinelles muettes sur le passé glorieux des riches familles de la région.

En cercles concentriques, du plus proche au plus lointain, Serrier et ses hommes se mettent à arpenter les hameaux de Santa-Lucia avant d'étendre les fouilles jusqu'à Erbalunga, Siscu, Santa-Severa et même sur le versant occidental du Cap Corse, vers

Nonza et Centuri, le long de la côte déchirée où les vieilles maisons en équilibre au-dessus de la mer s'accrochent aux pentes des précipices. Serrier a répété ses ordres : « Fouillez tous ces putains de caveaux. Tous les mausolées. Du premier au dernier. » Alors, depuis l'aube rouge jusqu'à l'embrasement du crépuscule de cette fin d'été 1988, les gendarmes de la brigade de recherches se déchirent les paumes aux épineux du maquis, sillonnent la campagne écrasée de soleil, harassés et fourbus, se fraient un chemin vers le monde des morts et inspectent le moindre caveau. Leurs corniches affaissées, les façades ornées de sculptures figurant des crânes humains ou des flambeaux renversés ne sont plus entretenues depuis longtemps ; leurs lourdes grilles sont désormais refermées sur les lignées éteintes d'aventuriers partis faire fortune aux Amériques, il y a un siècle déjà, quand les habitants du Cap Corse repoussaient l'horizon en s'embarquant pour fuir la misère et les *vendette*, aussi loin que possible de ce tombeau flottant. Ils finissaient toujours par y revenir, néanmoins, des décennies plus tard, avec des manières de *sgiò*, pour y faire bâtir de somptueuses demeures à la mode espagnole ou toscane, et reprendre au maquis les vignes que cultivaient déjà les Romains sur les contreforts du Cap Corse. Mais dans les tombeaux qui charrient l'histoire des gens d'ici, les gendarmes de Serrier se moquent bien de retrouver les aïeux fortunés des *sterpe* du Cap Corse. Ce qu'ils cherchent, c'est un cadavre d'enfant, le corps menu et blanc que leur chef croit savoir enfoui là, dans un mausolée perdu, et qu'ils ne trouvent pas.

À force de rayonner, on s'est habitué à leur présence muette, à leurs déambulations funèbres. Dans toute la région, l'affaire inquiète autant qu'elle interroge. Un tueur de femmes, passe encore. Sous le coup de la colère, qui peut bien savoir ? Et puis, qu'avait-elle bien pu faire pour mériter semblable châtiment ? Mais un enfant ? Ce n'est pas « de nous », répètent les villageois, de Santa-Lucia à Tomino. Un rival ou un cousin, un voisin, un ennemi, ça se peut bien. Un homme en tout cas, qui devine le poids de ses actes. Au couteau ou au fusil, la nuit, quand il range sa voiture sous ses fenêtres et que le village dort : il suffit d'une détonation, une seule, bien ajustée. C'est facile. Ici, cela arrive presque tous les jours et depuis si longtemps qu'on ne s'en offusque plus. On se lamente encore un peu, pour la forme, mais on sait bien qu'il y en aura d'autres. Mais tuer et ensevelir un enfant, *una criatura* ? Non, décidément, ce n'est pas « de nous », martèlent les Capcorsins, qu'il ne faut cependant pas trop pousser à la confidence. Car sur l'affaire de la Femme Sans Tête, chacun dit la sienne sans se faire prier. Aux comptoirs des bars de village, sous la treille où les gendarmes s'attablent au frais entre deux « perquisitions de tombes », ils récoltent une telle moisson de ragots et de rumeurs qu'il leur faudrait des journées de quarante-huit heures pour venir à bout de la plus infime vérification. Il y a la piste de mystérieuses sectes satanistes qui sévissent dans l'ombre, celles des *arabacci*, les sales Arabes « vagabonds et voleurs qui aiment la femme blanche et peuvent égorger un enfant comme un mouton », celle du FLNC encore, ou « des barbouzes de l'État français qui veulent salir le peuple corse ». Pour un peu, on s'épancherait sur les soucoupes volantes et les esprits frappeurs.

Les coupables ? Tout le monde et personne. Confidence pour confidence, seul un lâche, un *vigliaccu*, a pu faire un tel coup, comme le fils du médecin au village d'à côté, qui aurait fait de la prison sur le Continent, ou le berger, là-haut, le vieux salopard incendiaire du col Saint-Jean, qu'on ne peut pas dénoncer parce qu'il vise encore assez bien mais qui ne perd rien pour attendre ; et ce boucher ambulant encore, *sciancu*, boiteux, qu'on dit richissime et qu'on a vu entreprendre une fille du coin il n'y a pas si longtemps.

Chacun de ces racontars chuchotés à l'apéritif fissure encore un peu la soi-disant loi du silence. Pour une haine familiale recuite, pour une querelle mal éteinte transmise comme un virus de père en fils, on désigne le voisin, l'ancien compagnon de bringue devenu sobre, le cousin qui a réussi sur le Continent et même un ou deux défunts, d'un village ou d'un autre, qu'on aurait bien imaginé en meurtrier sadique. À chaque conversation, Serrier, si peu bavard d'ordinaire, échange quelques paroles, sourit poliment et consigne de courtes notes sur ses carnets avant de s'en retourner à sa besogne. Les caveaux. Les mausolées. Yann l'attend.

Après dix jours de vaines recherches, alors qu'il sent ses hommes prêts à lâcher prise, il décide de les employer à d'autres tâches. Pour le moment, ils se contentent de se plaindre en sourdine. Il ne veut pas les cabrer. Ils ont beaucoup donné, le long des sentiers de chèvres, à traverser le maquis du nord au sud pour recenser et explorer les caveaux sur la seule foi de son instinct. Serrier sait qu'à la brigade, sa tocade laisse perplexe. Les enquêteurs s'interrogent sur la place soudaine prise par cette affaire dans sa propre vie et les curieux sentiments qu'elle semble inspirer au « patron ». Mais il n'y prête aucune attention. Il poursuivra seul son périple. Son intuition ne l'a jamais trompé. Bientôt, il saura.

Bien avant l'aube, il parcourt les chemins oubliés, son propre chemin de croix semé de marques rouges sur la carte d'état-major qu'il conserve, enroulée dans un film plastique, au fond de son sac à dos où il range aussi un lourd pistolet automatique réglementaire. Chaque mausolée est répertorié, sa position exactement reportée sur les pages de son carnet noir, l'aspect extérieur crayonné rapidement, la forme du dôme, la hauteur, les frises ornementales, les allégories de la Bonne Fortune ou les noms à moitié effacés, gravés sur la pierre des frontons. À ses yeux, tout apparaît clair et strictement ordonné dans les hiéroglyphes de son mystérieux alphabet de traits, de ronds, de triangles et de barres verticales. Entre ces lignes confondues avec le paysage, quelque part – tout près, mais où ? –, le corps de Yann ne tardera plus à surgir, couvert de poussière et libéré de l'oubli.

Pourtant, les jours s'étirent en vain sans preuves ni indices ni corps momifié d'enfant ; les heures moites de l'été 1988 s'épuisent dans l'excitation et la certitude d'abord, puis le doute, la lassitude et le découragement : qui irait planquer un cadavre si loin, et pour quelles raisons ?

Un jour qu'il déjeune à la table d'un restaurant de Siscu, un jeune homme obèse, le visage clairsemé de touffes rousses, s'approche de sa table en gloussant, un œil mort tourné vers le ciel. Du pouce et de l'index, il dessine un rond dans lequel glisse un doigt épais à l'ongle noir :

— C'était la maîtresse à Mitterrand. Elle était grosse de lui.

Le dément éclate de rire, sa bouche se tord en grimace, il est plié en deux et se tape sur la cuisse quand l'aubergiste surgit des cuisines. C'est un gros bonhomme couvert de sueur à la couronne de cheveux teints. D'un revers de torchon, comme on éloigne un chien, il chasse le fou qui s'éloigne apeuré et disparaît à l'arrière de la gargote.

— Excusez, dit l'aubergiste au gendarme, *u sciemu di u paese*[1].

Puis, s'asseyant à la table sans attendre la réponse de Serrier, après avoir passé son torchon sur sa nuque ruisselante :

— Vous êtes ici pour la Femme Sans Tête, pas vrai ? Pour moi, le gars qui a fait le coup, il est forcément du coin.

*

J'ai eu à connaître un certain nombre de crimes de sang. J'en ai décrit beaucoup, avec plus ou moins de véracité et un talent très relatif, dans des circonstances parfois éprouvantes. Le degré d'empathie

---

[1]. Le fou du village.

qu'ils suscitaient se révélait variable selon l'identité et le passé des victimes, leur parcours, celui de leurs assassins et une infinité d'autres considérations. En dix ans de travail en Corse, la terre où je suis né, j'ai pu observer davantage de cadavres que la plupart de mes confrères du Continent n'en verront au long de leur carrière. Ceci est surtout valable pour les experts autoproclamés en « affaires corses », en « banditisme » et en « terrorisme », qui ignorent pour la plupart la différence fondamentale entre « voir » et « savoir ». Eux n'ont jamais humé la violente odeur métallique échappée d'un corps disloqué par une demi-douzaine de cartouches de chevrotines, ce parfum d'oxyde ferrique contenu dans le sang répandu en flaque épaisse sous un cadavre. Ils n'ont jamais fait l'expérience in vivo des hurlements de douleur d'une jeune femme découvrant en même temps que les policiers le corps criblé de balles de son père.

Ils se contentent de recueillir l'avis de flics, baptisés « sources proches du dossier » ou « fins connaisseurs de l'île de Beauté », font parfois parler le folklore sous la forme d'une référence aux sempiternels « bandits d'honneur » et passent à autre chose, sautent d'une chronique à une autre, d'un scoop au suivant. Le crime et son essence profonde, perceptibles dans les parfums, les odeurs, les regards et les silences de ceux qu'il unit dans la nuit froide – policiers, proches des victimes, médecins qui s'acharnent sur leur massage cardiaque –, ces sensations leur resteront à jamais inconnues. Le crime, ils en parlent sans l'avoir vraiment approché, comme un aveugle de naissance décrirait le sens de la vue.

Il existe toutes sortes de corps fauchés par une mort violente. Certains apparaissent à peine abîmés par les blessures – un rond noirci au-dessous d'un téton, à la place du cœur, le sourire aux lèvres –, d'autres restent figés dans mes souvenirs comme des silhouettes grotesques, le visage râpé par le goudron où ils se sont effondrés, les mains crispées sur le grillage d'un stade de football, leurs jambes à l'équerre dans un incroyable numéro de contorsion post mortem. D'autres paraissent assoupis. Seuls quelques indices révèlent la nature de leur sommeil : une rigole de sang noir épousant la déclivité du terrain, le cadran fracassé de leur montre-bracelet aux aiguilles arrêtées à la seconde précise de leur assassinat. L'un d'eux, découvert dans un local à ordures d'une cité des quartiers sud de Bastia, semblait même traverser un état de transe extatique. Il reposait à genoux, la tête rejetée en arrière et les mains jointes entre ses jambes épaisses. Sa gorge avait été tranchée d'une oreille à l'autre, découvrant une plaie brune où grouillaient les insectes. Du sang avait abondamment coulé sur son torse et sa panse rebondie, d'une couleur de mastic veinée de traces noires. On l'avait abandonné au milieu des sacs poubelles éventrés. Les rats avaient commencé à grignoter son énorme cul. Il était mort depuis deux jours et la rigidité cadavérique s'était déjà installée dans ses membres, si bien qu'en l'emportant, les pompiers n'avaient eu d'autre choix que de le poser assis sur leur brancard et quitter les lieux dans un simulacre de procession religieuse, avec ce Bouddha obèse à la gorge béante en guise de statue votive.

La dernière victime que j'ai côtoyée a été abattue voici trois ans. C'était un immigré clandestin marocain. Un passant l'a trouvé étendu sur le dos au milieu d'un sentier perdu entre deux carrés de vigne à l'abandon, les yeux grands ouverts dans une expression de stupeur telle qu'elle en paraissait presque comique. Une décharge de fusil de chasse tirée à bout portant avait emporté sa mâchoire inférieure. Il ressemblait à un personnage de dessin animé ou à un extraterrestre échappé d'un film de science-fiction : les yeux presque propulsés hors de leurs orbites et le bas de son visage réduit à l'état de magma sanguinolent. Celui-ci est mort à cause de moi, pour vingt-huit secondes d'interview sur sa condition d'esclave dans les champs de clémentiniers, à deux pas de l'endroit où on l'a abattu pour le punir d'avoir parlé à un journaliste. Il est mon préféré. Je crois que lui et moi sommes liés par un pacte muet.

Parmi ces morts, certains m'avaient averti de leur fin probable sinon imminente, avec ce mélange de tristesse et de fierté virile qui illumine le regard des mauvais garçons d'ici lorsqu'ils évoquent leur avenir. Les autres se croyaient invincibles et sont finalement tombés sous les coups de plus dangereux qu'eux, de plus méchants ou de plus vicieux. Parfois, leurs assassins étaient leurs amis. « A volpe perde u pele ma u viziu mai » : « le renard perd ses poils mais pas son vice », dit un proverbe corse.

Qu'ils aient tué ou non, qu'ils se soient simplement retrouvés au mauvais endroit et au mauvais moment, beaucoup d'entre eux m'accompagnent. Ils sont quelque part en moi, presque devenus une partie de moi, et leur souvenir tapi dans les recoins de ma mémoire se réveille au moment le moins opportun. Lorsque j'assiste à un mariage, perdu au milieu des invités qui sourient aux jeunes époux en sortant de l'église, lorsque je contemple le sommeil paisible de mes fils, leurs couvertures bariolées tirées jusqu'au nez, ils surgissent derrière mon regard. Ils veulent s'assurer que je ne les oublie pas.

Il faut bien admettre que la plupart des morts que j'ai croisés avaient d'assez bonnes raisons d'être assassinés. Leur passé plaidait rarement en leur faveur, pas plus qu'un présent cerné de brouillard. L'enchevêtrement de choix discutables effectués à des moments discutables, leur incapacité à admettre leurs erreurs en avaient fait d'excellents candidats à la malamorte.

Mais pas Gabrielle et Yann. Eux étaient innocents. Ils n'ont pas été massacrés pour avoir menacé de quelconques intérêts. On ne les a pas torturés, brisés, fracassés parce qu'ils représentaient un danger immédiat – ils ne représentaient pas même l'illusion de ce danger. Dans leur cas, il s'agit d'autre chose. Yann a été abattu parce qu'il avait huit ans et qu'il était sans défense, un enfant terrorisé, perdu au milieu d'adultes, loin de ses repères et presque sans famille. C'est parce qu'elle était une femme seule et un peu paumée, sans mari, ni père, ni frère, ni cousin pour la protéger, sans amis pour veiller sur elle, que Gabrielle a été humiliée et outragée, que son corps, pour reprendre l'expression du médecin légiste après l'autopsie, fut invité à une petite tournée en Enfer pendant les quinze minutes de son agonie.

Et c'est ce qui rend insoutenable leur mort, non la manière de la donner.

Gabrielle et Yann Nicolet ont été assassinés alors qu'il aurait été plus facile et moins risqué de les laisser en vie. Il faut se résoudre à accepter que, dans l'esprit de l'assassin, leur massacre n'avait été ni nécessaire ni même indispensable. Prendre cette décision et l'exécuter s'était tout simplement révélé possible.

DEUXIÈME PARTIE

POURQUOI CETTE INDIFFÉRENCE ENVERS NOTRE COLLÈGUE ET SON ENFANT ?

À l'A.G. de vendredi, nous n'étions que 30 salariés de l'hôpital présents.

Ne nous sentons-nous pas tous concernés par ce drame ?

Ne souhaiterions-nous pas en un cas semblable une certaine solidarité sur notre lieu de travail ?

Depuis qu'ils ont disparu, déjà deux mois et demi d'inquiétude et d'angoisse pour leurs proches.

QUE SONT-ILS DEVENUS ?

NOUS SOMMES TOUS CONCERNÉS.

Tract distribué par le Comité Gabrielle
et Yann à l'hôpital Esquirol,
13 novembre 1979.

Chapitre 9

Quand un gendarme de la brigade de Porto-Vecchio a entendu parler de l'affaire de Santa-Lucia dans la presse, il a décroché son combiné pour passer un coup de fil à Serrier. C'est un vieux de la vieille, en poste en Corse depuis dix-huit ans. Il s'y est marié, y a fait souche. Il connaît tout le monde et parle même un peu la langue. Serrier l'a croisé à deux ou trois reprises au cours de ses déplacements dans le sud de l'île et il a apprécié l'aisance de ce collègue débonnaire. D'ordinaire, les gendarmes ne cherchent pas à s'éterniser, même si servir en Corse permet de percevoir une double annuité, comme en campagne, comme en temps de guerre, comme autrefois dans les colonies. Celui-ci, à la différence notable de beaucoup de collègues, paraissait à l'aise, serrait des mains à qui mieux mieux, aux vieux pêcheurs, aux patrons de bar. Serrier l'avait choisi comme sherpa dans la région de Porto-Vecchio, où un certain Giacometti, ancien militant nationaliste et désormais braqueur de haut vol, maniait sans compter le pain de plastic et le fusil d'assaut. Ils n'avaient pas mis la main sur leur client mais le collègue s'était tout de même révélé d'une aide précieuse, guidant Serrier dans le maquis avoisinant Porto-Vecchio, en planque autour des « points de chute » de Giacometti et, à une ou deux reprises, dans les bars de la ville où tous deux avaient recueilli les confidences de tenanciers bavards qui avaient quelque chose à se faire pardonner. Giacometti était un malin. Il leur avait échappé et ne serait finalement arrêté que quelques mois plus tard au bras d'une jolie brune dans une rue de Perpignan.

Cette fois, le collègue ne voulait pas lui parler d'un bandit de grand chemin. En revanche, il disposait peut-être d'un tuyau pour l'affaire Gabrielle et Yann Nicolet, qu'il résuma ainsi au téléphone : « Intéresse-toi à l'affaire Rocchi. Il y a quelque chose à gratter de ce côté-là. » C'était il y a dix jours.

À présent, seul dans le bureau de la brigade, Serrier est totalement absorbé par le cliché qu'il tient entre ses doigts. C'est le portrait de l'assassin en chimère, saisi par l'objectif d'un photographe anonyme dans la cour du palais de justice d'Ajaccio, il y a deux ans. Entre deux gendarmes, Antoine Rocchi glisse un regard oblique en direction de l'appareil, devinant d'instinct sa présence intrusive. La photo est mal cadrée et un peu floue, mais l'image frappe. On distingue les yeux plissés de reptile, les bras courts et épais comme des pattes de crocodile, la mâchoire carrée et le cou de buffle posé sur une poitrine large comme celle d'un gorille.

À l'époque, le nommé Rocchi comparaissait devant la cour d'assises de Corse-du-Sud pour un meurtre en pleine mer qui aurait fourni un scénario palpitant à un thriller. Deux jeunes touristes, Isabelle et Clémence, avaient disparu alors qu'elles passaient leurs vacances à Propriano. La suite a été relatée par la presse avec un luxe de détails au moment du procès :

« Isabelle Gaucher et Clémence Hémon étaient des jeunes filles soigneuses. C'est ce qui a perdu Antoine Rocchi : elles avaient écrit leur nom avec un feutre sur le soutien-gorge de leur maillot de bain. Devant la preuve irréfutable de ce crime, Antoine Rocchi a baissé la tête : "Allez, oui, c'est moi. Je les ai étranglées. Ensuite, j'ai lesté les corps et je les ai jetés à la mer." Il aura fallu trente-neuf heures d'interrogatoire pour qu'il craque et avoue. Et pourtant, depuis qu'ils avaient recueilli le témoignage d'un jeune touriste allemand – il souhaite garder l'anonymat –, les gendarmes savaient que la partie était gagnée.
Le vacancier leur avait expliqué comment Rocchi l'avait invité à « manger la langouste » en pleine mer avant de lui demander son aide pour jeter une moto à l'eau et toucher l'assurance. Mais le touriste avait repéré la moto quelques jours auparavant. Elle appartenait à deux jeunes femmes croisées sur le port de Propriano. Lorsque Rocchi lui a parlé de ce "petit service", il s'est méfié, a discrètement fouillé les sacoches de l'engin et y a trouvé les soutiens-gorge. Avec le nom de leurs propriétaires. Isabelle Gaucher et Clémence Hémon. Les deux victimes. »

— Et c'est pas tout, a lâché le collègue de Porto-Vecchio au téléphone. J'ai interrogé d'anciens collègues. D'après eux, Rocchi a été soupçonné dans d'autres affaires. Des vacancières allemandes en 1958 et 1960. Et puis dans l'affaire Lucia Strawson, aussi, il y a une quinzaine d'années.

Au cours de son procès, on a demandé à Antoine Rocchi de décrire son mode opératoire, le soir où il a abordé Isabelle Gaucher et Clémence Hémon. « Je les ai invitées à manger la langouste à bord », a-t-il simplement expliqué. Un modus operandi aussi simple et efficace que son existence, entièrement dédiée à la pêche et au respect des anciens. À sa mère surtout, une femme minuscule drapée de noir. Au procès, son apparition avait fait sensation, la poitrine barrée de deux médailles remises par le président Vincent Auriol en personne pour « services familiaux rendus à la nation ». À la barre, elle avait défendu bec et ongles son rejeton et longuement parlé de ses onze autres enfants. Lorsque le président de la cour d'assises l'avait interrogée sur sa propre vie, elle l'avait résumée en évoquant ses souvenirs de jeune fille soixante ans auparavant : « Si mon père m'avait surprise les bras nus dans les rues de Propriano, il m'aurait tuée. »

La vieille Rocchi n'a pas sauvé son fils. À l'issue de son procès, Antoine le pêcheur a été condamné à la perpétuité, et lorsque les jurés ont rendu leur verdict, un torrent de larmes a ruisselé sur son visage massif. Il pleurait parce que personne ne pourrait relever les filets posés en mer le jour où les gendarmes l'avaient arrêté à son arrivée dans le port de Propriano.

Serrier a mis un peu de temps mais il s'est procuré les neuf tomes de l'affaire Rocchi. Il veut tenter de savoir si le pêcheur est mêlé de près ou de loin à « son » dossier, s'il a quelque chose à voir avec l'assassinat de Gabrielle Nicolet et de son fils Yann.

Les Rocchi ? Ils apparaissent maudits, voués à la damnation. À Propriano, on raconte que la malédiction remonte au jour où le père, pêcheur lui aussi, a trouvé une tortue géante échouée sur le rivage, lui a tranché la tête et fait de sa carapace un berceau pour y coucher ses douze enfants.

Depuis, « le sort de la tortue » s'est abattu sur la fratrie, génération après génération. Pierrot, l'aîné des Rocchi, a été fusillé à bout portant par deux hommes cagoulés alors qu'il ancrait son bateau de pêche dans une anse de Propriano. Mobile : inconnu. Quelque temps plus tard, on a retrouvé Toussainte, une des sœurs, le cou tordu au bas d'un escalier. Accident ou suicide ou assassinat : on n'a jamais su, on n'a jamais vraiment voulu savoir. Sans compter l'histoire d'un beau-frère des Rocchi, qu'un coup de couteau a vidé de son sang dans une ruelle du port sans que personne ne l'entende râler des heures durant. Là-bas, chacun regarde ailleurs quand il s'agit des Rocchi.

« Mais les malheurs de cette famille ont commencé en 1960, raconte un autre article. Jacques, alias Jimmy, l'un des fils, pêchait paisiblement à la dynamite lorsque le garde-pêche du coin l'interpella. C'était son propre parrain. Ces choses-là ne se font pas, dans l'île de Beauté. Jimmy s'empara d'un fusil, l'abattit d'une cartouche dans le front et d'une autre dans le torse et l'acheva à coups de crosse. Dénoncé par son propre frère, condamné à mort puis gracié par le général de Gaulle et finalement promis à la perpétuité, les belles institutions judiciaires de ce pays l'ont libéré après dix-sept années de prison. Six mois plus tard, il était trahi par son regard "d'un bleu étincelant" et reconnu par un témoin après un braquage dans la salle des coffres d'un hypermarché de Carqueiranne, un épisode sanglant où il exécuta trois caissières d'une balle dans la nuque avant de fuir et de tuer encore trois fois, un père de famille, son voisin et une fillette de huit ans. »

Propriano. Antoine Rocchi. Son frère Jimmy. C'est peut-être le lien qui relie Serrier à l'assassin de Gabrielle et Yann. Un lien ténu mais pas tant que ça. Car ses hommes ont minutieusement reconstitué le parcours de la jeune femme et de son enfant à l'été 1979. Et sur leur carte, ils ont pointé la région de Propriano. Gabrielle et Yann s'y sont bien rendus au cours de leur séjour en Corse. La chronologie établie par les enquêteurs de la brigade de recherches ne laisse pas le moindre doute sur ce déplacement, jalonné de traces que les victimes ont semées derrière elles. Il subsiste encore quelques zones d'incertitudes mais pour l'essentiel, les trajets ont pu être vérifiés, recoupés par des témoignages jugés « fiables et sérieux » et consignés dans une « note de synthèse » adressée à leur supérieur :

— 6 août 1979 : Gabrielle Nicolet débarque à BASTIA avec son fils Yann ;
— 7 août 1979 : après avoir passé la nuit dans un endroit inconnu, ils s'installent au camping *Les Oliviers*, situé sur le territoire de la commune de Santa-Lucia (HAUTE-CORSE) ;

— 10 août 1979 : plusieurs témoins affirment avoir vu la personne disparue en compagnie de son fils, faisant de l'auto-stop en direction du sud de l'île ;
— 11 août 1979 : Gabrielle Nicolet est aperçue à PROPRIANO (CORSE-DU-SUD) ;
— 12 août 1979 (au matin) : elle visite PROPRIANO après avoir dîné, la veille, en compagnie d'une personne non identifiée à ce jour.

Serrier a scruté les détails, s'est gorgé de vice et de lubricité en lisant les dépositions d'Antoine Rocchi, son appétit sexuel contrarié par le puritanisme mystique de sa famille, une fratrie biblique où, le dimanche, on se rendait en procession à la messe avant de rentrer pratiquer le rituel de l'*occhju*, l'huile et l'eau mêlées pour « signer » le mal, dans leur modeste cabane de pêcheur agrippée aux rochers blancs de la côte.

Les touristes allemandes ? Rocchi a bien été inquiété mais on l'a rapidement relâché faute de preuves. Leurs cadavres ont depuis longtemps fini de nourrir les murènes tapies dans les rochers des hauts-fonds. Lucia Strawson ? Aux questions des gendarmes, il n'a rien opposé que son silence, sans même se forcer à nier.

Sur son carnet noir, Serrier a dévidé son alphabet de cabaliste, les traits verticaux et horizontaux, les ronds et les points et les triangles qui délimitent sa géométrie mentale. Rocchi est un assassin polymorphe entraîné à subir ses propres pulsions. Il peut attendre le moment opportun, ne se découvrir qu'à l'instant T lorsque toutes les conditions sont réunies. Il peut taire le mal qui hurle en lui, museler longtemps son désir avant de fondre sur ses victimes et les appâter avec le menu ritualisé de ses méfaits : « Ça vous dirait de manger la langouste en pleine mer ? »

Mais la question, toujours la même, revient se heurter à la logique : le pêcheur connaissait les trous profonds et silencieux où la mer se charge d'avaler les corps, quel intérêt aurait-il eu à parcourir la Corse du sud au nord, sur près de deux cents kilomètres, pour ensevelir Gabrielle dans le cimetière de Santa-Lucia ?

Le soir tombe derrière les stores de son bureau. Serrier se retrouve seul, une nouvelle fois. Hanté. Le dernier homme du service a doucement refermé la porte derrière lui en prenant congé, il y a plus d'une heure. Il a grommelé en constatant que Serrier ne lui rendait pas son « À demain, patron » murmuré respectueusement. À présent qu'il tourne et retourne la photographie de Rocchi dans ses mains, Serrier se remémore les six derniers jours de son enquête, depuis le moment où la juge d'instruction a fini par acquiescer à sa demande d'interroger Rocchi jusqu'à son entrée dans la cellule du pêcheur assassin.

C'était une semaine auparavant, le 14 septembre 1988. Il s'est assis en face de Rocchi, dans la cellule de la centrale de Saint-Maur que le « prisonnier modèle » – les propres termes de l'administration pénitentiaire – a décoré de dessins naïfs représentant des dizaines de Christs à l'agonie et de Vierges en pleurs, des dessins au fusain crayonnés à même le mur, où le gendarme a cru reconnaître une scène figurant la procession du *catenacciu* à Sartène, avec son pénitent cagoulé, sa lourde croix sur l'épaule et les fers aux pieds, ployant sous son fardeau de culpabilité anonyme.

Dans l'homme qui lui fait face, tranquillement assis les bras croisés sur sa poitrine, Serrier a reconnu la silhouette massive de Rocchi, non plus chimère à présent mais homme-machine relié à un respirateur artificiel qui vrille le silence d'un ronronnement continu.

Rocchi s'est montré courtois, quoique distant. Il a demandé des nouvelles du pays puis a écouté le gendarme lui détailler l'affaire, la disparition en 1979, le corps décapité finalement retrouvé par une coïncidence d'épouvante, l'astuce du caveau qui devait rester inoccupé. Par touches subtiles, Serrier s'est employé à éveiller les sens de Rocchi en parlant de la vie « dissolue » de Gabrielle, de ses nombreuses aventures avec des hommes ; il a tisonné sa concupiscence, réveillé ses fantasmes en allusions discrètes, « une jolie femme », « pas toujours farouche », « ses hanches larges » – « non, vraiment, ça ne vous dit rien ? ».

La respiration de Rocchi s'est accélérée. Les tuyaux enfoncés dans ses narines ont frémi, il a fini par haleter quand la machine s'est emballée, son regard s'est éclairé, traversé d'une lueur soudaine, un éclat noir et crépitant dans sa pupille. Il a ouvert la bouche pour dire quelque chose pour la refermer aussitôt, quand le gendarme lui a parlé de l'enfant :

— Un petit ? a rugi Rocchi. Pour qui vous m'avez pris, vous autres ?

*

Les recherches menées auprès du ministère de l'Intérieur et plusieurs associations de victimes me permirent d'apprendre que, pour la seule année 1979, les services de l'État avaient enregistré quatre « disparitions inquiétantes » d'enfants. Quatre événements dont on savait bien ce qu'ils pouvaient signifier. Rien ne permettait à l'époque de se lancer rapidement sur la piste des victimes et de leurs ravisseurs, il n'existait aucun message d'« alerte-enlèvement » matraqué sur les ondes de la radio et de la télévision tous les quarts d'heure, aucune diffusion immédiate sur les réseaux sociaux, juste des « fiches » adressées par télécopie à tous les services de police et de gendarmerie, en espérant qu'une patrouille reconnaisse un visage au hasard d'une rue ou d'un chemin de campagne.

C'est sans doute la raison pour laquelle aucun de ces cas n'a jamais été résolu et que l'on reste sans nouvelles d'Annick, trois ans et demi, qui a échappé à la surveillance de ses parents au cours d'une promenade dans les Alpes, le 5 juin 1979 ; de Patrick, six ans, volatilisé pendant une partie de pêche avec son père et un oncle près d'un affluent de l'Isère le 10 juillet ; de Barbara, âgée de neuf ans, aperçue par un ultime témoin à 12 h 11 très précisément alors qu'elle tournait à l'angle d'une rue de Toulouse en se rendant à pied à son école, le mercredi 15 novembre 1979 ; d'Aurore, dix ans, signalée une dernière fois le 17 décembre de la même année, assise sur un banc face à l'entrée du 84, avenue Émile-Zola, dans le XVe arrondissement de Paris.

Le nom de Yann Nicolet ne figure pas sur cette liste, ni sur aucune autre. Personne ne s'est jamais donné la peine de donner son signalement ou de préciser les circonstances de sa disparition, si bien que depuis 1979 le petit spectre blond flotte dans le monde des « absents » qui n'est ni celui des vivants, ni celui des morts. Longtemps, contre l'évidence des faits, j'ai considéré qu'il s'agissait là d'une preuve : Yann était toujours en vie. Quelque part.

Cette certitude pesait sur ma vie et sur mon travail. À la télévision régionale, où je tentais tant bien que mal de donner le change, il ne se trouvait plus que deux ou trois personnes pour juger mes reportages vaguement dignes d'intérêt, et encore ne s'agissait-il que d'amis proches. Lorsqu'ils me saluaient, leur air trop enjoué s'évanouissait sur mon passage. Au fond, je savais ce qu'ils pensaient : j'avais trente-trois ans et l'essentiel de ma carrière se trouvait derrière moi. On ne me faisait plus confiance.

Le fait d'être accaparé par l'affaire de la Femme Sans Tête n'expliquait pas tout, il y avait autre chose, une manière d'être et d'agir différente de ce que j'avais jusque-là donné à voir. Je n'étais plus le collègue sympathique et blagueur mais une sorte de personnage prématurément aigri, sombre et taciturne que les autres journalistes et les techniciens, les cameramen, les secrétaires évitaient désormais. On oubliait de m'adresser les courriels d'invitation aux dîners entre journalistes ; la proposition qui m'avait été faite de présenter une émission très suivie dans toute la région fut brutalement retirée sous un prétexte quelconque et, bientôt, le directeur de la station de télévision me convoqua pour me suggérer de prendre un congé sans solde le temps nécessaire à mon « rétablissement ». Cette inactivité forcée dura plusieurs semaines au cours desquelles je m'étais d'abord promis de mettre de la distance entre la Femme Sans Tête et ma propre existence avant d'y renoncer, incapable de me détacher de son histoire.

À l'été 2010, j'avais prévu de rencontrer l'un des neveux Rocchi. Il pouvait peut-être me renseigner sur l'état d'esprit de sa famille vis-à-vis de l'affaire Gabrielle. Il avait sans doute quelques anecdotes à raconter. S'il ne faisait aucun doute que son oncle n'avait jamais été mêlé à la disparition de la jeune femme et du petit Yann, je voulais tout de même comprendre ce qui avait pu conduire les gendarmes à le soupçonner, en apprendre davantage. Je me serais contenté de n'importe quoi, du détail le plus insignifiant. Je voulais tout explorer, tout savoir, ne rien laisser dans l'ombre.

Je n'en ai pas eu le temps. Quelques jours avant la date prévue de notre rencontre, Patrick Rocchi a été tué d'une décharge de chevrotines dans le dos pour une banale querelle de voisinage. La malédiction de la tortue s'était une nouvelle fois abattue sur sa famille et rien ne semblait pouvoir l'enrayer. Patrick était un jeune homme sain, un sportif accompli, très impliqué dans la vie associative de Propriano, un type dont le sourire franc s'étalait à présent sur la photo de une de Corse-Matin. *Sous peu, un nouveau mort rendrait visite à mes cauchemars.*

Chapitre 10

Après l'épisode des caveaux et la piste Rocchi, Serrier a été autorisé à poursuivre ses investigations sur la Femme Sans Tête mais on l'a prévenu : faute de résultats, il faudra rendre des comptes et se consacrer enfin à des tâches plus sérieuses. Même le procureur de la République s'y est mis. Onctueux, tout en circonlocutions, il a fini par convoquer le patron de la BR dans son bureau, au deuxième étage du palais de justice de Bastia.

— Moi aussi, a-t-il expliqué les yeux baissés sur un trombone plié et déplié entre ses doigts fins, moi aussi j'ai voulu y croire. Notre problème, c'est le temps. Neuf ans… Tout a été salopé. Les indices, les constatations, les éléments de preuve. Rien de bon ne ressortira de tout ça.

Serrier a expliqué qu'il « sentait » l'affaire, qu'avec des moyens, il pourrait en venir à bout.

— Bien sûr, bien sûr, a coupé le magistrat. Mais vous devez aussi vous attendre au pire. Ne pas trop espérer. Neuf ans, pensez… Il y a tellement à faire…

En quittant le bureau, Serrier se répète en boucle cette phrase. « Il y a tellement à faire. » Dans la bouche du procureur, cela ressemble davantage à une mise en garde qu'à un simple constat. Serrier le sait : une autre donnée a fait irruption dans l'enquête sur la Femme Sans Tête, une donnée extérieure et incontrôlable qui fait trembler le préfet et affole le pouvoir, à Paris, où l'on regarde de près les affaires insulaires. Car on tue et vole beaucoup, en cet été 1988. Gendarmes et policiers courent dans tous les sens, du nord au sud, et comptent les points, braquage après braquage, hold-up après hold-up, meurtre après meurtre. Un vent de panique et de folie souffle de Bastia à Ajaccio et plonge l'île dans un bain de sang. Il n'y a pas seulement les attentats du FLNC, qui ne faiblissent guère et font redouter une escalade de violence. Une nouvelle génération de truands a éclos sur le fumier de la précédente. Finis, les maquereaux et les trafiquants de la French Connection en costume trois-pièces à rayures. Désormais, les jeunes loups veulent vivre et braquer au pays, bien décidés à se nourrir sur la bête. Le tourisme promet de juteux bénéfices, l'industrie du soleil et des loisirs aiguise les appétits. En quelques coups de main audacieux, on peut s'arracher de la pauvreté, conquérir les filles au volant de grosses voitures de sport ; on peut ressusciter le mythe du voyou et gagner en puissance, l'étaler aux yeux de tous grâce aux vêtements de prix, aux belles femmes et aux villas avec vue sur mer que cette nouvelle vie promet. Il suffit pour cela d'être violent et téméraire, rien qui ne soit hors de portée de jeunes gens décidés. Cela fait quelques années que ce phénomène prend de l'ampleur mais les policiers et les gendarmes reçoivent des ordres formels : il faut donner la chasse aux cagoulés, pour les voyous on verra plus tard. Et puis, ils peuvent toujours donner un coup de main. Ce sont des gens prêts à discuter pour peu que l'on y mette les formes. Le pouvoir veut éradiquer la gangrène nationaliste, ces jeunes gens trop remuants qui menacent l'unité nationale et ridiculisent l'État à coups de conférences de presse clandestines au fond du maquis. Le danger est là, pas dans la rapacité de la mauvaise graine des hors-la-loi et des spécialistes du hold-up. Alors, on ferme les yeux en attendant les résultats de la traque aux nationalistes.

Cet été 1988, la Corse offre donc un boulevard aux braqueurs. Dès le mois de juillet, une flambée de criminalité a embrasé les *sulleoni*, les journées caniculaires de la saison estivale. Première attaque : un fourgon postal, délesté de sa cargaison de billets de banque en plein jour, sur le principal axe routier de Corse, une bande de bitume de deux cents kilomètres de long empruntée chaque jour par des milliers de véhicules. Quatre hommes ont bloqué la circulation sur trois kilomètres, intercepté le fourgon et l'ont vidé de deux millions de francs l'arme au poing. L'opération n'a pas duré plus de deux minutes. Les bandits se sont aussitôt dispersés. Trois cents automobilistes à l'arrêt, coincés dans les embouteillages provoqués par l'attaque, n'ont rien vu, rien entendu.

Deux jours plus tard, on dénombre sept autres braquages. Des stations-service dévalisées, des épiceries, deux bars, un PMU, une bijouterie. Leur nombre est porté à trente-neuf début août, cinquante-quatre quinze jours plus tard et soixante et onze à la fin de l'été, lorsque des malfrats signent le dernier coup de la saison en raflant la recette d'une soirée de gala organisée à bord du *Comté-de-Nice*, le nouveau ferry affecté aux lignes Corse-Continent dont c'est la traversée inaugurale. Quatre-vingt-dix mille francs de butin se sont envolés au nez et à la barbe des policiers, des douaniers, des fonctionnaires des Affaires maritimes. Nul ne sait comment les truands s'y sont pris, ils ont surgi de nulle part, deux ou trois hommes pas plus, ont massacré le commissaire de bord du navire à coups de crosse, lui ont arraché le sac de sport dans lequel il avait glissé les billets et se sont évanouis parmi les passagers. À la descente du navire, une centaine de gendarmes et de policiers ont fouillé chaque voiture, chaque passager, même les enfants. La perquisition générale n'a rien donné, ni billets ni armes, ni cagoules : six cents passagers à bord, six cents alibis solides comme l'acier.

Que dire encore des attentats qui troublent à nouveau la nuit corse après quelques semaines de trêve traditionnelle pour saluer l'élection présidentielle ? Quarante-neuf plasticages enregistrés pour les six premiers mois de l'année, vingt et un mitraillages de gendarmeries. Les militaires ne sortent plus sans gilet pare-balles, les contrôles routiers se succèdent en plein jour dans une atmosphère de tension extrême. Pour une parole, pour un mot déplacé, un signe d'agacement, on se retrouve en garde à vue au poste, sommé de s'expliquer sur ce livre de poésies en langue corse qui traînait dans le coffre ou un vieil exemplaire d'une revue autonomiste oublié par un ami dans la boîte à gants. Paris veut du chiffre. L'État veut se nourrir de statistiques. Interrogé par des journalistes, le ministre de l'Intérieur a donné du menton et fait pleuvoir les consignes : il faut traquer les terroristes et les terroriser, que la peur change enfin de camp, que force reste à la loi et à la République, pas de temps à perdre pour les cadavres en cours. Depuis son bureau bunkerisé que gardent en permanence trois officiers de sécurité, le préfet met une pression maximale sur les enquêteurs : « Donnez la chasse aux cagoulés, ne leur laissez aucun répit et rapportez-moi des têtes. »

Tout cela, Serrier le sait, comme il ne peut ignorer que son enquête gêne. Que Gabrielle et Yann ne font pas le poids. D'un côté de la balance, la nécessité de résoudre des affaires bien plus chaudes, de donner satisfaction à ses chefs, de montrer que la Corse n'est pas le Far West. De l'autre, sa quête personnelle, « Gabrielle et Yann Nicolet, disparus à l'été 1979 ». Qui s'en soucie, désormais ?

Passé la fin août, on ne lit plus une ligne sur la Femme Sans Tête dans la presse locale. Les gros titres, les manchettes, les mots qui avivent la curiosité, « Le Mystère de Santa-Lucia », le « Drame sordide », tout cela a disparu dans les profondeurs des informations locales, entre l'annonce d'un tournoi de belote et les dates de la rentrée scolaire. Les journalistes ne tiennent pas trop à s'attarder sur cette encombrante énigme, jetée comme une pierre dans le jardin du tourisme. Trois semaines après la découverte de Santa-Lucia, ils n'y consacrent déjà plus que de vagues politesses d'usage, quelques papiers désespérément vidés de substance. Le tout est de donner l'illusion du travail et de la compassion. Rien d'autre.

Même la grande presse reste muette sur le cas « Gabrielle Nicolet », quoique pour d'autres raisons. Sur l'échelle du crime, l'été 1988 s'impose comme un millésime exceptionnel et il faut courir du sordide au dégoûtant, de l'abomination à l'abjection, pour noircir les feuillets qui éveilleront les passions assoupies du vacancier vautré sur le sable. Un été de pulsions, une saison en enfer. La France entière a le regard tourné vers la Saône-et-Loire où l'adjudant Pierre Chanal a été arrêté par hasard lors d'un contrôle routier le jour même de la découverte de la Femme Sans Tête. On découvre avec horreur l'étendue de ses crimes, les viols commis sur de jeunes appelés, les sévices, les tortures, la perversion sexuelle inscrite sur le visage creusé du militaire, les meurtres en série enfin élucidés après quinze années de déni et de silence, l'armée accusée de passivité.

Et l'affaire Lafont, encore. Pauline Lafont, la vedette de cinéma, la jolie blonde disparue en pleine cambrousse cévenole. Bien avant que son corps de poupée ne soit découvert, brisé et tordu au fond d'un ravin trois mois plus tard, tous les reporters de France et de Navarre sillonnent la garrigue, la tête farcie de patati psychanalytique sur « l'enfant de la balle » et « le malaise des gosses de riches ». Aucune piste n'est laissée de côté : suicide, enlèvement, secte.

Enfin, il y a l'affaire Céline Journet. La petite Céline. La gamine martyrisée. Au cœur de l'été, l'épouvante de son supplice soulève le cœur. À La Motte-du-Caire, dans les Alpes-de-Haute-Provence, un agriculteur a retrouvé son corps dissimulé sous un sac d'engrais. Céline a été sodomisée. On lui a cassé la tête à coups de pierre. On l'a abandonnée comme une charogne, un animal abattu. Et revoilà les journalistes, en bataillons couverts de sueur, qui se mettent à arpenter la garrigue carbonisée et noire de soleil, prennent le temps de savourer l'accent chantant des paysans pas taiseux, contrepoint du chant des cigales. On cite le Giono des *Notes sur l'affaire Dominici* – Lurs n'est qu'à quelques kilomètres, le souvenir du vieux Gaston hante encore les parages – ou, pour les plus cultivés, *La Petite Roque* de Maupassant.

Alors quoi ? Gabrielle et Yann ? Une momie périmée et un misérable petit tas d'osselets achevant de pourrir au maquis ?

— Et puis, c'était en 1979… Il y a neuf ans, exact ? interroge un soir l'officier de permanence venu aux nouvelles dans le bureau de la brigade de recherches.

— Trois mille deux cent quatre-vingt-cinq jours très exactement, répond Serrier en levant un œil de son carnet.

L'officier secoue la tête et ricane :

— Déjà morts et enterrés…

*

En 1979, une seule personne n'a pu se résoudre à accepter l'inacceptable. Alexandre Marigot était un « ex » de Gabrielle, sans doute le seul individu à lui avoir témoigné autant d'amitié dans la vie qu'après sa mort. D'une certaine manière, il avait été sa seule planche de salut mais Gabrielle n'avait pas su saisir cette chance ; elle avait été incapable d'imaginer seulement ce qu'Alexandre aurait pu lui apporter, lui qui s'occupa de Yann comme s'il avait été son propre enfant, lui qui lui faisait faire ses devoirs et l'accompagnait encore à l'école bien après qu'il se fut séparé de sa mère.

Il m'avait attendu à un arrêt de bus proche de la mairie de Charenton-le-Pont. Son nom m'était apparu au détour d'une conversation avec un ancien magistrat et, après un bref entretien téléphonique, il m'avait proposé de le rejoindre en banlieue parisienne. La première chose qu'il trouva à me dire trahissait la résurrection de mauvais souvenirs : « Votre coup de téléphone m'a replongé dans ma propre histoire. Les mauvais rêves ont recommencé. » Il avait dit cela sans affectation, sans le moindre espoir d'être consolé. Après quelques minutes de trajet en voiture, nous nous sommes retrouvés installés dans un canapé de cuir noir au milieu du salon de son petit appartement et je me suis enfoncé avec lui dans le dédale de ses « mauvais rêves ».

Son histoire avec Gabrielle avait commencé en 1977. Elle ressemblait à ces prologues de comédies sentimentales auxquels on consent à croire parce ce que l'on a payé sa place de cinéma et qu'il faut bien passer le temps. Au printemps de cette année-là, la carrière d'infirmière de Gabrielle était au plus bas. Ses supérieurs, à commencer par le docteur Bocquillon, ne pouvaient plus supporter ses mensonges et ses absences, ses coups de gueule, sa mauvaise camaraderie. En temps normal, chaque nouvelle affectation faisait l'objet d'un consensus mêlant syndicats et infirmiers d'un même service : on se réunissait et on discutait, chacun faisait valoir son point de vue, avançait ses raisons bonnes ou mauvaises d'accepter tel ou tel changement puis on passait au vote en cas de litige. Pas dans le cas de Gabrielle. À l'occasion d'une de ces réunions, alors qu'elle était absente, il avait été décidé de la muter dans un autre service. Aucun syndicat n'exprima la moindre réserve et l'affaire était sur le point d'être conclue lorsque Alexandre Marigot prit la parole. Il ne connaissait pas Gabrielle, c'est à peine s'il avait pu la croiser à deux ou trois reprises dans les couloirs de l'hôpital Esquirol. Dans un silence pesant, il s'était levé pour une plaidoirie improvisée en faveur de la jeune femme. Le seul fait de la savoir incapable de faire valoir ses droits lui avait été insupportable. « Elle a un gosse et elle l'élève seule », avait-il grondé de sa voix de basse, son impressionnante carcasse dominant l'assemblée. « Nous n'avons pas le droit de lui imposer ce nouveau boulot sans lui demander son avis. » Ses efforts, sa verve et l'autorité morale dont il jouissait à Esquirol avaient payé. Penauds, les autres infirmiers et les médecins titulaires avaient reporté la mutation de Gabrielle avant de l'ajourner tout à fait.

Comment Gabrielle avait-elle eu connaissance de l'incident ? Aujourd'hui encore, Alexandre Marigot l'ignore. Il se rappelle simplement que la jeune femme s'était arrangée pour le rencontrer « par hasard » et le remercier, et qu'ils étaient devenus amants – amis, surtout.

Leur histoire n'avait pas survécu à l'hiver 1978. Marigot avait dû quitter Paris pour ses Antilles natales pendant quelques semaines et, à son retour, Gabrielle lui avait simplement annoncé son intention de rompre. Cela ne changea rien à leurs excellents rapports. Même après leur séparation, Alexandre gardait Yann de temps à autre, et tous deux, le géant antillais et l'enfant blond, s'en allaient au cinéma ou prenaient ensemble un goûter sur un banc du bois de Vincennes. Yann parlait des oiseaux, Alexandre des fleurs tropicales. Ils marchaient quelques heures et Yann riait aux éclats ou courait après des pigeons.

De tout cela, alors qu'il revivait ces instants de bonheur, Alexandre Marigot conservait un souvenir si précis et si coloré qu'au détour d'une phrase, il devenait soudainement muet et se trouvait obligé de détourner le regard pendant que j'enregistrais son témoignage sur mon dictaphone.

En septembre 1979, rongé par l'angoisse de ne pas voir reparaître Gabrielle et son fils après leur départ pour la Corse, il avait commencé par alerter le bureau du personnel d'Esquirol, puis l'école de Yann puis la préfecture de Bastia, ne recevant pour toute réponse que deux lignes froides expédiées depuis le bureau du préfet :

« J'ai l'honneur vous faire connaître, *écrivait son directeur de cabinet,* qu'aucun élément nouveau n'est intervenu qui permettrait de retrouver la trace de l'intéressée et de son fils. »

Alexandre Marigot s'entêta. Il multiplia les courriers, interrogea les compagnies maritimes et les hôpitaux insulaires, contacta la gendarmerie et les services de police. Il n'obtint aucune réponse. Vers la mi-septembre 1979, il se décida à lancer une procédure de « recherche dans l'intérêt des familles » mais on lui fit savoir qu'il n'avait « aucune qualité pour agir ». Il n'était pas le père de l'enfant. Il n'était pas marié à Gabrielle. Ce n'était ni un cousin ni un parent. Juste une « connaissance ». De quel autre droit que celui d'être inquiet pouvait-il se prévaloir ? Ce n'est que quelques semaines plus tard qu'il trouva de l'aide en la personne d'une avocate du barreau de Bastia, « retournée par l'affaire ». Tous deux engagèrent les démarches nécessaires au déclenchement de la procédure. Le dossier était complété d'une lettre rédigée d'une écriture précise et aiguë, dans laquelle Marigot disait son espoir de retrouver Gabrielle et Yann vivants :

« Je pense qu'ils sont peut-être séquestrés. Pour l'enfant, j'en suis quasiment certain. Comme je l'ai déjà signalé dans la fiche que vous m'avez donnée, sa description physique est la suivante : 1 m 37, 28 kilos, teint très clair et cheveux extrêmement blonds, presque blancs, yeux bleu-vert. Yann est un petit garçon secret et assez timide mais très affectueux, qui sait reconnaître les gens qui veulent son bien et leur est très attaché. Gabrielle n'ayant pas toujours été très disponible pour lui en raison de son travail, c'est une éducatrice du prénom de Geneviève (j'ignore son nom de famille mais Yann l'appelle Mamy Génie parce que cette dame est assez âgée pour être sa grand-mère) qui s'est occupée de lui.

Yann a un léger défaut de prononciation, comme un cheveu sur la langue. Il fait un petit complexe à ce sujet qui pourrait intéresser les enquêteurs : avant de parler, il répète ses phrases à voix basse pour être sûr de les prononcer correctement. Ce tic fait presque penser à un bégaiement mais il ne s'agit pas de ça, merci de le noter.

À part ça, il adore les oiseaux et passe de longues heures à les dessiner. Il possède beaucoup de livres sur le sujet, il connaît par cœur leurs noms savants et leurs habitudes. P.-S. : Yann a aussi une marque de naissance sur la face interne de l'avant-bras gauche, une sorte de tache brun clair d'environ trois à quatre centimètres de circonférence. »

Un mois plus tard, les gendarmes se hâtèrent de conclure leur molle enquête par un rapport de quelques pages dans lequel les tournures administratives d'usage dissimulaient mal leur indifférence. Dans le procès-verbal de deux pages qu'ils consacrèrent aux « opérations de recherche » – en réalité quelques coups de téléphone expédiés parmi mille autres tâches administratives –, les enquêteurs se bornaient à constater que « le mode de vie marginal de NICOLET, Gabrielle, pourrait expliquer sa disparition, sans doute volontaire ».

Quant à Yann, ils écrivirent simplement : « L'enfant, non concerné au premier chef par la présente requête, n'a fait l'objet d'aucune mesure d'investigation particulière. »

Chapitre 11

Une nouvelle fois, la nuit surprend Serrier à sa tâche, loin des siens et de la petite maison sur les hauteurs de Bastia où dorment sa femme et ses deux filles. Le bureau de la brigade est désert, traversé d'ondes inquiétantes. Depuis une semaine, le gendarme s'est mis à classer ses informations sur des fiches cartonnées qu'il range ensuite dans un boîtier métallique fermé à double tour. Il met de l'ordre dans ses carnets noirs, expurge les centaines de pages de ses notes et redistribue les faits de l'enquête en fonction de leur importance, sur une échelle allant du plausible à l'inconsistant, d'après une méthode qui lui a permis, en d'autres lieux et d'autres temps, d'accomplir des merveilles.

Il refuse désormais de comprendre que ce temps est sur le point d'être révolu, qu'il n'a fallu qu'un mois et demi pour faire vaciller sa réputation d'infaillible limier. Pourtant, il sent le regard des hommes de la brigade imperceptiblement transformé par les échecs du début de l'enquête, la fausse piste Rocchi et les tâtonnements, l'épisode des caveaux qui a laissé des traces parmi les enquêteurs, de minuscules fissures dans l'estime portée à leur chef et qui se creusent chaque jour davantage à mesure qu'il leur communique son irritation de ne rien trouver, aucun élément à exploiter, aucun indice, aucune avancée.

On lui reproche surtout de « jouer perso ». De faire cavalier seul. À la brigade, on a compris qu'il en savait bien davantage sur Gabrielle qu'il n'accepte de le dire. Et on se demande bien pourquoi il conserve ces informations pour son seul usage.

Cela remonte à son déplacement sur le Continent. Sans en rendre compte à ses supérieurs, sans en parler à ses subordonnés, Serrier s'est permis un crochet par l'école Croissy, où Yann était scolarisé. La directrice, une jeune femme brune, l'a reçu sans même songer à vérifier son identité, visiblement bouleversée depuis que des parents d'élèves en vacances en Corse lui avaient téléphoné après avoir lu les articles sur « la maman du petit Yann ».

Serrier s'est laissé guider le long des couloirs silencieux de Croissy, ces corridors lumineux ornés de centaines de dessins d'enfants. La directrice lui a servi son laïus sur cette école expérimentale où l'apprentissage des arts compte autant que celui de la grammaire, où les enfants peuvent suivre les cours avec leur animal de compagnie et prennent part à chaque décision du « conseil de vie communautaire ». Après quelques banalités, la directrice l'a convié à prendre place dans le sofa qui trône au milieu de son grand bureau au premier étage et Serrier a entamé son interrogatoire de routine :

— Que pouvez-vous me dire à propos de Yann ?

— C'était un petit garçon adorable. Tendre. Affectueux. Un peu discret. Un peu solitaire aussi, même s'il savait rompre ce que nous appelons ici son « cercle de silence ».

— Lui ou sa mère, ils avaient des habitudes ? Des gens qu'ils fréquentaient ?

— Nous nous refusons de mener la moindre enquête de moralité sur nos élèves, leurs parents ou leurs fréquentations, se renfrogne la directrice.

— Je comprends. Mais j'ai besoin d'un maximum d'éléments.

— C'est-à-dire que...

— Des personnes troubles ?

— Non, je n'en ai pas le souvenir. Tout ce que je sais, c'est que tous deux paraissaient très seuls. La mère participait à la vie de l'école, elle ne ratait jamais un conseil communautaire mais elle semblait très occupée par son travail... Yann, lui...

— Comment vivait-il la situation ?

— Oh, je crois... Enfin, je pense qu'il ne la vivait pas trop mal. Il n'avait pas été habitué à autre chose. Naturellement, il aurait certainement été différent, disons davantage épanoui, si sa mère avait été plus présente, peut-être...

— Vous dites qu'elle participait aux activités de l'école... Elle s'impliquait pour l'avenir de son petit garçon ?

— Ce n'est pas ce que j'ai voulu dire... Comme je vous l'expliquais tout à l'heure...

— Était-ce une bonne mère ? questionne Serrier.

La directrice tourne la tête vers la baie vitrée ouverte sur la cour de récréation de l'école. Un instant, son esprit paraît absorbé dans la contemplation du feuillage d'un immense magnolia planté au beau milieu du terre-plein. Puis elle se lève brusquement et contourne son bureau jusqu'à une armoire de bois clair. Serrier suit des yeux la silhouette qui se hisse sur la pointe des pieds pour saisir une boîte en carton. La directrice de Croissy s'approche, soulève le couvercle.

— Jetez un coup d'œil là-dedans.

À l'intérieur, Serrier découvre une trentaine de croquis sur d'épaisses feuilles de papier à dessin.

— Il était extrêmement doué pour ça, dit la directrice d'une voix à peine audible. Un vrai talent.

Sur les croquis, toujours le même décor et les mêmes personnages : un enfant, une femme et un arbre où sont perchés des dizaines d'oiseaux multicolores.

— Yann ne dessinait rien d'autre, reprend-elle.

Serrier passe ses doigts sur les feuilles de papier fort. Il peut en sentir le grain. Pas de crayonnages bleus ni de hachures vertes pour symboliser le ciel ou l'herbe, pas de soleil rieur dans un coin de la feuille, pas de bonhomme de père. Un enfant, sa mère et quelques oiseaux. Tout l'univers.

*

Quand Yann vint au monde, le 20 octobre 1971, Gabrielle venait de fêter son vingt et unième anniversaire. Elle avait désiré l'enfant, autant par amour que pour se donner une place dans la vie. Il serait sa seule famille. Sa courte existence ne comptait tout au plus que quelques mois d'un bonheur si distant à présent qu'il ne ressemblait même pas à un souvenir.

Par instants lui revenaient les airs des comptines bretonnes que lui chantait sa mère en l'endormant, sa voix transparente, ses beaux cheveux roux et son visage fin penché sur son sommeil de petite fille, une sensation apaisante qui se transformait aussitôt en un sentiment d'abandon si puissant et si incontrôlable qu'il aspirait ses pensées jusqu'au vertige.

À la maternité, elle ne reçut aucune visite. Lionel, le père, ne se montra pas. Deux semaines après avoir été surpris, il avait demandé et obtenu sa mutation dans le sud de la France. Il ne donna jamais le moindre signe de vie. Gabrielle n'avait même pas songé à avertir son père de la naissance de Yann. Ils resteraient seuls tous les deux, la fille-mère et son gosse. Et elle saurait comment prendre soin de lui.

Dès sa sortie de la maternité, sa vie se mit cependant à dériver entre l'incertitude et le chaos. Sa logeuse refusa de continuer à louer son studio à « une fille de rien ». Elle ne voulait pas d'enfant « chez elle », elle refusait de subir le regard de la concierge ou des voisins. Gabrielle dut plier bagage et entama avec son nourrisson une longue errance de meublés minables en hôtels borgnes et dut se résoudre, pour une courte période de mars à juillet 1973, à s'installer dans le provisoire d'un foyer pour mères célibataires. À l'hôpital Esquirol, personne ne se doutait de la vie impossible qu'elle menait. Il ne lui serait pas venu à l'esprit de s'en plaindre.

Ce fut au troisième étage du foyer Saint-Pancrace, dans le XIIIe arrondissement de Paris, que Geneviève Trimont retrouva sa trace et celle de l'enfant. Geneviève était la tante de Lionel, le père de Yann. Elle avait remué ciel et terre et fini par convaincre Gabrielle de la suivre.

Elle voulait, disait-elle, rattraper « les conneries » de son neveu, sa trahison et son absence, sa « lâcheté infernale ». Pour Gabrielle et Yann, Geneviève Trimont devint une bonne fée, une figure rassurante dont la seule présence suffisait à tromper leur solitude.

Ce fut avec Geneviève – il l'appelait « Mamy Génie » – que le petit garçon prononça ses premiers mots et ce fut encore avec elle qu'il fit ses premiers pas. Gabrielle avait mis à profit ces premiers mois d'hospitalité pour reprendre pied. Son travail à l'hôpital l'occupait, elle souhaitait gravir les échelons. Mais quelque chose la ramenait constamment au bord d'elle-même. Elle rentrait de plus en plus tard, ne respectait pas ses horaires. Elle se perdait, de soirées « chez des amis » en nuits passées « quelque part » pour ne rentrer qu'au matin, épuisée par sa propre errance, honteuse et dégoûtée d'elle-même, triste et vide. Et jamais la moindre nouvelle en provenance de Brest ou de Roscanvel.

En 1976, grâce à l'entremise de Geneviève, Gabrielle put visiter un appartement situé au quatrième étage du 37, rue Gabriel-Péri, à cinq minutes de marche de l'hôpital Esquirol. L'endroit était clair et bien agencé. Il comprenait un séjour, deux chambres et une cuisine déjà équipée. La salle de bains n'était pas très vaste mais sans commune mesure avec les sanitaires du foyer d'accueil. Geneviève avança la caution, s'acquitta des premiers loyers et garantit au propriétaire des lieux le paiement régulier de Gabrielle.

Cette année-là, pour la première fois, Yann fêta son anniversaire « chez lui ».

Il avait cinq ans.

Chapitre 12

Serrier en sait désormais assez pour se faire une idée plus précise de la personnalité de Gabrielle Nicolet. Deux semaines après sa visite à l'école Croissy, son septième carnet noir est déjà couvert d'une écriture minuscule ponctuée des habituels symboles. Combien de personnes a-t-il déjà interrogées ? Une quarantaine, peut-être. Si les sœurs et le frère de Gabrielle ne lui ont rien apporté de plus, murés dans une sorte de honte et rebutés à l'idée de voir resurgir le passé familial qu'ils avaient fui avec autant d'application, d'autres connaissances lui ont permis d'affiner son portrait et de rentrer, par une porte dérobée, dans son intimité.

Depuis qu'il est rentré du Continent, ses collègues s'étonnent du changement de comportement qui affecte ses gestes et ses réflexions. Bien sûr, il n'a jamais été très démonstratif. Mais il agit désormais comme s'il était seul dans cette enquête et cet entêtement solitaire contribue à creuser le fossé entre ses hommes et lui. À vrai dire, les sentiments qu'il inspire désormais lui importent peu, à la différence des journées qui ont précédé la disparition de Gabrielle Nicolet, à présent pratiquement établie avec certitude aux alentours du

26 août 1979, peut-être le 25. Que s'est-il passé avant ces deux journées ? Pourquoi est-elle venue passer ses vacances en Corse ? Quelle rencontre y a-t-elle faite ? Progressivement, Serrier en est venu à admettre que la réponse à ces questions se trouve moins dans la chronologie de son séjour en Corse que dans la personnalité de la jeune femme. Comprendre qui elle avait été : il est sûr que cela lui permettra de savoir ce qui lui est arrivé. Souvent, il se répète son ancien leitmotiv, qu'il martelait aux nouveaux arrivants de la brigade de recherche : « Oubliez les conneries d'analyse psychologique : dans une enquête, seuls comptent l'espace et le temps, le reste n'est que de la foutaise. » À présent, ces deux notions ne signifient plus rien. Car il veut pénétrer l'esprit de Gabrielle et visiter son propre passé, à ses côtés, en marchant dans ses pas. Aussi, penché sur ses carnets, il relit ses notes, ferme parfois les yeux et, dans son bureau plongé dans la pénombre, quand tous les autres sont partis, il revit l'existence de Gabrielle Nicolet, la Femme Sans Tête.

1975. Elle travaille la nuit, elle est devenue « veilleuse ». D'ordinaire, les infirmières fuient comme la peste cette affectation au cœur des pulsions démoniaques nocturnes. Être « veilleuse » à Esquirol s'apparente à un déclassement. Mais le bureau du personnel lui a expliqué qu'il s'agissait d'une faveur : une nuit de veille donne droit à deux jours de repos consécutifs pendant lesquels elle aurait tout loisir de s'occuper de Yann. On l'a même inscrite au registre des « indemnitaires pour charge d'enfant orphelin » et son traitement s'en trouve augmenté de six cents francs annuels, à quoi il faut ajouter une prime de quarante francs et des bons d'aide sociale, un accès privilégié au comité de bienfaisance de l'hôpital. La contrepartie se chiffre en heures silencieuses passées à arpenter les couloirs glacials à l'écoute du murmure inhabituel derrière une porte, un infime glissement de pas, le signe annonciateur d'une crise de folie. La nuit aiguillonne la terreur des déments. Elle porte les cris de douleur qui résonnent soudainement au fond d'une aile d'Esquirol. Il faut alors dominer sa propre angoisse et se rendre au-devant de l'innommable pour affronter le regard halluciné d'une grand-mère dévorant ses excréments, recroquevillée dans un coin de sa chambre, ou le délire d'un patient qui croit reconnaître dans le peignoir suspendu au crochet de la salle de bains la silhouette de son frère mort depuis des lustres.

Parfois, les cars de Police-secours débarquent une pleine cargaison d'ivrognes ramassés au petit bonheur dans les rues de Paris. La cohorte crie et chante à tue-tête, l'air s'emplit de vapeurs d'alcool et de grognements, de chansons paillardes, d'une puissante odeur d'urine et de vomi. Il suffit de guider les saoulards dans les chambres de dégrisement et le matin les rendra au trottoir d'où ils viennent. Certains sont des clients réguliers. En apercevant Gabrielle, ils lui lancent « bonsoir, beauté » ou « c'est encore moi, ma jolie ». Ce sont de gentils gars qui ne feraient pas de mal à une mouche. Ils boivent et c'est tout. Ils s'oublient un peu. Ils reviendront une nuit ou l'autre.

Mais le danger n'est jamais loin. Une nuit de décembre 1976, des policiers font irruption dans le bâtiment que surveille Gabrielle. Ils encadrent un colosse polonais au visage déformé par un masque hurlant. À trois, ils peinent à le maîtriser. Il les envoie valser contre les murs. Ils le rattrapent, tentent d'immobiliser ses bras. L'un d'eux perd son képi dans la bagarre. Le géant l'écrase d'un coup de talon rageur. Son torse nu laisse apparaître autant de cicatrices que de tatouages aux couleurs bleues passées, presque effacées par endroits. Gabrielle a à peine le temps de deviner la silhouette d'un paon sur sa poitrine, un oiseau dont la large queue s'orne de caractères cyrilliques indéchiffrables, que le géant tire d'on ne sait où une lame de rasoir et se taillade les biceps, faisant gicler un sang noir et épais comme de l'encre sur les murs. Il continue et plonge la lame dans sa gorge, une fois, deux fois, trois fois. Il tombe à genoux. Les policiers le regardent, médusés. L'un d'eux, un tout jeune homme, éclate en sanglots. Le corps massif gigote encore un instant, sans un bruit, et une mare rouge se répand sur le linoléum du couloir.

C'est pour fuir cette ambiance de mort que Gabrielle a découvert Virézieux. C'est pour mettre le maximum de distance entre les nuits d'Esquirol et sa propre vie qu'elle s'est mise en quête d'un endroit où elle pourrait recomposer sa propre famille, une famille qu'elle aurait librement choisie et pour laquelle elle ne serait ni la « salope », ni l'« emmerdeuse », ni la « dépressive suicidaire », mais Gabrielle, la jeune femme ouverte et riante qui s'occupe si bien de son fils.

Une collègue d'Esquirol, versée dans l'aromathérapie, lui a parlé du « Manoir ». Elle s'y est rendue une première fois en 1974. Depuis, elle y retourne dès qu'elle en a l'occasion. On ne l'y a pas reçue comme on recueille une âme en peine, par charité ou par compassion, mais simplement parce que sa personnalité paraît s'accommoder des règles du lieu et que c'est à peu près tout ce qui importe pour les gens du Manoir.

Le « Manoir de Virézieux » n'est en réalité qu'un joli corps de ferme du XVIe siècle, retapé avec soin par la « communauté » qui hante le lieu, une compagnie baroque de gourous et de disciples, de routards et de marginaux qui y trouvent refuge pour une semaine ou deux ans, en fonction des nécessités du moment.

La présence d'enfants y est acceptée, sinon encouragée en vertu des principes de l'endroit, selon lesquels l'individu doit se libérer au plus tôt du carcan de la société consumériste et faire l'apprentissage de son « être profond ». C'est pour cela, pour ce sens de l'accueil et la qualité des êtres qui peuplent le Manoir, que l'on vient s'y ressourcer de la France entière et même de Suisse, de Belgique, des Pays-Bas, du Portugal et de Grèce, pour y suivre des conférences sur la médecine par les plantes ou la création de « systèmes paraéconomiques fondés sur le don et le partage ».

Le matin, on se lève quand on le souhaite et on prend le petit déjeuner à sa convenance, dans la grande cuisine ouverte sur un immense jardin où un oranger et trois pommiers donnent des fruits frais garantis toute l'année. Le pain est pétri sur place. Les confitures maison cuisent toute la journée dans une grande marmite qui répand alentour une douce odeur de sucre. L'après-midi, les membres de la communauté échangent leurs vues sur les sujets dans l'air du temps. Ceux qui le souhaitent peuvent s'initier au travail de l'argile et de la broderie selon des techniques artisanales respectueuses de l'environnement ; le soir, on se retrouve dans la salle commune ou dans l'une ou l'autre des chambres toujours ouvertes aménagées à l'étage pour recevoir les visiteurs : à Virézieux, le bonheur apparaît si simple à Gabrielle qu'elle demande parfois en riant si elle n'est pas déjà morte et au paradis.

Si le temps le permet, elle se lève aux aurores et part avec Yann se promener à pas lents près des marais du Cavours, le long des sentiers et des roselières, à la recherche de bécassines et de busards des roseaux. Elle emporte toujours dans son sac de toile un vieil appareil photo. Quand ils aperçoivent un oiseau, elle fait de son mieux pour le saisir au vol ou en train de piéter tranquillement et, plus tard, après avoir développé les clichés, Yann les rangera dans son album et s'en servira comme modèles.

Tous les deux, ils cheminent en silence, cueillent quelques fleurs et s'allongent de temps à autre, les mains sous la nuque, pour compter les nuages et rire et se dire qu'enfin, pour quelques heures encore, ils ne sont plus seuls. À la nuit tombée, ils rejoignent la « salle de veillée » où les pensionnaires se réunissent près d'une imposante cheminée.

Là, ses doigts fins perdus dans la chevelure blanche de Yann, Gabrielle écoute les récits d'ailleurs, les périples en Afghanistan ou au Yémen, aux portes du désert marocain ou au Mexique, à la rencontre de gens « authentiques et vrais » qui savent encore tendre l'oreille à la nature et se contenter d'une vie débarrassée du superflu. Elle imagine les tenues colorées et les sourires, le partage d'un maigre repas dans une cahute où l'amour tient lieu de luxe suffisant, l'amour simplement. Elle accueille ce fantasme qui la transporte hors de sa condition et de la définition qu'elle en donne alors – « une paumée qui torche les dingues ».

*

Comment l'ai-je su ? Cela importe peu. Disons simplement qu'il m'a fallu mentir et tricher, usurper une ou deux des identités qui n'étaient pas les miennes, jongler avec les sentiments de quelques personnes qui se croyaient à l'abri de leur propre mémoire. Parmi elles se trouvait un homme usé au regard fuyant, rencontré au début de l'été 2012 près du marché central de Rabat, au Maroc. Il me fit aussitôt l'effet d'un lâche, une sorte de traître de comédie dont la mise évoquait celle d'un faux beatnik au look savamment travaillé. Après une heure de discussions et la promesse de rémunérer ses informations contre sept cent cinquante dirhams, il accepta finalement de se souvenir de Robert Pionnel.

C'est à Virézieux que Gabrielle fit, en août 1976, la connaissance de ce grand bonhomme maigre à la barbe rousse, toujours vêtu de manière voyante dans un style évoquant à la fois le clochard hirsute et un lord anglais. Il était fiancé depuis des années à Marie, une autre habituée du Manoir, peut-être la meilleure amie de Gabrielle à cette époque. Robert Pionnel voyageait beaucoup. De petits boulots en petits boulots, il accumulait un maigre capital puis taillait la route au guidon d'un vélo, le seul moyen de locomotion acceptable à ses yeux. Union soviétique. Bulgarie. Grèce. Maghreb.

Il ramenait de ses périples des milliers d'anecdotes et des gadgets qui amusaient beaucoup Yann, de petites poupées macédoniennes, d'invraisemblables couvre-chefs traditionnels troqués dans de lointaines régions de la planète où, racontait-il sans que l'on sache démêler le vrai du faux, « les gens vivent encore dans des huttes, sans eau courante et sans électricité ».

Robert Pionnel se disait aussi « libre et heureux comme personne en ce bas monde » mais Gabrielle avait pu le surprendre, à plusieurs reprises, effondré et en larmes, reclus dans un coin de la chambre qu'on mettait à sa disposition à Virézieux, occupé à renifler et tousser en marmonnant d'incompréhensibles paroles.

Le cas de ce jeune homme intéressa beaucoup le major Serrier.

Au cours de son enquête, ce dernier apprit que, le matin du 21 décembre 1979, quatre mois après la disparition de Gabrielle en Corse, Robert Pionnel se présenta chez un ami pour lui demander de l'héberger « quelques jours ». Le soir même, il enfonça le canon d'un fusil de chasse dans sa bouche et se fit sauter la cervelle.

Chapitre 13

C'est toujours la même histoire, les mêmes vérifications et l'attente des résultats : rechercher le nom dans les fichiers, se renseigner sur le dernier domicile connu, « faire l'environnement » du suspect, interroger ses voisins et ses proches même lorsqu'il s'agit d'un mort, comme Robert Pionnel, cadavre aussi glacé que celui de Gabrielle – mais un cadavre que les supérieurs de Serrier aimeraient bien voir lesté du meurtre de la jeune femme et de son fils, pour pouvoir enfin clôturer ce dossier pestilentiel.

Le casier judiciaire de Pionnel, Robert, Armand, né le 22 avril 1954 à Digne (Alpes-de-Haute-Provence) est immaculé. Un « détail », toutefois, a attiré l'attention des collègues de Serrier chargés d'enquêter sur la personnalité du défunt : sa consommation de cannabis, jugée « habituelle et fréquente, pour ne pas dire excessive ». « C'était un routard sans frontières et un téteur de joints crasseux », a apprécié le gendarme qui a remis le dossier à Serrier. De là à l'incriminer...

Serrier, lui, a discrètement enquêté et ce qu'il a ramené dans ses filets électrise son cerveau. L'ancien gardien de nuit du camping *Les Oliviers*, à Santa-Lucia, lui a appris qu'en août 1979, un individu répondant au signalement de Pionnel avait brièvement rejoint Gabrielle et Yann deux jours après leur arrivée en Corse. Si les souvenirs du veilleur de nuit sont aussi intacts, c'est précisément en raison d'un incident survenu le soir même de cette visite :

— Un truc pas vraiment rare dans un camping, mais le bonhomme avait l'air assez jobard pour que je m'en souvienne, a précisé le gardien. Des touristes sont venus me trouver parce qu'un couple faisait du raffut. J'ai dû faire la police, je les ai suivis et, effectivement, le grand rouquin barbu gueulait comme un putois. Je n'ai pas compris de quoi ils parlaient avec la bonne femme mais je leur ai aussitôt demandé d'arrêter leurs salades. J'ai même menacé le type d'appeler les flics. Puis j'ai braqué ma lampe à l'intérieur de la tente. Le gosse était réveillé, il avait le faisceau en plein dans le visage et il a levé la main pour se protéger les yeux. Il ne semblait pas effrayé. Je lui ai demandé si ça allait, il a fait « oui » de la tête sans dire un mot et sa mère a juré qu'à partir de maintenant, elle et ce type se tiendraient tranquilles. Je suis retourné faire ma ronde. Le lendemain, le rouquemoute s'était déjà tiré, et son vélo avec. Il n'a même pas payé sa place, ce saligaud-là.

À la brigade, les avis sur le cas Pionnel divergent sérieusement. Certains enquêteurs l'estiment innocent. Son profil n'est pas celui d'un tueur d'enfant. C'était un beatnik, un hippie, un non-violent – pas un assassin. Pour les mêmes raisons, d'autres gendarmes en tiennent pour sa culpabilité et parmi eux un homme de poids : Lucien Rossi, le seul Corse de la brigade de recherches et, accessoirement, l'adjoint de Serrier. L'avis de Rossi compte parfois bien davantage que celui de Serrier. Rossi est éruptif, capable d'asséner un coup de poing à un collègue après une parole déplacée – cela s'est déjà produit –, mais aussi « sérieux et fiable », l'appréciation donnée par ses supérieurs dans son dossier administratif. Et puis il a déjà tué. En Algérie d'abord, dans les parachutistes coloniaux. Il y a dix ans ensuite, au cours d'une prise d'otages à Draguignan. Ce jour de mars 1978, il s'était glissé comme une ombre dans le dos du forcené et lui avait fait sauter la tête d'un coup de pistolet.

Le Corse jouit d'une solide réputation de « chien de chasse » mais la fascination qu'il exerce sur ses collègues tient surtout à sa connaissance intime de l'île et de ses habitants, à sa manière d'interpréter les gestes et les silences de ses compatriotes, leurs non-dits, cette façon si particulière de donner du poids à une simple suggestion en l'appuyant d'un regard. Rossi connaît les fratries et les branches tordues des arbres généalogiques, les lignées, les cousinages. Avec une précision stupéfiante, il est capable de décliner l'héritage de tel suspect ou d'écarter d'emblée une piste sur la seule foi d'un nom. Et Rossi est convaincu de l'implication de Pionnel.

Selon lui, le routard peut fournir un bon coupable, pour la seule et bonne raison qu'il n'est pas corse, un argument qui relève d'une évidence toute personnelle due « à la statistique et non à la morale » : un Corse ne peut avoir prêté la main à un infanticide. Pour illustrer son raisonnement et convaincre ses collègues, Rossi a agi en enquêteur consciencieux. Il s'est rendu en catimini au greffe du parquet de Bastia, a fait du gringue à la préposée et a quitté les lieux avec une épaisse liasse de documents : les statistiques du ministère de la Justice. Les chiffres ne souffrent aucune discussion : aucun Corse n'a tué d'enfant depuis des lustres. Le dernier cas recensé est purement « accidentel » et remonte au milieu du XIXe siècle. Il s'agit d'une histoire de vendetta au cœur des montagnes du Haut-Taravo, dans le sud de l'île. Un certain Valentini a exécuté son cousin Santoni, coupable d'avoir abattu d'un coup de fusil un garçonnet d'une famille ennemie.

Un soir, une fois déserté le bureau de la brigade, Rossi tire de la sacoche qu'il ne quitte jamais une copie de l'arrêt rendu par la cour d'assises de la Corse en 1842 pour le lire à Serrier, butant sur le vocabulaire daté et lyrique de l'époque :

> « Plongé dans la honte que faisait naître cette entorse aux lois séculaires de la vendetta, qui prescrivent de ne point s'attaquer aux enfants, le sieur Valentini, cousin de Santoni, rentre chez lui le cœur ulcéré ; un stilet est là, il s'en empare ; le ressentiment qui l'agite précipite ses pas, il monte au maquis chercher son parent, la rage qui le saisit dirige son bras, le coup fatal renverse sa victime. Voilà les faits. »

— Voilà les faits, reprend-il en hochant la tête, le regard planté dans les yeux de Serrier. Acquitté à l'unanimité parce que c'est comme ça, ici : on ne tue pas les enfants. Lorsque ça arrive, on meurt. Il s'agit d'un simple fait.

Serrier a dû digérer ces explications en essayant d'évaluer la part de réflexe identitaire qui infecte le raisonnement du gendarme corse. Pas d'infanticide en Corse ? Pas de tueurs d'enfants ? Voire. Alors, il se reporte à la logique froide des faits. Pionnel s'est bien disputé avec Gabrielle à Santa-Lucia avant de disparaître et se donner la mort quatre mois plus tard. Par remords ? Avec le recul, oui, il peut encore avoir le profil d'un assassin. Mais celui d'un tortionnaire acharné ? D'un bourreau capable de briser un corps de soixante coups de barre de fer, de trancher une tête, d'escamoter le corps d'un enfant de huit ans ?

Il y a aussi cette histoire de dates. L'ancien gardien du camping s'est montré catégorique : Pionnel a quitté Santa-Lucia le lendemain de son arrivée, le 8 août 1979. Au bureau de la Compagnie maritime nationale, sur le port de Bastia, les bordereaux de traversée du mois d'août 1979 indiquent bien qu'à cette date, Pionnel a embarqué à bord du *Pascal-Paoli* pour regagner le Continent – en regard de son nom figure même une plainte consignée par le bureau des réclamations pour la « crevaison malveillante » des pneus de son vélo au cours de la traversée. Or, Gabrielle n'a plus donné signe de vie à compter du 10 août, deux jours plus tard. Entre-temps, on l'a aperçue à Santa-Lucia et même à Bastia, où elle a retiré mille francs au distributeur d'une agence bancaire.

Pionnel a-t-il effectué la traversée en sens inverse sous une identité d'emprunt pour revenir sur ses pas, retrouver Gabrielle et l'assassiner ? Et le caveau des

Cristofari, le tombeau qui devait rester inoccupé pendant des années ? Comment aurait-il su ?

Serrier s'épuise au téléphone, envoie ses limiers questionner les proches de Pionnel sur le Continent, arrache à la juge d'instruction l'autorisation de les y accompagner. Il veut « sentir » les inflexions dans leurs déclarations, guetter leurs regards.

— La nuit, il chialait sans arrêter, raconte l'ami qui avait découvert son corps dans sa grange, fusillé à bout portant. Il n'a jamais voulu me dire pourquoi. Il était comme ça depuis très longtemps. Un bon copain, agréable et sincère. Et puis tout à coup, il s'effondrait.

Le frère de Pionnel, prêtre dans le sud de la France, a confirmé cette version :

— Les médecins avaient diagnostiqué sa schizophrénie depuis longtemps mais mon frère aurait été bien incapable de nuire à quiconque. Massacrer une femme et un enfant ? Impossible. Même si elle était d'un genre particulier, sa foi le lui aurait interdit.

D'autres relations de Pionnel répètent qu'il ne pouvait avoir aucun lien avec un tel crime, que l'idée même d'infliger la moindre souffrance à autrui lui aurait été parfaitement insupportable.

Quelques jours encore, Serrier pèse le pour et le contre. D'accord, Pionnel était suicidaire et fragile. Était-il pour autant un double meurtrier ? Et la querelle avec Gabrielle ?

Même la conviction de Rossi s'effrite sous les coups de boutoir de la logique. Avec Serrier, le gendarme corse récapitule les faits bruts.

Les dates ne correspondent pas.

La personnalité ne correspond pas.

L'idée du caveau ne correspond pas.

Serrier essaie de lutter contre l'évidence mais finit par rendre les armes. Simple enchaînement de causes et de circonstances. Le mal qui a poussé Pionnel au suicide venait de plus loin. Il était étranger à la disparition de Gabrielle. Sur son carnet, Serrier barre d'un trait oblique chacune des douze pages consacrées à Pionnel. Le suicidé est renvoyé dans les limbes.

Innocent à 100 %.

*

En décembre 1988, quatre mois après la découverte du corps à Santa-Lucia, au moment où la piste Pionnel avait été définitivement écartée, le laboratoire scientifique chargé d'examiner les prélèvements effectués sur le cadavre de Gabrielle Nicolet n'avait toujours pas livré ses conclusions.

Quelques mois auparavant, dans le courant de l'été 1988, le même collège d'experts réuni dans le même laboratoire n'avait mis que six semaines pour modéliser, analyser, décrypter, mesurer, étalonner, disséquer et classifier les centaines de scellés effectués autour de la scène de crime de la petite Céline Journet, assassinée le 27 juillet à La Motte-du-Caire, dans les Alpes-de-Haute-Provence.

Dans un rapport circonstancié de trois cent soixante et onze pages encore cité de nos jours comme un modèle du genre et une « référence absolue en matière de criminalistique », les scientifiques s'appliquèrent à ne laisser subsister aucune zone d'ombre quant au déroulement des faits atroces de viol et d'assassinat commis sur la fillette. La terre du sentier du Grand-Vallon, où l'on avait retrouvé son corps à moitié dissimulé sous un sac d'engrais, fut tamisée, soumise à divers réactifs chimiques, comparée à d'autres prélèvements réalisés dans un rayon d'un demi-kilomètre. Les blessures mortelles de l'enfant furent auscultées, sondées, répertoriées et reportées sur des grilles spécifiquement mises au point pour en déterminer l'origine et la létalité potentielle. Chaque indice fit l'objet d'observations approfondies avant d'être passé au crible de la chimie et de la physique, jaugé, nomenclaturé par taille, poids, forme, longueur, distance avec le cadavre, position par rapport aux autres éléments de preuve. Pour finir, et avec toutes les réserves d'usage justifiées par l'état des connaissances scientifiques de l'époque, l'une des premières expertises génétiques menées par la justice française vint compléter le tableau exhaustif des investigations réalisées pour élucider le crime.

Dans le cas de Gabrielle Nicolet, le laboratoire saisi par la juge d'instruction repoussa d'abord ses conclusions sine die, prit encore du retard puis ajourna tout à fait la remise d'un quelconque rapport. Au siège toulousain de cette société, qui jouit toujours d'une excellente réputation auprès du monde judiciaire, les scellés de la procédure « Gabrielle Nicolet » sont introuvables. Au téléphone, le directeur affirme « ne garder aucun souvenir de cette affaire ».

TROISIÈME PARTIE

En 1978, 18 750 Français de plus de dix-huit ans (10 450 hommes, 8 300 femmes) se sont « évaporés ». On en a retrouvé 13 210 (7 000 hommes, 6 210 femmes), soit 70,45 %.

France-Soir, mercredi 10 octobre 1979

Chapitre 14

Serrier s'est réveillé en sueur, sans pouvoir se rappeler une seule image de son cauchemar. En ouvrant les yeux, il ne se souvient que d'une seule chose : la veille, après s'être couché, il a fait l'amour à sa femme et ce fait est devenu si rare qu'il peine à s'en convaincre. Il lui faut faire un effort pour se rappeler le coït mécanique, ses grognements à elle quand il poussait dans son ventre et ses sanglots, plus tard, alors qu'il ne parvenait toujours pas à fermer un œil, sa poitrine comprimant son souffle à un tel point qu'il s'était senti, un instant, prisonnier d'un cercueil. Une fois levé et son café tiède avalé dans la cuisine de leur petite maison sur les hauteurs de Bastia, achetée à crédit parce que sa femme ne supportait pas l'enfermement de la vie en caserne, il fait quelques pas dans le jardin. Il sent l'herbe encore mouillée de rosée sous ses pieds et, dans le silence du petit matin, au moment où la ville s'éveille sous son regard, la réalité s'abat sur ses épaules ; ce que onze années d'enquêtes, de crimes à répétition, de nuits interminables passées à surveiller et filer des suspects, tout ce que cette vie n'a pu défaire, la Femme Sans Tête l'accomplit depuis quatre mois et dix-neuf jours : déchirer peu à peu le foyer Serrier, jusque-là ordonné avec le même soin méticuleux que « L'Enquêteur numéro 1 » avait toujours mis dans son travail.

Sa vie de famille s'effiloche et rien ne semble pouvoir reconstruire ce qui se défait tranquillement sous les yeux de sa femme et de ses deux filles pour lesquelles il devient peu à peu un étranger. Fin octobre, Serrier a oublié l'anniversaire de Clara, la petite dernière. Il a franchi le seuil de la salle à manger et s'est retrouvé face aux deux gamines et leur mère, assises autour de la table couverte des restes du repas et d'un fraisier à peine entamé. Il n'a pas esquissé le moindre geste pour sa défense, il a laissé l'instant l'accuser : le regard mouillé de sa femme, Clara qui se mordait la lèvre et Margot, l'aînée, affalée sur sa chaise, les yeux fixés au sol.

Ils n'en ont pas parlé car, cette fois, son épouse a compris que quelque chose ne tournait plus rond. Elle a aussi deviné que les mots ne feraient qu'accentuer la distance creusée chaque jour, chaque heure, chaque minute passée à enquêter. Quatre mois. Quatre mois et dix-neuf jours, exactement. Cela a suffi à lui donner l'intuition de l'inévitable, cette sensation de rouler consciemment à contresens, de ne pouvoir agir autrement qu'en contemplant l'imminence du désastre.

À la caserne aussi, Serrier se détache progressivement de ses hommes. Ses lubies vont trop loin, ses coups de gueule deviennent de plus en plus fréquents. Seul Rossi, son adjoint, le gendarme corse, le soutient contre vents et marées et n'hésite pas à remettre un homme à sa place après une remarque déplacée sur le comportement du « patron ».

Quand il n'est pas de sortie vers l'un de ses mystérieux rendez-vous avec on ne sait quel indic de deuxième ordre, Serrier reste assis des heures durant à son bureau, à jouer avec la culasse de son arme de service. Faire monter une cartouche dans la chambre. L'éjecter. La rattraper au vol. C'est son jeu, auquel il s'adonne ostensiblement au mépris du règlement. Et ses carnets, qu'une fois terminés, raturés, couturés d'observations, de griffonnages, de notes, il range ostensiblement dans le coffre-fort du service dont il a modifié le code ? Et cette photo, découpée dans les pages de *Corse-Matin*, qu'il tire à tout bout de champ de son portefeuille pour la scruter, dix, quinze, vingt fois par jour ? Lui-même ne sait pas ce qu'il cherche dans ce cliché flou et granuleux où apparaît un enfant aux cheveux blonds. Quel indice lui aurait échappé ? Ouvrir le portefeuille et déplier la photo déjà jaunie, presque sale, la tenir sous ses yeux : tout cela relève dorénavant du réflexe ou du tic, comme on se ronge les ongles. Sur la photo, le gosse, vêtu d'un tee-shirt clair, paraît interroger du regard un serin dans sa cage. À force de la contempler, Serrier pourrait presque la reproduire de mémoire, sans y jeter un coup d'œil. Le trait suivrait la ligne fragile du cou. Les bras repliés sous le menton. Il remonterait vers le contour du visage puis le casque de cheveux très clairs découpé sur le rectangle noir de la fenêtre ouverte, épouserait la forme de la cage, terminerait par le minuscule oiseau. Serrier pourrait tout reproduire. Tout, sauf le regard du petit personnage, un regard mélancolique qui n'est pas celui d'un enfant.

À la fin de l'année 1988, Serrier est sur le point de recevoir un avertissement. L'enquête n'avance pas, progression zéro. Le procureur de Bastia ne s'en préoccupe plus. Il croule sous le travail, les procédures en cours, les règlements de compte du milieu. La jeune et jolie juge d'instruction ne prend plus la peine de répondre aux rares coups de téléphone de Serrier. Lorsqu'il l'appelle pour réclamer une nouvelle commission rogatoire et vérifier une piste, la secrétaire répond invariablement qu'elle n'est pas disponible et qu'elle lui fera connaître « la position de madame la juge sous peu ». Lui attend des heures près du téléphone, finit par se décourager et l'inonde de courriers qui resteront sans réponse. Ses colères se rapprochent. Pas un jour ne passe sans une « soufflante » à un gendarme de l'équipe, coupable de n'avoir pas suffisamment creusé telle piste ou de lui avoir fait parvenir avec un jour de retard un compte-rendu de surveillance sans intérêt. Cette attitude lui fait gagner des surnoms : « L'Emmerdeur numéro 1 » ou « Major Zombie », un mort-vivant amouraché d'une revenante.

Sur son bureau s'amoncelle la paperasse administrative en colonnes de fiches ronéotypées, les demandes de congés, les circulaires, les Télex sur les enquêtes en cours qu'il ne prend même plus la peine de lire, toute la « merde insignifiante » qu'auparavant il classait, vérifiait et annotait sitôt reçue.

Le soir de la Saint-Sylvestre, Serrier ne fait pas sa traditionnelle apparition au réveillon organisé à la gendarmerie. Le 1er janvier, tandis que sa femme et ses filles ont gagné le Continent pour embrasser les grands-parents et leur souhaiter la bonne année, il est injoignable alors que le sort l'a désigné pour assurer la permanence du centre opérationnel. Le 2, le 3, le 4 et le 5, toujours aucun signe du patron de la brigade de recherches. Inquiète, la hiérarchie décide d'envoyer deux jeunes appelés à son domicile pour « établir le contact ». Lorsqu'ils reviennent de leur visite, les deux jeunes gars font leur rapport et décrivent une villa « à l'état d'abandon, pire qu'après une perquisition ». Après s'être hissé sur le rebord d'une fenêtre, l'un d'eux a pu entrapercevoir à travers les persiennes fermées un poste de télévision allumé sur un documentaire animalier. Pour ce qu'il a pu en deviner dans la pénombre, la salle à manger était sens dessus dessous, les vêtements amoncelés sur le sol, les assiettes sales posées sur la table basse. Au milieu de la pièce, étendue sur le sol, il a distingué une serviette de bain immaculée au milieu de laquelle on avait disposé les pièces luisantes de graisse d'un pistolet automatique réglementaire MAC50 démonté, les ressorts et le système de percussion alignés dans l'ordre préconisé par le manuel, comme pour une inspection de matériel inopinée. Mais de Serrier, pas la moindre trace.

Lorsqu'il refait surface au matin du 6 janvier, en tenue civile, le poste de garde à l'entrée de la gendarmerie signale aussitôt son arrivée. Un jeune capitaine, le regard noir, dévale les marches du bâtiment et lui ordonne d'un geste sec de le suivre à l'étage. Tous deux croisent les uniformes médusés sur leur passage, en grimpant vers les étages supérieurs où la hiérarchie, immédiatement avisée de la nouvelle, attend Serrier de pied ferme. Quelques minutes plus tard, la gendarmerie résonne des hurlements du colonel, les menaces de mettre Serrier aux arrêts, de lui retirer l'enquête sur la Femme Sans Tête sur-le-champ, le sacquer, le virer du tableau d'avancement et demander sa mutation pour les Kerguelen.

Bien après que le silence est retombé, la porte du bureau de la BR s'ouvre sur la silhouette efflanquée du « Major Zombie ». Les gendarmes osent à peine tourner la tête. Chacun retient son souffle. Serrier se tient un instant immobile, le temps que les regards se détournent de lui, puis sans un mot, sans une explication, il se dirige vers son bureau, s'assied sur sa chaise et glisse une feuille de papier dans le rouleau de sa machine à écrire.

En tapant frénétiquement sur les touches, il raconte comment il a retrouvé la trace de Geneviève Trimont, la « Mamy Génie » de Yann, comment il a décidé, sans commission rogatoire ni autorisation d'aucune sorte, de quitter la Corse pour le dix-septième étage d'une tour de Montreuil où la vieille dame réside toujours, dans le même appartement minuscule où l'enfant fit ses premiers pas. Sans lever les yeux, concentré sur le cliquetis des touches de la machine à écrire, il retranscrit à toute vitesse les confidences de la vieille dame et précise comment, alors qu'il s'apprêtait à prendre congé sans nouvel indice, abattu, vidé et démoralisé, Geneviève Trimont avait incendié son esprit d'une seule phrase jetée dans la conversation comme un détail sans importance :

« Au cours de cet entretien informel, Geneviève Trimont nous indiquait que Gabrielle Nicolet avait déjà eu l'occasion de se rendre à Santa-Lucia en 1978, un an avant sa disparition. Là, un "vieux monsieur qui tenait le camping" s'était montré "très attentionné" avec elle et ne lui avait pas fait payer un seul "centime" pour son séjour. »

*

On ne sait comment lui vint l'idée de se rendre en vacances en Corse, ni même pourquoi elle choisit le camping de Santa-Lucia quand d'autres coins de l'île, autrement festifs, accueillaient une clientèle fournie de jeunes touristes et lui auraient promis un été bien plus divertissant. Toujours est-il que la nièce du propriétaire des lieux, le « vieux Cussicchio », habitait en face de l'hôpital Esquirol et l'hypothèse d'une rencontre fortuite entre les deux femmes fut un temps avancée comme l'une des raisons possibles de ce choix. Pour s'en être ouverte aux gendarmes qui l'interrogèrent dans le courant de l'hiver 1989, la nièce de Cussicchio était parfaitement au courant de la réputation peu flatteuse de son oncle, amateur excessif de femmes, si possible bien plus jeunes que lui. Mais elle se défendit avec indignation d'avoir joué les rabatteuses pour le vieil homme.

À Santa-Lucia aussi, hier comme aujourd'hui, les frasques du vieux Cussicchio étaient connues de tous, son libertinage assumé – qui avait, dit-on, poussé sa femme au suicide –, ses escapades dans les bars à filles de Bastia, sa rapacité aussi, « celle d'un lucchisò », *d'un Rital dont le village enviait la réussite.*

Selon certains habitants, ses « sales habitudes » faisaient craindre le propriétaire du camping comme la peste mais la majorité des villageois de Santa-Lucia rejette avec une vigueur outrée cette interprétation des faits. Bien sûr, Cussicchio pouvait parfois se montrer pressant avec de jeunes femmes. Mais – mezzu male, *moindre mal – sa concupiscence était exclusivement dirigée vers les pensionnaires du camping, les touristes de passage, les filles faciles et les putains. Avec les femmes du coin, il se montrait au contraire « irréprochable ». Respectueux. Prévenant, même. Il pouvait bien arriver qu'un habitué du* Pacifico *se mît à railler sa pingrerie légendaire mais on lui savait gré, malgré tout, de faire vivre le bar et la minuscule épicerie de Santa-Lucia grâce à son camping. Cela valait bien quelques désagréments. Du reste, lui aussi s'appliquait à donner à chacun de ses gestes un vernis de respectabilité. Pour avare qu'il fût, Cussicchio avait largement contribué au relèvement de la paroisse San-Teofalu, sur les hauteurs de Santa-Lucia. Il dotait le loto annuel de nombreux prix – articles électroménagers, week-ends tous frais payés à l'île d'Elbe, bicyclettes pour les enfants. Cussicchio voulait être accepté et faire oublier d'où il venait. C'est pourquoi, soixante années durant, il s'était appliqué à effacer de sa mémoire le matin glacé de novembre où ses parents et lui avaient posé leur unique valise sur le quai du port de Bastia. Soixante années durant, il avait façonné ses souvenirs pour rejeter dans l'ombre les humiliations du petit* lucchisacciu, *du « sale Rital » éreinté par les kilomètres à traîner sa charrette de* traculinu[1] *dans les villages du Cap Corse pour y vendre ses briquets d'amadou et ses casseroles de quatre sous à des paysans à peine moins pauvres que lui mais qui le regardaient de haut, lui, u furesteru, celui du « dehors » – l'étranger. À vingt et un ans, le petit Amedeo avait choisi de devenir « Albert » et entrepris les démarches administratives pour que ce prénom figurât désormais sur ses documents d'identité. À cette époque, il avait délaissé depuis longtemps son dialecte calabrais natal pour l'usage exclusif du français et, quoique de manière moins fréquente, du corse.*

En 1988, lorsque les enquêteurs de la BR commencèrent à s'intéresser à lui, « Albert » avait réussi, riche et veuf après une vie de labeur. Maçon puis ferrailleur, il avait économisé chaque sou jusqu'à s'offrir ce terrain dont personne n'avait jamais voulu à Santa-Lucia, trop proche de l'eau, avec la rivière d'un côté et la mer juste derrière la route, un carré de terre de deux cents mètres de largeur, humide en toute saison, où même les bêtes refusaient de dormir.

Ce bout de terrain avait fini par concentrer toute sa satisfaction personnelle. « Albert » Cussicchio était fier d'avoir réussi contre le sort et fait mentir la fatalité. Mais il n'était jamais tout à fait parvenu à chasser le souvenir de l'oncle Beppo, qui avait rejoint son père en Corse et était mort avec douze autres ouvriers italiens dans l'effondrement d'un échafaudage à Bastia au milieu des années 1930 ; il se souvenait aussi des sacrifices de ses parents, de sa mère

---

1. Colporteur.

morte à quarante-deux ans, épuisée et maigre comme un chat des rues. Puis était venu le temps du premier panneau planté à l'entame de la ligne droite de Santa-Lucia, les premiers vacanciers, les villageois qui riaient d'abord et se mirent bientôt à enrager de son succès à mesure que les tentes se multipliaient, que l'argent rentrait dans la caisse, que les fins de mois se bouclaient sans inquiétude. Il se souvenait enfin de la revente du camping Les Oliviers *en 1986 pour quatre millions de francs. Qui aurait parié une seule lire sur le petit Amedeo ?*

Depuis qu'il s'était défait de son affaire, Cussicchio coulait des jours paisibles à Nice, où sa retraite s'écoulait tranquillement entre deux retours en Corse chez son frère, resté sur leur terre d'accueil. En 1988, Cussicchio était devenu un brave vieillard. Il n'aurait jamais cru entendre à nouveau parler des étés 1978 et 1979.

Chapitre 15

Il existe toutes sortes de manuels et de techniques d'interrogatoire. Chaque policier, chaque gendarme, chaque magistrat applique sa propre méthode, variable selon l'expérience, la personnalité et un certain nombre de données purement subjectives – degré d'empathie avec son interlocuteur, convictions philosophiques, humeur du moment.

Certains enquêteurs s'emploient à mettre en confiance. Ils surjouent la connivence en espérant soutirer des bribes de confidences et les transformer en aveux grâce à une subtile alchimie entre empathie et menace. D'autres se retranchent derrière la barrière infranchissable de l'autorité, réclament l'assistance d'un collègue pour jouer le jeu éculé du « bon flic, mauvais flic » ou calquent leur gestuelle sur celle du suspect – un tas de balivernes et d'astuces pour gogos, selon Serrier.

Lui dispose de sa propre technique, qui emprunte à sa manière d'être : interroger sans affect apparent mais tester et esquiver en permanence, revenir à la charge mécaniquement, se frayer un chemin entre le plausible, le probable, le certain et ce qu'il nomme « la ligne mouvante du mensonge ». C'est de cette façon qu'il a conclu des dizaines d'affaires, en exploitant la tension née de l'interrogatoire et en laissant son instinct et sa logique la modeler comme une matière vivante. Ensuite, il se borne à ordonner les réponses et les classer sur sa propre échelle des valeurs.

Ce 17 janvier 1988, alors que le vieux Cussicchio se tortille sur son siège face à lui, il commence par le questionner sur le ton anodin du constat, sans même le regarder :

— Vous menez diverses activités puis vous faites l'acquisition de deux hectares de terrain à Santa-Lucia, en 1947, pour un montant de vingt mille francs…

Cussicchio sourit fièrement. Il explique, puisqu'on le lui demande, comment le notable qui lui avait vendu la terre s'était moqué de lui en entendant le mot « camping ». Mais l'an dernier, ajoute-t-il aussitôt, après trente-cinq années passées à accueillir des bataillons d'estivants, à « nettoyer les cabinets où tout le monde il fait en même temps », il a revendu son affaire pour quatre millions de francs et est parti s'installer à Nice.

Après vingt minutes de conversation où il est question de son travail passé au camping, des conditions dans lesquelles il a été amené à le vendre, de son choix de s'exiler à Nice pour sa retraite, discussion sans autre intérêt que celui d'évaluer le degré de sincérité du vieil homme et lui faire oublier les raisons de sa présence dans ce bureau, Serrier remarque que Cussicchio, courtois, aimable, poli, qui acquiesce à chaque question, ne lui a pas demandé une seule fois ce qu'il est censé y faire, ni pourquoi on l'y a convoqué. C'est le moment que choisit Serrier pour braquer soudainement la conversation à cent quatre-vingts degrés sur « l'affaire Gabrielle ».

— La Femme Sans Tête, celle-là qu'ils ont retrouvée dans la tombe aux Cristofari ? demande Cussicchio. D'elle, je ne me souviens pas. Mais l'histoire, oui, je l'ai apprise. Comme tout le monde, quoi.

— Vous souvenez-vous d'un petit garçon, qui pouvait l'accompagner l'été où elle a disparu, en 1979 ?

Le vieil homme secoue doucement la tête. Le gendarme insiste. Cussicchio lève la main droite comme s'il prêtait serment devant un tribunal :

— Non. Ça ne me dit rien.

— Gabrielle Nicolet, la victime, est venue au camping un an avant sa disparition, en 1978.

— Il est possible, confirme Cussicchio. Il vient tellement de gens, l'été, non ? Peut-être il faudrait demander le registre à l'époque. Vous l'avez eu, le registre ?

— Il a disparu. Vous affirmez n'avoir aucun souvenir de Gabrielle Nicolet et de son fils Yann, installés au camping *Les Oliviers* à l'été 1979 ?

— Aucun. Comme je vous dis : il passe trop de monde, au camping.

Serrier recule sur son siège, palpe ses poches à la recherche de son paquet de cigarettes. Cussicchio avance la main vers le gobelet d'eau en plastique blanc posé sur le bureau devant lui.

En soufflant la fumée, Serrier reprend :

— Monsieur Cussicchio, est-il exact que votre épouse s'est suicidée en août 1978 ?

La main du vieillard se retire aussi vivement que s'il l'avait aplatie sur une plaque électrique. Son visage semble imploser, devient écarlate puis retrouve sa physionomie bonhomme, les rides se remettent en place au coin des yeux, la stupeur passe comme une ombre dans son regard et Serrier compte mentalement. À la quatrième seconde, Cussicchio lève les yeux au plafond. Il souffle puis écarte les bras en signe d'impuissance :

— Mon épouse, elle était dépressive. Hélas.

La veille de l'interrogatoire, alors qu'ils mettaient en commun leurs renseignements sur Cussicchio, Rossi avait rapporté l'histoire du jour : neuf ans auparavant, en août 1978, madame Angèle, Marie, Dévote Cussicchio, née Orsatelli, avait été retrouvée flottant à deux mètres du sol dans le garage de la maison familiale, un nœud coulant autour du cou. « Une histoire de bonne femme », avait murmuré la rumeur à l'époque. C'était à l'été 1978. Celui où, d'après Geneviève Trimont, Gabrielle avait fait la connaissance du propriétaire des *Oliviers*. L'été où le propriétaire du camping avait refusé qu'elle paie son séjour.

— Je vois, soupire Serrier. Terrible.

— Terrible, oui, répond Cussicchio.

Les doigts de Cussicchio se referment sur le gobelet. Le vieil homme le porte à sa bouche, le vide sans quitter le gendarme du regard. Serrier enregistre le léger frémissement, les jointures blanchies des doigts. Il toussote. Se penche sur ses notes :

— Monsieur Cussicchio, est-il exact que l'une de vos nièces a longtemps résidé au 121, avenue de la Liberté, en face de l'hôpital Saint-Maurice, à Charenton-le-Pont ?

— Je ne peux vous le dire, ça. Ma nièce de Paris, ça fait longtemps que je ne l'ai plus vue.

— Vous ignorez si elle aurait pu faire connaissance avec la victime ? Même de manière fortuite ?

— Vous voulez dire celle du tombeau ? À Santa-Lucia ?

— C'est exactement ce que je veux dire.

— Comment le savoir ? Je crois que non, je ne vois pas comment…

— Bien, l'interrompt Serrier. À supposer que Gabrielle Nicolet – la victime – ait fréquenté votre camping en 1978 et 1979, est-il possible qu'elle n'ait pas payé son séjour ?

Un sourire illumine le visage de Cussicchio :

— Eh non, la ristourne, on peut la faire si quelqu'un il reste un mois, pas juste une semaine. Et puis même… S'il y a deux personnes et qu'on fait la ristourne pour une semaine, on perd trop d'argent et…

— Monsieur Cussicchio, le coupe Serrier, si vous ne gardez aucun souvenir de Gabrielle et Yann Nicolet, disparus à l'été 1979, comment savez-vous qu'ils ne sont restés qu'une semaine dans votre camping ?

*

Entre l'été 2007 et le printemps 2012, la justice repoussa à dix-sept reprises mes demandes de consultation du dossier « Gabrielle Nicolet ». Entre autres raisons, on avança successivement sa « perte pure et simple », son « transfert aux archives départementales » puis sa « destruction dans l'inondation du sous-sol du palais de justice » – un épisode dont la chronique du lieu ne conserve nulle trace.

Sitôt qu'ils devinaient ma présence dans les coursives du palais de justice de Bastia, les magistrats pressaient le pas, promettaient de me faire connaître leur réponse « sous peu » et s'engouffraient dans les couloirs mal chauffés de l'édifice. La juge d'instruction chargée de l'affaire avait regagné le Continent depuis longtemps. En 1997, elle fut rayée des cadres de la magistrature en raison d'un « manque flagrant de diligence » dans la conduite de ses dossiers. Il me fut impossible de la retrouver.

Je ne pouvais donc compter que sur mes propres notes et la capacité des personnes que j'interrogeais sans relâche à faire revivre leurs souvenirs.

C'est la raison pour laquelle j'ai imité le major Serrier en consignant l'intégralité de mes recherches dans un carnet noir à la couverture souple fermée par un rabat élastique. Chaque conversation y est fidèlement retranscrite d'après enregistrement, en lettres capitales tracées à l'encre noire. Chaque date est soulignée de rouge. Mes réflexions personnelles sont signalées par un astérisque bleu, les éléments tirés du contexte de l'époque par une croix orange. La couleur jaune a été attribuée aux noms propres, surlignés proprement et sans la moindre bavure. La durée de chaque appel téléphonique y est relevée avec soin, heures et minutes, lieu d'où il fut passé, de même que sont répertoriées les qualité et attitude de dizaines de correspondants – « avocat », « froid », « ex de la BR de Bastia », « distant », « chaleureux », « absent », « prof de criminologie », « aimable », « flic », « intéressant(e) », « ancienne pute », « menteur », « infirmier d'Esquirol », « sincère », « connard intégral », « cousin du maçon de Santa-Lucia », etc.

Au cœur de ces pages, sales d'avoir été tournées, cornées, lues et relues des milliers de fois à la recherche d'une parcelle de vérité, un certain nombre d'interrogations demeurent sans réponse :

— *Pourquoi le vieux Cristofari a-t-il insisté pour être enterré « en haut et à droite » du caveau familial, à une place qui n'avait pas été prévue pour lui ?*
— *Pourquoi l'assassin de Gabrielle Nicolet a-t-il pris le risque de transporter son corps mutilé jusqu'à un cimetière situé en bordure d'une route fréquentée ?*
— *A-t-il agi par remords, soucieux (malgré son crime) d'offrir une sépulture à la jeune femme décapitée ou, au contraire, fétichisé son corps dans un macabre simulacre d'enterrement ?*
— *Qu'a-t-il fait de la tête ? Balancée par-dessus bord en pleine mer ? Brûlée au chalumeau comme on crame le poil des cochons avant de les saigner, en prenant soin de faire fondre les orbites pour ne pas voir le regard vide de Gabrielle tourné vers lui ?*

Et cette question, à la page 74 :

— *Où vit-il aujourd'hui ? Près de moi ?*

Chapitre 16

Rossi, l'adjoint de Serrier, n'a pas digéré son erreur de jugement. Lorsque la piste Pionnel est apparue, son instinct lui a assuré qu'il ne se trompait pas : suicidé ou pas, le *Pinzutu* était forcément lié à l'assassinat et la disparition de Gabrielle Nicolet. Mais il a dû se rendre à l'évidence et se rallier à l'avis de Serrier. « Innocent à 100 % ». Depuis, il tourne en rond comme un lion en cage.

Il y a deux semaines, il a annoncé à sa femme que les habituelles vacances à Campile, le village de Castagniccia où ils retrouvent chacun leurs parents, étaient annulées. Il a ensuite déposé une demande de congé et s'est mis en chasse. Le gibier appartient à la catégorie des suspects sérieux. Son nom : Amedeo « Albert » Cussicchio, l'ancien propriétaire du camping *Les Oliviers*.

Pendant deux semaines, Rossi a sillonné le Cap Corse, s'invitant à la table de familles du cru, poussant les portes en se prévalant d'une recommandation, « *u fratellu d'un tale* », « *u cuginu carnale di quellu* ». Peu à peu, devant la confiance qu'inspire ce drôle de gendarme en civil, un Corse qui maîtrise la langue de ses ancêtres et sait interpréter les silences, les aveux ont pris forme dans de petites cuisines à peine éclairées, autour d'un café arrosé d'acquavita. Les bouches entrouvertes ont laissé échapper quelques informations étonnamment précises. Il y a neuf ans, presque dix, que l'« Infirmière du Cap » a disparu ; près d'un an que son cadavre profané a été tiré de la tombe vers la lumière du jour. Mais dans l'esprit des gens de Santa-Lucia et des villages alentour, elle semble étrangement vivante, tellement vivante que Rossi a pu reconstituer ses allées et venues à l'été 1978, un an avant sa disparition, lors de son premier séjour en Corse. Un été au cours duquel elle fit de très mauvaises rencontres.

Vers le 8 ou le 9 juillet, à la fin de ses vacances, Gabrielle Nicolet se présente à l'accueil pour régler son séjour. Elle a prévu de récupérer Yann, resté à Virézieux, et regagner Esquirol pour reprendre le travail. Mais au moment où la secrétaire du camping *Les Oliviers* s'apprête à lui présenter sa facture, l'homme à tout faire lui rappelle que « des instructions ont été données, qu'elle ne doit rien, pas un centime ». Gabrielle retourne à sa tente, réfléchit un instant puis décide de ne pas boucler sa valise. Elle sait qu'une place s'est libérée inopinément, une bonne place au camping, loin de la route, vers le fond du terrain où l'air est plus frais et où l'on peut s'endormir sans être dérangé par les voitures qui filent à toute allure le long de la ligne droite. Rester ne devrait pas poser de problème. Une semaine de gagné ? Quinze jours ? Au prix de sept ? Les occasions de profiter ne sont pas si fréquentes. Elle ne va pas laisser passer celle-ci. Bien sûr, elle n'est pas sotte ; elle devine que le « Vieux » lui a offert son séjour. Il est si aimable, avec ses manières distinguées et ses façons frustes qu'il dissimule mal, moitié gentleman vieillot, moitié paysan. Il est pressant mais n'a jamais eu le moindre geste déplacé. Amusée par la cour que lui fait le vieil homme, elle en a même parlé à Alexandre Marigot, son ancien compagnon, dans une carte postale datée du 1er juillet 1978 :

> « C'est un vieux bonhomme qui drague un peu, rien de bien méchant. Collant, si tu préfères. Un de ces jours, tu devrais venir ici. Ce n'est pas le Pérou mais les gens sont sympas. Je t'embrasse affectueusement. À bientôt. »

Tout de même, il faudra penser à le remercier. Le soir même, elle se prépare dans sa tente pour aller boire un verre au *Pacifico*, le bar de Santa-Lucia, quand Cussicchio s'approche à pas lents. Il se tord les mains, danse d'un pied sur l'autre et finit par oser. Il l'invite au restaurant. Il a « quelque chose » à lui dire. Gabrielle lace ses chaussures, elle lève la tête. Une fraction de seconde, elle cherche une excuse mais il lui sourit et ce sourire est si doux qu'elle le lui rend et fait simplement « oui » de la tête. Après tout, un dîner fera plaisir au vieil homme. Une heure ou deux, pas plus. Ce sera sa façon de se montrer reconnaissante.

Pendant l'heure de trajet qui les mène vers Saint-Florent, sur la côte occidentale de la Corse, elle ne songe pas un instant à lui demander les raisons de ces largesses. Elle se sent euphorique. La station balnéaire n'a rien à voir avec Santa-Lucia. Saint-Florent, c'est le Saint-Tropez corse, un joli village enroulé autour d'un port où dansent les mâts des voiliers. Aux terrasses des cafés, les jeunes gens du coin se donnent rendez-vous, de belles jeunes filles et de beaux jeunes hommes. Ils lui font envie. Ils paraissent insouciants, s'interpellent d'une table à l'autre, plaisantent et flirtent. Elle aimerait les connaître, rencontrer des amis et passer des soirées sur la plage à écouter une guitare, danser autour d'un feu, rire et plaisanter.

Il est déjà 20 heures lorsque Cussicchio parvient à garer sa voiture près de l'ancienne citadelle. La soirée est douce. Les pierres pavées des ruelles rendent le soleil accumulé toute la journée, si bien que bon nombre de passants déambulent pieds nus, leurs espadrilles à la main. Ils flânent, l'air heureux. Cussicchio la guide jusque sur le port, le torse bombé. Il se plaît à forcer la conversation avec les gens qu'ils croisent, de vagues connaissances, sans doute, mais qu'il salue ostensiblement. « Hé, qu'ici, je connais beaucoup du monde », sourit-il à Gabrielle. À la table du restaurant, ils commandent le poisson du jour et dégustent un excellent vin blanc, frais et fruité. Au dessert, le vieil homme prend la main de Gabrielle. Il lui explique qu'elle ne paiera pas son séjour, quelle que soit sa durée, « et même si c'est pour tout l'été ». Il ne lâche sa main qu'après un long moment de gêne pendant lequel elle ne sait trop quelle attitude adopter. Elle ne veut surtout pas tromper les espérances du vieil homme, si touchant avec ses cheveux blancs et ses manières de grand-père. Évidemment, elle lui préfère Éric, et de loin. Éric et ses airs de mauvais garçon. Il travaille au camping. La veille, il l'a invitée à boire un verre au *Pacifico*. Elle voyait bien qu'elle lui plaisait, et puis une autre fille est arrivée, une touriste anglaise aperçue avec son mari, un grand brun squelettique à l'air benêt. Éric l'a invitée elle aussi et il s'est désintéressé de Gabrielle. Elle les a regardés un long moment, ils riaient et plaisantaient à chaque fois qu'Éric essayait de prononcer un mot d'anglais.

C'est à cela qu'elle pense en écoutant le vieux Cussicchio lui raconter sa vie et lui dire qu'il y a quelque chose de « spécial » entre eux, elle voit la poitrine velue d'Éric à travers sa chemise entrouverte, ses pectoraux gonflés que l'Anglaise a touchés, qu'elle a sûrement sentis contre ses maigres seins le soir même, quand il l'a prise dans le débarras du camping.

Après le repas, une fois réglée l'addition avec des billets tirés d'une liasse épaisse, Cussicchio l'a emmenée dans une discothèque à la mode, la *Conca d'Oro*, une ancienne bergerie avec piscine, belles dépendances retapées en pierre apparente, accueillant une clientèle jeune et vibrante. Ils se sont installés au comptoir extérieur, où Gabrielle a bu les verres sans compter. De l'alcool fort. Elle n'a pas l'habitude. Elle s'est laissé emporter par les ondes, la musique, l'air dilaté par la chaleur du soir d'été, et le décor s'est mis à tourner au rythme des basses et des rires. Un jeune homme l'a abordée. Elle n'est pas si moche, au fond. Pas si vide. La nuit non plus n'est pas moche. Sa tête tourne. Les paroles de Cussicchio coulent en elle en un flot ininterrompu et ses mains frôlent son dos. Ses frissons ont disparu. Elle voudrait que cet instant s'étire jusqu'à ne plus faire de sa vie qu'une longue nuit de fête sans hurlements de fous, sans camisoles, sans les mauvais regards des infirmières d'Esquirol, sans odeur de détergent hospitalier et sans aventures d'un soir.

Elle se retrouve à l'extérieur de la boîte, au bras de Cussicchio. Ils titubent en riant, se raccrochent l'un à l'autre le long du sentier qui mène au parking de terre battue. Dans la voiture, Cussicchio met le contact mais il ne démarre pas. Il essaie de l'embrasser. De la peloter. Elle rit. Le repousse gentiment. Puis il se met à grogner. Ses gestes se font plus pressants, ses mains subitement fouineuses. Elle sent les boutons de son blue-jean sauter l'un après l'autre. L'alcool fait son effet, non plus le rire et cette sensation de bien-être mais un éclatement de la pensée dans mille directions, la distance abolie entre le souffle de Cussicchio dans son cou, le doigt qu'il glisse en elle, ce qu'elle veut, ce qu'elle sait et ce qu'elle voudrait ressentir en cet instant, vautrée sur le siège passager, presque écrasée par la lourde carcasse poisseuse du vieil homme, le vomi au bord des lèvres et les tempes qui battent, battent encore dans le cognement lointain de la musique de la discothèque. Elle crie. Elle crie et Cussicchio grogne de plus belle, il sursaute, bégaie, pose son doigt sur ses lèvres et elle sent sa propre odeur intime de sueur et de sexe, elle veut fuir et n'y parvient pas, marmonne à son tour quelques mots qui se bousculent sans ordre et le moteur démarre enfin, le paysage tangue devant le pare-brise, la voiture enfile les lacets en vrombissant et elle prie pour se trouver à des années-lumière de cette honte qui maintenant l'oppresse, une haine de soi si puissante qu'elle préfère s'endormir, la tête heurtant à chaque bosse de la route, à chaque virage, la vitre de la voiture de Cussicchio.

*

Si l'on m'a dit vrai, Cussicchio ne s'excusa pas. Le lendemain, il accueillit Gabrielle avec un sourire radieux sous l'auvent du camping, derrière le comptoir de la réception. Il fit exactement comme si rien ne s'était passé, montra les habituels signes d'empressement mais ne parut aucunement honteux de son comportement de la veille. « Vous pouvez rester quand vous voulez. » C'est ce qu'elle fit, même si elle ne s'approcha plus de lui. Selon deux témoins, elle semblait veiller à ne jamais se trouver seule en sa compagnie.

Pendant ces journées de vacances prolongées, lorsque le temps était clément, elle poussait jusqu'au Pacifico en compagnie d'Éric, le séducteur du camping. Éric avait tout d'une petite crapule, la beauté du diable en plus. Il méprisait Cussicchio, et si ce dernier restait le véritable patron du camping, Éric ne se donnait pas trop de peine pour dissimuler ce mépris.

Cussicchio, de son côté, en était jaloux. De cela aussi, Gabrielle s'était rendu compte sans difficultés.

À la fin de son séjour, après avoir annoncé qu'elle quitterait le camping le lendemain, Gabrielle accepta tout de même l'invitation de Cussicchio à prendre un verre au Pacifico, où l'on donnait la énième « Soirée des guitares corses » de la saison. Elle voulait l'assurer de son pardon. Après tout, elle avait suffisamment vécu pour ne pas se formaliser. Il fallait se quitter bons amis, ne pas rester sur ce geste malheureux, au milieu du parking d'une discothèque. Tout cela était déjà oublié.

*Ce soir-là, ils burent tranquillement, presque sans s'adresser la parole. Pour lui : un sirop d'orgeat. Elle avait commandé un demi. Ils laissaient la mélodie se couler dans la tiédeur du crépuscule et gagner leur cœur. Les deux guitaristes rivalisaient de fioritures sur l'air entraînant de l'*Ultima Strinta*, « La dernière étreinte » :*

Gabrielle n'entendit presque pas les paroles menaçantes du vieux Cussicchio, chuchotées à son oreille : « Ne le laisse pas s'approcher de toi. Ou il y aura du sang. »

Chapitre 17

Cussicchio s'est mordu. Cussicchio a glissé. La stratégie de Serrier s'est révélée payante et les mâchoires de son piège se sont brutalement refermées sur les paroles du vieil homme. Mais il a beau relire le procès-verbal, il ne sait comment parvenir à « accrocher » le vieillard. Aidé de Rossi, il décortique leurs renseignements communs et évalue les chances d'aboutir à une inculpation de l'ancien propriétaire du camping de Santa-Lucia. Il a beau tourner en rond et prendre le problème dans tous les sens, il sait que le gendarme corse n'a pas tort :

— Ça ne pèserait pas lourd, avec un bon avocat.
— Et avec un mauvais ? demande Serrier.
— Pas davantage.

L'erreur commise par Cussicchio au sujet de la durée des vacances de Gabrielle Nicolet et son fils Yann aux *Oliviers* ne suffit pas à refermer le sac sur le vieil homme. Personne n'accepterait de l'inculper sur la seule foi de ces éléments. Rossi et Serrier le savent pertinemment. Ensemble, ils ont connu les mêmes poussées d'adrénaline sur les mêmes enquêtes, ils savent jusqu'où leurs déductions peuvent les emmener et dans quels faux espoirs ils doivent refuser de se laisser embarquer. Dans la partie commencée avec la découverte du cadavre de Santa-Lucia, c'est désormais autre chose qu'une simple enquête qui se joue : la survie de Serrier en tant que gendarme et chef de service. Il suffit d'un nouveau faux pas, rien qu'un seul, pour que son statut d'« Enquêteur numéro 1 » ne s'efface définitivement derrière la silhouette du « Major Zombie ».

Auprès de son ami, Rossi n'insiste pas sur la mutinerie qui menace la brigade de recherches. Les hommes sont las de cette enquête dont personne ne semble plus vouloir entendre parler. Il a surpris les conversations à voix basse, dès que Serrier quitte le bureau. Les mieux disposés s'inquiètent pour sa santé et sa carrière. Les autres, plus nombreux, ne supportent plus ses « délires » et refusent de le seconder dans les tâches administratives imposées par le règlement.

La passion morbide de Serrier pour celle que les gendarmes appellent sa « fiancée » est parvenue aux oreilles du préfet, lequel voit d'un très mauvais œil « un sous-officier de cette qualité perdre son temps avec ces contes à dormir debout ». Quant à la juge d'instruction chargée du dossier, leur dernière confrontation s'est achevée sur des éclats de voix et une porte claquée brutalement derrière Serrier : elle a refusé d'entendre parler du procès-verbal de Cussicchio, « un vieux con qui ne sait pas ce qu'il dit ». Serrier voulait une nouvelle commission rogatoire pour se rendre à Nice et perquisitionner l'appartement du vieillard. « Sur la foi de quoi ? » lui a-t-elle lancé.

« Vos intuitions de prestidigitateur ? Comme pour vos balades lugubres dans des caveaux paumés ? »

Le soir même, pour la première fois de sa vie, sa femme ne fait plus semblant. Leur couple est à l'abandon. Une semaine avant son entrevue avec la juge d'instruction, il a ouvert le sac de sa femme, à la recherche des clés du garage. Le trousseau n'y était pas mais il a trouvé un morceau de papier déchiré sur lequel il a lu : « ton odeur sur ma peau ». C'était son écriture. Il ne l'avait pas touchée depuis des mois. Elle a refusé de lui donner la moindre explication, s'est enfermée dans le mensonge, une ligne de défense qui ne tenait pas : elle ignorait tout de cette feuille de papier, des mots qui y étaient tracés. Elle ne savait pas qui avait bien pu la fourrer dans son sac. Il a bien vu qu'elle guettait sa réaction, partagée entre la colère et la crainte de son indifférence. Mais il a simplement tourné les talons sans un mot, et sans même chercher à en savoir davantage, encore moins à lui reprocher quoi que ce soit. Depuis cet instant où leur couple a volé en éclats dans le silence, ils se contentent de cohabiter. Leurs regards ne se croisent plus. Ils sont devenus deux corps étrangers sous le même toit.

Leurs filles font avec, surtout la grande, qui n'adresse plus la parole à son père depuis des mois et lui reproche de leur préférer « cette morte crevée ».

Serrier pourtant parvient à donner l'illusion de se maîtriser. De manière étrange, il se reprend physiquement. Se rase tous les jours, non plus seulement trois ou quatre fois par semaine comme il en a pris l'habitude. Il achète même de nouveaux vêtements, lui d'ordinaire si peu préoccupé de sa mise : une veste de sport beige, deux pantalons de toile de la même couleur et une paire de chaussures de ville marron. Il les plie soigneusement dans son placard, ajuste le blouson sur des cintres avec un soin maniaque et enfourne des embauchoirs en bois dans ses chaussures neuves. Il ne mettra jamais ces pantalons, ni la veste de sport, ni les chaussures.

Au début du printemps 1989, il est officiellement avisé de la nouvelle : son nom a été retiré du tableau d'avancement. Certains de ses supérieurs souhaitent même le voir muté dans un autre service. Rossi a discrètement plaidé sa cause, s'activant dans les étages de la gendarmerie pour que son ami ne perde pas définitivement tout crédit. Le gendarme corse a pris des risques en assurant que les éléments réunis par Serrier devraient bientôt « déboucher sur quelque chose ». Le capitaine et le colonel ont eu la courtoisie de faire semblant d'y croire. Ils ont prévenu, toutefois : faute d'un dossier étoffé – et sous peu –, ils devront revoir leur position et demander à Serrier de rectifier la sienne. Mais comment continuer à lui accorder la moindre confiance quand les rumeurs de son obsession parviennent jusqu'à eux ?

Sa dernière lubie en date, qu'il assouvit au grand jour, sans craindre le jugement de ses collègues, consiste à éplucher les journaux de l'année 1979 et se renseigner sur le nombre de disparitions enregistrées depuis. Lui-même peine à comprendre les raisons qui le poussent à décortiquer la presse et écumer les fichiers des disparitions mais, à Rossi qui l'interroge, il répond que c'est un excellent moyen pour « rentrer dans l'esprit des personnes impliquées ». C'est son but. « S'installer dans la tête de Gabrielle et dans celle de son assassin. » Les dates et les faits, la conduite normale d'une enquête, le laissent désormais de marbre et, pour parfaire son entraînement et peaufiner sa technique d'effraction mentale, il scrute en pure perte des heures durant les trois seules photos de Gabrielle Nicolet publiées par la presse.

La première image, tirée d'un article paru dans *Corse-Matin* quelques jours après la découverte du cadavre, montre une jeune femme habillée d'une sorte de capeline sombre. Le cliché semble l'avoir saisie dans un mouvement de recul où sa bouche entrouverte sur un demi-sourire paraît intimer au photographe l'ordre de la laisser tranquille. Sa coupe au bol, ses vêtements informes et sa silhouette gauche, associés à une perceptible coquetterie, offrent une vision d'une infinie tristesse.

Sur la deuxième photographie, Gabrielle apparaît vêtue d'un blue-jean et d'une marinière, assise sur un tas de cordages au bord d'un quai, probablement celui d'un petit port de pêche breton. Il s'agit d'une banale photo de vacances.

Le dernier cliché remonte à 1979 et a été publié à la une de *France-Soir*. Il illustrait l'unique article de la presse nationale consacré à l'affaire. Gabrielle y prend une pose de vedette de cinéma. Ses longs cheveux clairs soulignent son profil embelli par de larges créoles. Son visage est fin, son regard séduisant.

Lorsqu'il regarde ces photos assis à son bureau, insensible aux mines de reproche de ses collègues, le major Serrier se pose toujours la même question : lequel de ces mensonges faut-il accepter de croire ?

*

Quelques jours avant de gagner la Corse pour son deuxième et dernier séjour, à une date qu'il ne peut déterminer avec certitude mais situe « aux alentours du 1er août », Alexandre Marigot, l'ancien fiancé de Gabrielle, accepta de lui rendre un « petit service ». La jeune femme lui avait demandé de la conduire le lendemain à la porte d'Italie, d'où elle prendrait la direction de Virézieux en auto-stop. Elle devait y récupérer Yann, confié une semaine auparavant aux bons soins de la « communauté du Manoir ». Tous deux fileraient ensuite vers Marseille – toujours en auto-stop. Leurs billets de ferry pour la Corse avaient été réservés pour le soir du 5 août. Selon elle, quatre journées seraient amplement suffisantes pour accomplir le périple depuis Paris jusqu'à Marseille en passant par Virézieux.

Marigot jugea un tel projet assez risqué car selon lui, « même à l'époque, les routes étaient fréquentées par un tas de dingues ». C'est du reste en ces termes qu'il en fit la remarque à Gabrielle. Elle piqua alors « une colère de tous les diables », lui ordonna de se mêler de ses affaires et suggéra qu'il aille « se faire mettre » au cas où il ne lui rendrait pas ce service.

Quoi qu'il pense aujourd'hui de cette soudaine crise de nerfs – et de ses conséquences –, l'accès de fureur de Gabrielle eut pour effet immédiat de vaincre ses réticences. Rien ne lui permettait d'imaginer la suite des événements ; il ne pouvait pas deviner que les mots tombés de la bouche de la jeune femme au terme de leur voyage silencieux dans la petite R12 vers la porte d'Italie, quelques mots seulement, à peine une phrase, lui causeraient de « sales nuits d'insomnie et de culpabilité pendant trente ans ».

Au début de cet après-midi ensoleillé d'août 1979, à une date qu'il ne peut établir précisément, Alexandre Marigot gara sa voiture le long du boulevard Masséna, dans le XIIIe arrondissement de Paris.

La jeune femme resta immobile pendant une minute ou deux. À travers le pare-brise, elle fixait un point lointain, bien au-delà de son propre esprit. Puis elle se retourna vers lui et dit simplement :

— Ne me laisse pas partir.

Avant même qu'il ne puisse répondre, Gabrielle ouvrit à la volée la portière de la voiture et disparut dans le flot de la circulation.

QUATRIÈME PARTIE

10 347 – Mme Paulette Neveux attire l'attention de M. le ministre d'État, ministre de l'Intérieur, sur le cas de Mme Gabrielle Nicolet et de son fils Yann, disparus alors qu'ils passaient leurs vacances au camping de Santa-Lucia, en Corse, en 1979. Il semblerait qu'aucune réelle enquête n'ait jamais été menée. Elle lui demande ce qu'il compte faire pour remédier à ce dysfonctionnement et au vide juridique qui existe dans le domaine des disparitions inquiétantes.

— *Réponse*. En dépit des recherches menées, aucune trace des disparus n'a été découverte par les enquêteurs. Dans l'état actuel des investigations, aucun élément ne permet de rapprocher cette double disparition d'un fait délictuel ou criminel.

Extrait du *Journal officiel* daté du 24 mai 1982.

Chapitre 18

La brigade de recherches est en effervescence. Le 21 mars 1989, à 08 h 50 très précises, un appel anonyme parvient au standard de la gendarmerie de Bastia. D'une durée de quatre secondes, il laisse entendre une voix étouffée, probablement à l'aide d'un chiffon plaqué sur un combiné téléphonique. Après une respiration, cette voix anonyme, au fort accent corse, lâche :

— Au sujet de la femme décapitée, c'est Éric Mallard.

Aussitôt, les gendarmes de permanence basculent l'appel vers le téléphone du bureau de la BR. Mais le correspondant a déjà raccroché. On localise rapidement la source. Il s'agit d'une cabine téléphonique située dans le centre-ville de Bastia, près du boulevard Paoli. Une patrouille fonce immédiatement, suivie de près par une estafette des techniciens d'investigation criminelle. La cabine est encerclée. Personne. Devant les passants stupéfaits, les gendarmes dévident huit mètres de Rubalise autour de la cabine téléphonique.

Le ruban jaune, barré de l'inscription « Gendarmerie nationale » en lettres noires, délimite un périmètre de deux mètres sur deux. Avec un peu d'imagination, on pourrait croire à une installation d'art contemporain, à un happening.

D'ordinaire, les enquêteurs de la BR ne perdent pas leur temps avec ces manifestations de délation ordinaire. Femmes blessées et maris jaloux, voisins de village rendus envieux par une nouvelle voiture : chaque semaine, une bonne dizaine de coups de fil haineux atterrit au standard du centre opérationnel de la gendarmerie. La plupart du temps, personne ne se donne la peine de vérifier les informations des dénonciateurs sans visage : sous les ailes des corbeaux, on trouve rarement de « belles affaires ».

Cette fois cependant, Serrier a fait le rapprochement entre le nom balancé par la voix du téléphone et un prénom, cité par plusieurs témoins de l'enquête. « Éric ». Peut-être le « Éric » du camping, que plusieurs sources décrivent comme une « fréquentation de Gabrielle » à l'époque. Rossi penche du même côté. Éric est sans doute le « mauvais garçon » dont ses propres informateurs lui ont décrit le comportement de séducteur impénitent.

Pour en avoir le cœur net, Serrier a lourdement insisté auprès de sa hiérarchie : il a besoin de trois ou quatre hommes pour mener les vérifications d'usage. Si les deux Éric ne font qu'un, une nouvelle piste se dessine peut-être.

— Une nouvelle piste ? Pas question, répondent ses supérieurs.

Serrier sent pourtant un frémissement. Il ne saurait l'expliquer, mais les inflexions de la voix au téléphone lui ont paru franches et directes.

— Ce type ne mentait pas, annonce-t-il à Rossi. Les gars du standard sont formels. La voix était trafiquée mais elle était posée, tranquille.

— On va vérifier. Mais une fois qu'on l'aura fait, qu'est-ce qu'on fout ?

— On avisera, répond Serrier. Pour l'instant, j'ai juste besoin de savoir si tu marches avec moi.

— Sans commission rogatoire ?

— Sans cadre légal. Pas besoin. On lui fait juste l'environnement. On racle, on fait les fichiers. On connaît suffisamment de collègues pour nous sortir deux ou trois trucs sans trop nous emmerder.

En toute discrétion, Rossi et Serrier se mettent donc à la tâche. Fichier des cartes grises, casier judiciaire, sécurité sociale, registre du commerce : tout est passé au crible des deux gendarmes, suffisamment pour se faire une idée plus précise du train de vie et des habitudes d'Éric Mallard.

À première vue, l'homme mène une vie banale et sans excès, partagée entre une florissante entreprise de charpenterie et son domicile, une villa surchargée de fenêtres et de colonnades, deux étages de prétention et de fioritures de maçonnerie. La maison de campagne est située à une trentaine de kilomètres au sud de Bastia. Tous les soirs il y retrouve ses deux filles jumelles et son épouse, fille de riche propriétaire terrien à qui Éric Mallard doit une bonne partie de sa fortune.

Sa réputation oscille entre celle, peu flatteuse, d'un « crétin doué pour les affaires » et celle d'un « gentil garçon un peu niais », Continental bien acclimaté aux habitudes locales. Mallard sait se faire discret. Excepté les sorties en discothèque l'été, ses loisirs consistent essentiellement à s'échapper quelques jours par an – et toujours en famille – pour des vacances aux sports d'hiver dans les stations huppées des Alpes suisses.

Mais derrière cette façade de respectabilité se dissimule une autre réalité, bien plus intéressante pour le tandem Serrier-Rossi. En poussant leur enquête, ils ont mis au jour une facette méconnue de la vie d'Éric Mallard, détenteur d'un tas de petits secrets et habile truqueur de sa propre existence, une vie en apparence ordonnée et lisse, mais pleine de sous-entendus et de mystères, qu'il s'applique à ne pas laisser s'éventer. Pour cela, Mallard semble doué d'un sens très développé de l'organisation, d'une aptitude innée à la duplicité. Ainsi de ses maîtresses, nombreuses et fort jolies, qu'il partage parfois avec quelques-uns de ses amis peu recommandables. Ainsi de sa condamnation en 1971 à une peine de prison avec sursis pour une escroquerie commise à Marseille. C'est d'ailleurs pour se faire oublier sur le Continent qu'il a débarqué en Corse, d'où sa mère est originaire, dans le courant de l'année 1973. Sans un sou vaillant, Mallard ne s'en est pas moins lancé dans une petite affaire de charpenterie industrielle qui lui a aussitôt souri. À peine son entrepôt inauguré, il a remporté de juteux marchés publics, triplant son chiffre d'affaires en trois ou quatre ans avant de réinvestir ses bénéfices dans une pharmacie, un restaurant de bord de mer et un projet de résidences hôtelières de luxe. Un « crétin doué pour les affaires » ? La rumeur décrit plutôt cette fulgurante réussite comme la marque d'une influence occulte, attestée par la discrète présence dans l'entourage de Mallard d'un certain Jacques Pierroni, individu fiché au grand banditisme et propriétaire d'un bar à filles, le *SunSea*, justement situé à Santa-Lucia. De Pierroni, il n'y a pas grand-chose à dire qui ne soit su de tous. Son nom a longtemps hanté la rubrique « banditisme » de la presse. C'est une grosse légume de la voyoucratie locale, qui fréquente le gratin politique, ne déteste pas faire étalage de ses richesses et arbore, été comme hiver, une épaisse veste de cuir bordeaux qui a largement contribué à sa légende : on raconte que dans ses poches, dont certaines sont habilement camouflées par la coupe du vêtement, Pierroni se promène avec deux pistolets et une grenade.

Quels sont les liens entre Pierroni, caïd craint et respecté, et Mallard, bellâtre vaguement escroc ? Serrier et Rossi l'ignorent mais ils sont bien décidés à l'apprendre. Parce que cette piste est désormais la seule dont ils disposent. C'est pourquoi, un jour qu'ils déjeunent sur la banquette crasseuse du snack situé en face de la gendarmerie, ils se mettent d'accord : ils suivront les moindres faits et gestes des deux suspects. Ils ne demanderont ni commission rogatoire, ni renforts de collègues, ni couverture légale. « *A l'usu corsu* », apprécie Rossi d'un air gourmand. « À la manière corse. »

Cette nuit pluvieuse d'avril 1989, des trombes d'eau fouettent le pare-brise de la voiture banalisée des deux gendarmes. La nuit s'étire dans la lumière jaunâtre dispensée par un unique réverbère, au bout de la rue, à quelques mètres du portail qu'ils ne quittent pas des yeux.

Assis à la place du mort, Rossi somnole. Serrier observe la troisième fenêtre en partant de la gauche, au deuxième étage de l'immeuble situé dans un discret quartier périphérique de Bastia. Derrière les vitres de cet appartement, Éric Mallard a installé sa maîtresse officielle, une bourgeoise de la bonne société bastiaise, qui partage ses faveurs avec sa secrétaire et deux ou trois autres « vide-couilles » – le terme qu'il emploie lors de ses bordées entre amis.

Depuis qu'il a entamé ses filatures, Serrier a pu se rendre compte du soin extrême apporté par Mallard à la planification de son adultère. Sa maîtresse officielle loge dans un grand appartement entièrement rénové à ses frais, dont il règle le loyer chaque mois en liquide. L'endroit est idéalement situé à deux rues d'un immeuble où réside un oncle gravement malade. Deux fois par semaine, à l'heure du dîner, Mallard se rend chez le parent cancéreux, compose le numéro de sa villa et, après avoir rassuré sa femme, file rejoindre sa maîtresse pour ne la quitter qu'à minuit passé.

Mais ce soir-là, le rendez-vous s'éternise. D'ordinaire, Mallard, réglé comme une horloge, fait son apparition sur le trottoir peu après minuit et fonce au volant de son puissant 4 × 4 vers le domicile conjugal. Pas cette fois. Le « vide-couilles » a exigé des explications. Lorsque le suspect, la visière d'une casquette rabaissée sur le visage, s'est glissé derrière le portail de sa maîtresse après l'habituel détour chez son vieil oncle, Rossi a attendu quelques minutes avant de lui emboîter discrètement le pas. Parvenu au deuxième étage, il a collé son oreille à la porte de la maîtresse et, de retour dans la voiture, trempé par la pluie, a fait son rapport à Serrier en hésitant entre l'hilarité et la gêne :

— Ils faisaient ça juste derrière la porte. Bonjour le numéro ! « *Prends-moi* », « *Salope* », « *Oui, vas-y, baise-moi* », « *Chienne* ».

Des bruits d'eau, probablement dans la salle de bains, puis le générique d'une émission nocturne avaient précédé les éclats de voix, l'habituelle symphonie du mensonge adultère, le ton qui monte, les reproches et les promesses de « la quitter bientôt », les pleurs et le silence enfin, la télévision brutalement coupée et le claquement mat d'une porte. Depuis, aucune lumière. Aucun signe de vie.

Vers 2 heures du matin, après une attente interminable, le portail s'entrouvre enfin sur une longue silhouette. La lourde pluie s'est atténuée en un crachin vaporeux. Mallard fait deux pas sur le trottoir, promène son regard à droite et à gauche et s'attarde un instant sous la pluie. Dans le creux de ses paumes, portées en coupe autour de sa bouche, Serrier distingue un point de lumière rouge danser l'espace d'un instant. Mallard rejette la tête en arrière, souffle la fumée de sa cigarette vers le ciel et s'éloigne en direction d'une ruelle adjacente où il a garé sa voiture.

À l'intérieur de la voiture des gendarmes, Rossi étouffe un bâillement :

— Une balle dans la tête, ce serait plus facile.

*

L'interview, d'une durée de trente-sept minutes et dix-neuf secondes, a été enregistrée le 26 juillet 2009, à 08 h 36, sur un dictaphone numérique. Le fichier audio laisse d'abord entendre un souffle électronique puis un concert de klaxons et mes excuses bredouillées, avant la voix sèche et posée de Micheline Grimbert, experte renommée en psychologie criminelle :

— Naturellement, le peu d'éléments que vous m'avez fournis ne me permet pas de me livrer à une analyse très étoffée de cette affaire. Aussi, je tiens à ce que ceci soit très clair : je ne vous donne mon avis qu'à titre indicatif. Je n'ai absolument aucune idée du contexte de votre enquête, je ne sais rien de la victime, et pour être franche, ce que je vous dis ne ressort évidemment que de premières impressions.

Après une pause et le bruit mouillé d'une déglutition, la voix reprend :

— Tout d'abord, si seule la tête a disparu, il est évident que l'assassin, ou les assassins, ne cherchaient pas à retarder ou contrarier l'identification de cette malheureuse, sauf à ce qu'ils aient été de parfaits crétins. Cette mutilation participe d'une logique utilitaire. En tout état de cause, si la tête a été tranchée aussi nettement que vous le prétendez, c'est l'œuvre, si je puis dire, d'un homme de l'art… Un médecin, un équarrisseur, un boucher… Un chasseur, à la limite… Sans pratique et sans connaissances anatomiques, c'est impossible, tout bonnement impossible… Il est aussi parfaitement envisageable que l'assassin ait utilisé un procédé mécanique…

Pas une tronçonneuse, non, qui laisserait des traces inégales, plutôt une scie électrique ou un instrument de découpe industriel équipé d'une lame assez fine, quelque chose qui puisse couper net et droit. Le genre d'outils utilisés en menuiserie ou en chirurgie... Quoi qu'il en soit et en l'absence d'autres éléments, il est naturellement impossible d'exclure a priori le pur acte de sauvagerie ou la tendance fétichiste, mais dans cette hypothèse, l'assassin ne se serait pas attaqué à l'enfant... Ou il l'aurait trucidé et pas la mère, voyez-vous... Aussi, tout bien réfléchi, je pencherais plutôt vers mon idée du départ : son but était purement utilitaire... Je vous suggère de penser à ceci : dans une affaire presque similaire – une histoire épouvantable de cadavre repêché morceau par morceau dans la Loire, en commençant par des lambeaux de seins tatoués –, les meurtriers étaient deux proxénètes albanais. Ils ne connaissaient pas les lieux et devaient se douter qu'un jour ou l'autre, le fleuve recracherait la dépouille de leur victime. C'est pourquoi, voyez-vous, ils avaient brouillé les pistes en tranchant la tête d'une jeune prostituée qui refusait de continuer à travailler, si l'on peut dire, pour leur compte... Voyez-vous, ils ne cherchaient pas à dissimuler leur crime mais d'autres blessures, en l'occurrence de profondes balafres infligées en punition à la jeune femme... Et c'est ainsi qu'ils ont pu être confondus...

Le reste de l'enregistrement est consacré à d'autres éléments de l'enquête – le sort probable de Yann (« mort à coup sûr », d'après Micheline Grimbert), le modus operandi de l'assassin (« ou des assassins », corrige-t-elle) et diverses considérations relatives à l'état de conservation du corps ou la signification de son ensevelissement dans un caveau, des éléments à propos desquels ma voix se perd dans des méandres d'explications vaseuses. Puis, après quelques minutes, je remercie la psychologue pour son « aide précieuse » et un déclic mécanique fait entendre la fin de l'enregistrement.

La conversation est intégralement retranscrite aux pages 35 à 51 de mon carnet, semées d'astérisques bleus et de traits orange. Je l'ai résumée en un mot : « pute », souligné de quatre traits épais tracés au feutre noir.

Chapitre 19

Que faire du « cas » Mallard ? L'interpeller ? Vérifier son emploi du temps de l'été 1979 ? Ses liens avec Jacques Pierroni, fiché au grand banditisme, sont insuffisants pour l'accrocher. Ses coucheries seraient, au mieux, un bon moyen de pression en garde à vue. C'est tout. Et puis il y a les filatures illégales. Comment les justifier ? Impossible de révéler les dessous de cette enquête parallèle. Serrier tourne en rond.

Au service, trois gendarmes ont déjà demandé et obtenu leur mutation. Deux autres se sont officiellement plaints du comportement de leur supérieur, « erratique et désordonné, incompatible avec l'exigence professionnelle de détachement imposée par une enquête aussi délicate ». Dans un courrier adressé au colonel de la gendarmerie de Haute-Corse, l'un d'eux a même émis des soupçons sur les activités nocturnes de son supérieur, jugées « vraisemblablement illégales ».

Personne d'autre que Rossi n'accepte désormais de prendre sa part du feu dans le dossier « Gabrielle et Yann Nicolet », d'autant que la Corse s'embourbe dans un nouveau torrent de crimes et de vols

– quarante-quatre attaques à main armée et neuf assassinats et tentatives depuis le début de l'année.

Au mois de mai 1989, la « Momie de Santa-Lucia » passe définitivement à l'arrière-plan des préoccupations et Serrier reçoit l'ordre formel de travailler sur des « vrais dossiers » – l'expression consacrée pour évoquer les règlements du compte du milieu et les plasticages du FLNC.

Sur les conseils de Rossi, « en attendant que ça se tasse », il finit par accepter de mener quelques investigations et donne le change en s'impliquant davantage dans la vie du service. Mais la nuit et les week-ends, il quitte la villa sur les hauteurs de Bastia, laissant sa femme et ses deux fillettes désemparées, pour de longues filatures illégales. Une galerie de portraits de Mallard, pris sous tous les angles, vient enrichir sa collection de photographies, après celles du cimetière de Santa-Lucia, de Rocchi, les clichés exigés auprès de la famille de Pionnel, ceux de Yann, de Gabrielle, de Cussicchio. Mallard y apparaît dans toutes les attitudes. Au volant. À la terrasse de son café préféré, près du port de commerce de Bastia, derrière la mairie. Entrant et sortant du portail de sa maîtresse.

Serrier ne s'arrête pas là, il met à contribution une faune d'indicateurs plus ou moins fiables, balances appointées de la BR et petits dealers de drogue, fantasmeurs professionnels et demi-soldes de la voyoucratie, qu'il n'hésite pas à bousculer – l'un d'eux aura la mâchoire fracassée –, promettant beaucoup, contraventions à faire sauter, intercession pour un neveu qui a eu des « ennuis », et tenant si peu sa propre parole que son crédit s'épuise, qu'il se retrouve bientôt menacé de voir ses petits secrets étalés aux yeux de sa hiérarchie.

Rossi fait office de voiture-balai. Il ramasse les « merdes » de Serrier, usant d'un savant dosage de persuasion musclée et de connivence, de garanties offertes aux indics et d'excuses, lorsque cela suffit à apaiser les tensions. De temps à autre, il doit toutefois jouer serré et mettre lui-même « les mains dans le cambouis ». Un soir, deux petits voyous ne se contentent pas de paroles. Ils coincent Rossi, exige qu'il les conduise jusqu'à Serrier. Le gendarme corse s'en tire en dégainant son arme. Coups de crosse, arcades sourcilières ouvertes et les malfrats qui gémissent. Rossi s'en retourne à son boulot d'ange gardien.

Mais après quelques mois, les efforts de Serrier finissent par payer. Comme une puanteur remontée des égouts, entre les tuyaux percés et les ragots, à force de recoupements et de confidences, Serrier a déterré un certain nombre de faits significatifs, lesquels achèvent de transformer ses intuitions en soupçons, puis en certitudes : d'une manière ou d'une autre, Éric Mallard est lié à la disparition de Gabrielle Nicolet.

À la page 61 de son douzième carnet noir, le gendarme récapitule sèchement ces éléments :

« 1976 : Mallard emménage avec sa compagne officielle de l'époque, une entraîneuse du *SunSea*, dans une minuscule villa avec vue sur mer, à six cents mètres du cimetière de Santa-Lucia. Le propriétaire de la villa est un entrepreneur de pompes funèbres de la région. Il connaît par cœur la disposition des tombeaux du petit cimetière. Il sait où chaque membre de chaque famille sera enterré et dans quel ordre. Il sait que l'alvéole où a été retrouvée Gabrielle devait rester vide pendant des années.

1977 : Mallard fréquente assidûment le camping *Les Oliviers*. D'après plusieurs sources, Mallard trimbale ses conquêtes (putes, touristes, petites amies plus ou moins attitrées, etc.) dans une fourgonnette aménagée en lupanar mobile, avec matelas et serviettes-éponges à l'arrière. Fait avéré.

1978 : Mallard rencontre Gabrielle Nicolet à l'occasion de son premier séjour en Corse. Témoins formels : Mallard a présenté Jacques Pierroni à Gabrielle. D'après le fichier des casiers judiciaires, Pierroni a été condamné pour vol à main armée (1964, 1968), complicité de trafic de stups (1973) et proxénétisme aggravé (1985).

1979 : Gabrielle et Mallard sont aperçus à plusieurs reprises au *SunSea*. D'après une source, elle a "peut-être travaillé" là-bas. »

*

Pendant plus de vingt ans, le SunSea, *« club privé, la direction se réserve le droit d'entrée », a constitué la seule attraction nocturne des environs de Santa-Lucia, un huis clos de rapports humains frelatés et d'alcool bon marché, peuplé de créatures de la nuit. Depuis Bastia, le trajet ne prenait guère plus d'une dizaine de minutes pour rejoindre l'endroit et garer sa voiture sur le parking de l'établissement, situé juste en face de l'entrée du camping* Les Oliviers. *À l'intérieur, derrière une lourde porte de bois plein, des filles en petite tenue attendaient le chaland sous le magistère d'une taulière aux allures de sphinx sourcilleux, son quintal de chair grise et molle invariablement drapé dans une vapeur de soie noire, ses cheveux corbeau relevés en choucroute. Ses pratiques commerciales, forgées par des années de rapine et d'astuces de pute, consistaient essentiellement à tirer le maximum de profit de l'état d'ivresse de ses « chers » clients : whisky coupé à l'eau et noyé dans les glaçons, billets de banque escamotés au nez et à la barbe des consommateurs trop éméchés et tarifs à la hausse en cas de cuite mémorable.*

Le samedi, traditionnellement jour de grande fréquentation, l'endroit était réputé pour la qualité du spectacle qui s'y donnait, sur une étroite piste de danse dissimulée aux regards par un rideau de tissu argenté. Les clients qui acceptaient de débourser quelques centaines de francs quittaient alors les filles perchées sur des tabourets de comptoir pour s'avachir sur des poufs dorés disposés en demi-cercle autour de la piste de danse. À cet instant, une fois le public confortablement installé, apparaissait sous les rires embrumés une jeune Africaine au corps souple ou une routarde du sexe tarifé tandis qu'un radiocassette laissait échapper une voix rauque : « En exclusivité pour vous ce soir, après une tournée triomphale dans les plus grands cabarets de Paris, Milan et Berlin, un numéro de charme exceptionnel... » La fille se mettait alors à onduler au rythme de la musique. Elle s'approchait des clients, repartait aussitôt vers le centre de la piste en faisant claquer ses talons puis se déshabillait pour ne conserver qu'un string et dansait presque nue dans toutes les positions, debout, accroupie, à quatre pattes, remuant les reins et prenant des airs lascifs. Pour quelques billets de plus glissés dans son string a l'usu americanu, « *à l'américaine* », *elle disparaissait derrière le rideau tissé de fils d'argent et revenait après un instant, un volumineux godemiché à la main. Ce qui suivait fournissait l'apogée du spectacle : la stripteaseuse promenait sa langue sur le sexe en plastique, le glissait dans sa bouche puis écartait les cuisses et l'enfonçait en elle sous les ricanements de l'assistance. Un « bonus » encore et elle recommençait le manège. Toute la nuit s'il le fallait. Jusqu'à en saigner.*

Au SunSea, *la faune des habitués retrouvait ces filles-là pour se saouler et profiter du mensonge mutuellement consenti –* « *je ne suis pas une pute mais une hôtesse, tu n'es pas un client mais un ami* » *–, s'inventer une vie, ancien para décoré à la guerre, apprenti pilote de formule 1 ou directeur de quelque chose ; on retrouvait ces filles pour se rêver en séducteur, tromper la réalité ou jouir simplement en fonction du barème indicatif et toujours négociable : six cents francs la bouteille d'aigre champagne et une fellation, huit cents pour un* « *rapport complet avec massage* » *dans l'un des six boxes situés à l'étage, neuf cents* « *dans le cul* » *ou mille deux cents francs à trois, avec une copine, alcool non compris dans le forfait.*

Du temps de sa splendeur, en 1979, l'établissement brassait des centaines de milliers de francs, qui gonflaient les poches de Jacques Pierroni. La réputation de l'endroit était telle qu'il avait fini par brasser une solide clientèle, bourgeois bastiais fanfaronnant leur réussite en agitant leurs liasses de billets sous le nez des filles, cantonniers des alentours claquant leur maigre paie, collègues de bureau en bordée et même quelques flics locaux en blouson de cuir, très occupés à ressembler à leur propre caricature.

Mais de l'avis commun, le meilleur client restait Éric Mallard.

Chapitre 20

Mallard. Pierroni. Le demi-sel qui se prend pour Marlon Brando et le voyou confirmé, ancien braqueur et proxénète numéro un de la place. Quels liens les unissent ? Quels intérêts ? Gabrielle est-elle le trait d'union entre les deux hommes ?

Pour Serrier, quelque chose ne colle pas. Il peine à assembler les pièces du puzzle macabre mais une chose est sûre : il est près du but. Il peut sentir la pulsation dans l'air, cette petite musique qui ronfle en sourdine et maintient ses sens en alerte. Depuis quelques semaines, son sommeil est devenu plus lourd. Il éprouve moins de difficultés à s'endormir. En fait : depuis que Mallard est devenu son suspect principal, en tête de sa *shortlist*, bien devant le vieux Cussicchio et ses accès incontrôlables de libido au camping *Les Oliviers*. OK, Cussicchio « en pinçait » pour Gabrielle, pas de doutes à ce sujet : les témoignages concordent. Mais il n'aurait pas risqué de perdre une situation si durement et si chèrement acquise pour une tocade, pour une touriste.

Mais Mallard ? Serrier le veut. Cela fait des semaines qu'il le piste, respire le même air, qu'il guette ses réactions et analyse la fréquence et la durée de ses arrêts dans ses points de chute, quelques bars sur le trajet vers son entrepôt, des escapades chez l'une ou l'autre de ses maîtresses et son rôle de père et d'époux aimant quand il déjeune avec sa femme et ses filles dans leur grand jardin avec piscine. Serrier a observé tout cela. Il s'est fondu dans le décor. Il a même passé une journée entière les yeux rivés à une paire de jumelles, dissimulé dans le maquis à deux cents mètres de la table dominicale où Mallard recevait ses beaux-parents. Il pouvait presque lire les mensonges sur ses lèvres. Mallard empeste le crime. Serrier le hait. Parfois, il imagine l'instant du déclic, le doigt qui presse la détente du .38 Spécial acheté au marché noir il y a deux semaines, le crâne éclaté de Mallard dans la fumée qui se dissipe. Il tente toujours de chasser cette vision pour se concentrer sur l'objectif mais n'y parvient jamais tout à fait. Mallard doit tomber. Ce dont il a besoin, ce sont des preuves et des aveux. Après le rendez-vous organisé par Rossi, peut-être.

Ce soir de juillet 1989, une semaine avant l'anniversaire de la découverte du cadavre de Gabrielle, à mesure que défilent les panneaux routiers dans la lumière de ses phares, il repense à tout cela, aux interminables planques, aux centaines de pages de ses carnets. Rien ne se perd. D'accord : personne ne lui fait plus confiance. La brigade de recherches est dévastée par la mauvaise ambiance. Il sait qu'il est sur la sellette mais il devine aussi la fin proche et, avec elle, la confirmation de ses instincts, la preuve de ce que tous les autres n'ont pas voulu croire : la vérité est une putain qui se vend au plus offrant – au plus patient. Il suffit d'attendre et de la provoquer. Elle finit toujours par relever ses jupes.

Cette nuit-là, il roule longtemps avant d'atteindre le point de rendez-vous, à l'entrée d'une plage déserte des environs de Moriani, dans la plaine orientale de la Corse. Il pense que ce rendez-vous constitue peut-être la dernière carte du jeu. Qu'ensuite, il n'aura plus qu'à mettre de l'ordre dans ses idées et expédier les assassins de Gabrielle et Yann Nicolet en prison pour leur redonner enfin la dignité qu'on leur a volée il y a près de dix ans. Alors il redeviendra « L'Enquêteur numéro 1 », à moins qu'il ne décide de quitter la gendarmerie. Rien n'a d'importance que sortir de ce tunnel où il s'est enfoncé. Quand il émergera de la lumière, la maman décapitée et son gosse blond lui souriront. Le reste lui est égal.

Il gare sa voiture à l'emplacement indiqué par Rossi, « sous l'énorme palmier solitaire en bordure de la plage ». La nuit est brûlante. Il garde les vitres de la voiture fermées. Ses poumons réclament leur dose de tabac mais il tient bon, attend le signal convenu avec Rossi, « quatre coups de phare ». Un quart d'heure passe. Une demi-heure. Il sent sa chemise trempée de sueur collée à son dos. Puis quatre éclairs trouent la nuit. Serrier se glisse hors de sa voiture, la main droite refermée sur la crosse de son .38 et, sans un bruit, franchit la cinquantaine de mètres qui le séparent de la voiture de Rossi, ouvre la portière et se jette sur la banquette arrière.

— C'est la dame dont je t'ai parlé, annonce Rossi en désignant la silhouette immobile assise à la place du mort.

Serrier ne répond pas. De longues secondes de silence passent avant que la jeune femme ne prenne la parole sans se retourner, le regard fixé droit devant elle.

— Vous me garantissez que je n'aurai pas d'ennuis ?

— Je ne vous garantis rien du tout, répond Serrier. À part une tonne d'emmerdes si vous nous lâchez maintenant.

La femme hasarde un regard inquiet vers Rossi. L'espace d'un instant, Serrier devine son profil régulier et ses cheveux noirs ramenés en une longue queue de cheval. Il sent aussi son parfum capiteux, une fragrance écœurante et sucrée de bonbon. La jeune femme fouille dans son sac à main, allume une cigarette d'un geste nerveux. Elle prend son temps. Puis, d'une voix rauque, explique :

— Je connais bien Éric. Je veux dire : monsieur Mallard. Je le voyais souvent lorsque je vivais avec son meilleur ami. Nous habitions à Balba, sur la route de Siscu. Éric nous rendait souvent visite. Nous sommes même partis en vacances ensemble, une fois, dans l'arrière-pays provençal. Lui avec une de ses copines, moi avec mon fiancé.

— C'est quoi, ce tissu de conneries ? la coupe Serrier.

Rossi jette un coup d'œil à la jeune femme, lui fait signe de continuer.

— Six mois plus tard, lorsque je me suis séparée de mon petit ami, mon nouveau compagnon s'est retrouvé à l'hôpital avec une triple fracture de la mâchoire et le bassin cassé à coups de manche de pioche... J'ai toujours pensé qu'Éric avait été mêlé à ça.

Serrier serre les mâchoires :

— Je m'en branle de vos histoires de cul. Quel est le rapport avec mon enquête ?

La jeune femme se remet à fouiller nerveusement dans son sac, les mains tremblantes. Elle soupire, se retourne vers Serrier et, en montrant Rossi du doigt :

— Écoutez, je veux que les choses soient claires. Je vous parle parce qu'il a promis d'aider mon frère qui est prison. Le reste, je m'en fous complètement. Je voulais juste vous dire que Mallard est une petite frappe. Pas un type très courageux ni très vaillant, juste le petit lèche-cul *pinzutu* de Pierroni.

— Et après ?

— Après ? Depuis que vous avez trouvé le cadavre... Depuis que vous l'avez trouvée elle, la Femme Sans Tête, je ne sais pas si je dois parler ou pas. Parce que j'ai peur de cet enfoiré. S'ils l'ont tuée...

— Pour l'instant, ils ne sont même pas suspects.

— Ce que je veux dire, c'est qu'ils ont très bien pu le faire. Mallard jouait les gros bras, surtout devant Pierroni.

— Nous parlons bien de Jacques Pierroni ? Le patron du *SunSea* ?

— Oui. Pierroni est un gros voyou mais Mallard n'était rien. Il rêvait de faire partie du milieu. Tout le monde sait qu'il était toujours fourré au comptoir du *SunSea*, à prendre des airs de caïd et à se comporter comme un porc avec les filles... Il avait le syndrome du Continental qui veut en être... Pierroni se servait de lui pour ses petites magouilles, c'était son larbin, mais il le méprisait et l'humiliait en public.

— Et Mallard ?

— Il n'a jamais eu l'envergure d'un voyou… Mais il aurait été obligé d'aller jusqu'au bout si ça avait mal tourné.

— Si quoi avait « mal tourné » ? demande Serrier.

— Les histoires, les partouzes, le *SunSea*, tout ça…

— D'après vous, que faisait Mallard au *SunSea* ?

— Je n'en sais rien. Je sais simplement qu'il est venu chez moi avec la fille, à l'été 1979. C'était juste avant sa disparition. J'ai entendu une discussion entre mon petit ami de l'époque et lui. Éric parlait de ses dettes et des moyens de les payer. Il disait que Pierroni… Il répétait qu'il était dans de sales draps et qu'il comptait bien remonter la pente.

— Il a dit comment il comptait s'y prendre ?

— Justement, c'est le plus important. Ils ont parlé de « filles », des filles que des gens importants acceptaient de payer si elles « faisaient le boulot » discrètement.

— Quel boulot ?

— Bon Dieu…

— Prostitution ? Des putes ?

— Oui, évidemment ! Du coup, lorsqu'ils sont venus chez moi un après-midi, j'ai compris qu'ils parlaient d'elle. De la Femme… De celle que vous avez trouvée… Éric expliquait qu'elle avait besoin d'argent parce qu'elle comptait changer de vie. Il disait qu'il allait la faire « bosser ». Que pour le coup, elle changerait de vie pour de bon. Ils buvaient et ils riaient tous les deux, mon petit ami de l'époque et Mallard. Ils me dégoûtaient…

— Ensuite ?

— Ensuite, elle est revenue. Deux fois. La première fois, avec un petit garçon. La deuxième fois, seule.

Les tempes de Serrier se mettent à battre. Sa vision se trouble dans la fumée des cigarettes que la jeune femme enchaîne.

— Vous savez où était l'enfant ?

— Non.

— Vous connaissez l'endroit où elle le gardait ? Ils vous en ont parlé ?

— Non plus. J'ai trouvé ça curieux qu'on puisse laisser un gosse à une mère maquerelle mais je n'ai posé aucune question.

— Pourquoi ?

— Je crevais de trouille, bordel ! Qu'est-ce que vous croyez ?

— Que s'est-il passé chez vous cet après-midi-là ?

— La première fois, rien du tout. C'était une journée agréable. J'étais infirmière, à l'époque. Alors, elle et moi nous avons simplement parlé boutique et bavardé de notre travail…

— Le gosse, demande Serrier. Comment était le gosse ?

— Adorable. Un peu timide mais très intelligent. Il était très mûr pour son âge. À un moment, nous sommes sortis dans le jardin tous les trois pendant qu'Éric et mon fiancé continuaient à boire dans le salon… Le gosse m'a montré un nid d'oiseau dans un chêne. Je ne l'avais jamais remarqué. Il m'a expliqué comment certaines espèces s'y prenaient pour cacher leur nid aux rapaces. Il m'a dit que les oiseaux étaient très ingénieux. C'étaient ses propres mots : « ingénieux ».

— Et ensuite ? La deuxième visite ?

— Oui… Cette fois-là, ils ont essayé d'abuser d'elle. Ils sont arrivés tous les trois. Sans l'enfant.

— Vous savez où il était ?

— Non, je n'en ai aucune idée. Tout ce que je sais, c'est qu'il n'était pas avec eux. Éric était déjà éméché. Ils m'ont ordonné de leur servir à boire puis ils ont fait un tas de plaisanteries graveleuses. Elle était amorphe, comme si on l'avait droguée. Ils ont commencé à la déshabiller. Elle se débattait doucement, comme si elle n'avait plus de forces et que tout ça la dépassait.

— Qu'est-ce que vous avez fait ?

La jeune femme se met soudainement à sangloter.

— Ce que j'ai fait ? Vous me demandez ce j'ai fait ? J'étais tétanisée, je ne savais pas comment réagir… Éric m'a arraché la bouteille des mains puis il s'est levé et il a porté un toast.

— Il fêtait quoi ?

Le front en sueur, Serrier attend la réponse. Son cœur tambourine dans sa poitrine. Dans l'obscurité mouvante de la voiture, les images de Mallard tout sourire, de Gabrielle, de Yann jouant sur la plage de Santa-Lucia, le regard azur de Cussicchio, les crânes sculptés au fronton des caveaux et les heures d'angoisse, les rêves, la momie, les gendarmes, Pionnel et son vélo, les grappes de soiffards agglutinés sur les poufs argentés du *SunSea*, tout cela se superpose dans son esprit, et la jeune femme tourne vers lui un masque hideux creusé d'une rivière de larmes noires, elle hoquette, ravale ses sanglots et siffle d'une voix brisée :

— Il s'est penché vers elle et il a éclaté de rire. Il a dit : « Bienvenue dans ta nouvelle vie de putain. »

*

Le mercredi 10 octobre 1979, le quotidien France-Soir *publia l'unique article de la presse nationale consacré à la disparition de Gabrielle et Yann Nicolet. À la page 15, sur trois colonnes encadrant une publicité pour le modèle Accord de chez Honda (berline, 1,6 litre, traction avant, « une voiture digne de la France pour un prix à peine français »), le papier – non signé – revient sur les circonstances dans lesquelles la jeune femme et son enfant ont disparu :*

« Alors qu'ils campaient sur un terrain du petit village de Santa-Lucia, dans le Cap Corse, Gabrielle et son fils Yann, âgé de huit ans, ont disparu. Le 10 septembre dernier, une recherche dans l'intérêt des familles a été lancée, sans résultats jusqu'ici. Gabrielle et Yann ont-ils été enlevés, assassinés ? Sont-ils séquestrés ? Se sont-ils noyés ? »

Le rédacteur de l'article cite ensuite Geneviève Trimont, la marraine de Yann, « qui surveillait l'enfant pendant que Gabrielle était de garde à l'hôpital » :

« Gabrielle n'aurait rien fait qui puisse perturber la scolarité de son fils, inscrit à l'école Croissy, à Saint-Mandé… Vous savez, ce petit, je l'ai élevé ! C'est une merveille, il a les yeux si bleus et il est si vif ! Parfois, il a des répliques de grande personne. »

L'article vaut surtout pour la photographie publiée sous sa manchette de une, où le visage de Yann apparaît retouché au pinceau, une pratique alors courante quand une photographie se révélait d'une qualité trop médiocre pour paraître en l'état. Dans le cas de Yann, cette manipulation a été réalisée de manière grossière par des aplats de gouache et défigure totalement le portrait du petit garçon : sous le casque blond coupé au bol, les yeux paraissent loucher, la bouche mince ressemble à une cicatrice et deux trous noirs matérialisent un nez sans relief comme ceux des grands brûlés. La première fois que j'ai posé les yeux sur cette image, j'ai éclaté de rire. Je n'avais jamais imaginé Yann de cette manière, semblable à un petit personnage de dessin animé polonais des années soixante.

À condition de se donner un peu de mal, il est possible de dénicher un autre cliché, saisi à l'occasion d'une « sortie éducative » organisée par l'école Croissy. La photographie est datée de 1976 et figure une image monochrome où un petit garçon aux longs cheveux bouclés d'une blondeur éclatante se détache d'un groupe d'élèves alignés devant un kiosque à musique : Yann Nicolet, cinq ans, s'avance en riant et souffle un baiser en direction du photographe. Les autres gamins sont immobiles, figés dans une attitude respectueuse. Ils paraissent intimidés. Mais Yann ressemble à un lutin.

À Santa-Lucia, où l'enfant n'a passé que quelques jours, la mémoire des villageois conserve un souvenir étonnamment fidèle de ses faits et gestes. À les entendre, on pourrait penser que, pour une raison ou une autre, ils ont pris un soin particulier à l'observer. L'un d'eux, à vrai dire le seul à avoir accepté de remuer sa mémoire, m'a raconté par le menu les parties de baignades du fils de Gabrielle, les touristes amusés de ce feu follet au casque blanc, le petit train de plastique rouge que le gosse traînait partout derrière lui, sa poupée de clown et ses fous rires quand il ne parvenait pas à enlever ses brassards de nage orange. Comment pouvait-il se souvenir avec une telle exactitude d'un enfant parmi tant d'autres, à cette époque, au cours de cet été particulier ? J'ai compris plus tard. Lorsqu'il m'a parlé de l'épisode du camping.

Un soir de l'été 1979, Gabrielle avait laissé Yann endormi sous la tente pour rejoindre au Pacifico un couple de touristes bretons rencontrés l'après-midi même sur la plage. Le petit garçon s'était réveillé en sursaut, il n'avait plus senti la présence de sa mère près de lui. Ses pleurs et ses cris avaient réveillé tout le camping, on avait couru chercher Gabrielle au Pacifico, Yann était inconsolable. Quelqu'un avait dû rallumer les lumières de l'accueil du camping pour lui prouver que sa mère était bien là, avec lui. Qu'elle n'était ni un mirage, ni un fantôme. Qu'elle ne l'abandonnerait jamais.

Chapitre 21

Il ne se souvient plus très bien de la scène parce que l'héroïne a dissous sa mémoire et lui « attaque le cerveau » mais il en est certain : cette nuit-là, quand « ça » s'est passé, il était tapi dans l'ombre, il a vu et entendu les menaces et les pleurs et les « cris du gosse et la grosse voix du type ». Au fond de ce café maure de la citadelle de Bastia, moitié boxon, moitié assommoir, ses yeux délavés cherchent à convaincre Serrier. Il le jure devant Dieu : il était « là-bas, au camping, quand c'est arrivé ».

C'était il y a longtemps. « Dix ans, non ? Quelque chose comme ça ? » demande sa voix ébréchée. Serrier opine. Il attend la suite mais son interlocuteur a mal partout. Peut-être que s'il pouvait trouver du « produit », les tremblements, le manque, les suées, les crampes, « tout ça » disparaîtrait et il pourrait se « souvenir mieux ». Cinq cents francs, pas plus, pour du « produit ». De l'héroïne. « Au pire, de la merde coupée », juste de quoi calmer le feu dans son ventre. Il force un dernier sourire édenté : « Cinq cents balles, monsieur, c'est le prix d'une paire de pompes, de nos jours. »

Serrier le fixe sans broncher. Son souhait du moment : saisir le drogué par la nuque, lui projeter le visage contre le rebord de la table poisseuse et l'entraîner dans l'arrière-salle par les cheveux. Il y pense, une fraction de seconde. Il sent dans sa ceinture le poids rassurant de son pistolet automatique. Un coup de crosse, puis deux, puis trois sur l'arcade sourcilière pour faire gicler un sang abondant. Alors, l'autre parlerait. Héroïne ou pas, veines mitées ou non. Mais le gendarme glisse sa main dans sa poche, compte trois billets de cent francs et le camé lui répond : « OK, c'est toujours mieux que rien, monsieur. »

Lorsqu'il revient s'assoir à la table du bar miteux accroché aux flancs de la citadelle de Bastia, son corps paraît apaisé. Les tics nerveux ont disparu, le bleu profond de son regard brille dans la pénombre et son visage paraît moins abîmé. La loque humaine a pratiquement disparu. Il commande un nouveau demi et se penche vers Serrier.

À l'époque, il travaillait à Santa-Lucia et « autour », comme saisonnier dans les bars et les restaurants du Cap Corse, partout où l'on acceptait les gens comme lui, « un peu junkies sur les bords ». Ce soir-là, après son service, il avait prévu de rejoindre son meilleur ami, « Franckie », pour une virée au camping *Les Oliviers*, à Santa-Lucia, un endroit « où on pouvait toujours dégoter de la viande fraîche » – des filles faciles.

Sur la route du Cap, ils fumèrent de l'herbe en quantité et Franckie « planait comme jamais ».

— Il disait qu'il ne fallait pas tout gaspiller, qu'on devait en garder un peu pour les filles si on en trouvait. C'était sa technique : jamais tout fumer d'un coup et en laisser un peu aux autres, surtout aux frangines pour le cas où la soirée se goupillait bien…

Mais à cette période de l'année, vers la fin du mois d'août, la plupart des jolies vacancières avait déjà pris la route du retour vers le Continent, Stuttgart ou Savona, et le *Pacifico* comme *Les Oliviers* étaient déserts. Franckie voulut pousser plus loin, vers « le fond du terrain de camping ».

— Il a dit comme ça qu'on devrait aller y faire un tour parce que des fois c'est là qu'elles étaient, les mignonnes petites touristes. Elles se tanquaient là-bas pour pas qu'on les emmerde. « Mais nous, on les fait pas chier », il a dit Franckie en rigolant. Et il a agité sous mon nez le petit sachet d'herbe.

Ils contournèrent l'accueil en prenant soin de ne pas réveiller le gardien de nuit mais, une fois parvenus à l'extrémité du terrain, juste avant le grillage qui clôturait une propriété voisine, ils ne trouvèrent pas âme qui vive. Ni tentes, ni vacancières délurées.

— Alors, je lui fais comme ça, à Franckie : « Tu casses les couilles. Moi, je me barre. » Sauf que lui, il dit plus rien. Je le vois qui s'accroupit derrière une haie comme dans un film sur le Viêt Nam, genre embuscade et tout, et puis il me fait signe d'approcher doucement. Je me demande ce qu'il a derrière la tête et tout, mais j'ai pas fait trois pas que j'entends les voix. Celle du gosse d'abord, qui gueulait comme pas permis. Puis celles de la femme et du type. Je m'approche, accroupi, tout doucement, et j'entends Franckie qui murmure « Putain mais c'est quoi ce délire ? » et là, entre les branchages, je vois ce grand type qui tient dans ses bras un gosse tout blond, tellement blond qu'on lui voit les cheveux dans la nuit… Le gosse, il gigote et il tape des pieds, il essaie de se barrer mais le gars le retient, il est costaud, il recule quand le môme donne des coups de rein mais il tient bon quand même. En face d'eux, il y a la femme qui part d'un côté puis de l'autre, qui essaie de s'approcher mais dès qu'elle fait un pas, le gars recule… Le type aussi, il gueule… Mais y a personne dans le coin. Tout le monde roupille. Personne peut entendre le raffut.

Ils restèrent cachés « peut-être cinq minutes » dans les fourrés, un temps largement suffisant pour se faire une idée précise des événements. La femme était en larmes. L'homme qui tenait l'enfant dans ses bras crachait des menaces, quelque chose comme « Tu le reverras quand tu feras ce que tu dois faire. » Puis la femme était « tombée à genoux comme si elle priait », avait enfoui sa tête dans ses mains et s'était mise à pleurer en silence pendant que la silhouette de l'homme reculait doucement, pas à pas, jusqu'à disparaître derrière un muret de pierres sèches « tout au bout du camping, là où ils ont fait maintenant un garage mais qu'avant, c'était juste le maquis et la nature ».

Après cette scène, il jure à Serrier qu'il a essayé de prévenir la gendarmerie depuis une cabine téléphonique mais son ami Franckie n'était pas « très chaud parce qu'il était gavé d'herbe et qu'il disait que c'était une mauvaise idée, vu que ça pouvait juste être une dispute d'amoureux ou un papa qui récupérait son gosse, du genre divorce qui tourne mal, tout ça ». Alors, ils avaient décidé de regagner Bastia et leur nuit s'était terminée dans un bar de la place du Marché. Ils n'avaient jamais reparlé de l'épisode des *Oliviers*. En 1997, Franckie-la-Défonce s'était injecté un dernier fix, une dose mortelle d'héroïne coupée au détergent dans les toilettes d'un café toulonnais. Fin de l'histoire.

Lorsque Serrier se lève de la table crasseuse du café, la tête retournée et l'estomac au bord des lèvres, le type renifle bruyamment :

— Au début, on n'a pas compris ce que le gosse criait. C'est après, quand je me suis repassé le film dans ma tête et tout ça, que la voix est revenue. Le gosse, il gueulait comme un agneau qu'on égorge. Il gueulait « Maman ».

*

Le 17 novembre 2011, je suis devenu parjure, reprenant la parole donnée à un homme qui avait accepté de prendre un risque pour moi et peut-être d'y laisser sa carrière.

Il m'avait demandé de l'attendre non loin de la guérite, face à l'entrée de la gendarmerie, le temps pour lui de s'assurer que la voie était libre. Vers 20 heures, la barrière métallique qui commandait l'accès au poste de garde se leva dans un bourdonnement électrique et il me fit signe d'avancer puis, sans un mot, me précéda dans la cour d'honneur où étincelaient les véhicules bleus alignés comme à la parade. Les lieux étaient déserts. Arrivé à l'arrière du bâtiment principal, après un dernier coup d'œil aux alentours, il déverrouilla une lourde porte métallique. Derrière, un couloir gris et sombre débouchait sur une autre porte. Après avoir emprunté un nouveau corridor, il me fit entrer dans une pièce à peine plus grande qu'un cagibi, encombrée d'étagères croulant sous le poids de dizaines de boîtes d'archives. Une ampoule nue pendait à un fil suspendu au plafond et grésillait par intermittence, un bruit d'insectes grillés par un tue-mouches électrique.

— C'est là, chuchota-t-il. Je t'ai sorti le seul truc que j'ai réussi à trouver.

Sur une table branlante, il avait disposé une douzaine de feuillets dactylographiés.

J'avais juré : le contenu de ce document ne me servirait qu'à titre purement documentaire, pour m'imprégner de l'ambiance et du vocabulaire des gendarmes de l'époque. En aucun cas je ne devrais faire mention des éléments, des dates et des noms qui y figuraient. En gage de bonne foi, je n'avais emporté avec moi ni carnet de notes, ni stylo, ni dictaphone. Je portais en revanche au poignet une montre-bracelet commandée quelques jours auparavant sur un site Internet spécialisé pour un montant tout à fait abordable. L'objet indiquait bien l'heure mais il ne répondait à aucun critère esthétique : le cadran était trop épais, le métal bon marché, le bracelet avait du jeu et l'usinage de l'ensemble laissait clairement à désirer. Sa fonction essentielle résidait dans l'emplacement marquant l'heure de midi, un trou d'épingle dissimulant l'objectif d'une caméra miniature.

En rentrant chez moi ce soir-là, après avoir chaleureusement remercié l'homme que j'avais trahi, je mis plusieurs heures à déchiffrer les images tremblantes et pixellisées sur l'écran de mon ordinateur.

Le document était intitulé « Synthèse des Déplacements et Renseignements sur les derniers jours de Gabrielle Nicolet au mois d'août 1979 ». Dans ce rapport, Serrier avait retracé le moindre mouvement de Gabrielle. Des mois d'investigations poussées avaient été nécessaires pour parvenir à une telle somme. En y mettant un point final, plus d'un an après la découverte de Santa-Lucia, il n'était pas seulement parvenu à reconstituer le parcours de la jeune femme, il avait réussi son pari, il était entré dans la tête de la victime.

Chapitre 22

Le jour de leur arrivée en Corse, le 6 août 1979, Gabrielle et Yann se présentèrent en fin de matinée à l'accueil du camping *Les Oliviers*, où on leur apprit que Cussicchio serait absent pour la journée. La mère et le fils passèrent leur première nuit dans un endroit que les investigations ne permirent pas de déterminer, probablement un autre camping de la région ou un hôtel de Bastia, bien que les registres des établissements ne fassent nulle mention de leur passage à ces dates.

Le lendemain, Cussicchio, aux cent coups, attendit Gabrielle toute la journée. Selon plusieurs témoins, « il empestait la cocotte » et s'était mis en dimanche : une belle chemise blanche, un pantalon crème et des chaussures astiquées. Il multiplia les allers-retours entre l'accueil du camping et la route de Santa-Lucia, appela à quatre reprises la compagnie d'autobus pour vérifier les horaires des rotations et, lorsque Gabrielle et Yann firent leur apparition vers la fin de l'après-midi, il délogea séance tenante un couple de touristes britanniques à peine installés aux *Oliviers* pour leur trouver une place « valable ». Il accompagna ensuite Gabrielle pour l'aider à monter sa tente. Une fois achevé les opérations, il invita la jeune femme et le petit garçon dans un restaurant situé à la sortie de Bastia.

Yann passa une première nuit enchanteresse, bercé par le ululement d'une *malacella*, une chouette perchée entre les poutres d'une vieille maison abandonnée située aux abords du camping. Au petit matin, à peine réveillé, il supplia sa mère de l'emmener à la plage où il joua toute la journée avec des gosses du village. La mère et son fils poursuivirent leur soirée en tête à tête, à l'abri de leur tente. Ce soir-là, le gamin veilla jusqu'à 10 heures passées en lisant un livre : *Les Plus Beaux Oiseaux du monde entier*, et s'endormit dans les bras de Gabrielle. La crainte qu'il ressentait parfois envers le monde extérieur n'avait, à cet instant, plus aucune raison d'exister.

Le 8 août, soit deux jours après leur arrivée en Corse, eut lieu l'épisode Robert Pionnel. Le jeune homme rejoignit Gabrielle et Yann vers 11 heures du matin et tous trois prirent le bus du Cap Corse jusqu'à la plage de Tamarone, qu'ils atteignirent après deux heures de trajet cahotant, le car penchant dangereusement vers les rochers et le vide à chaque virage. À Tamarone, Yann fut émerveillé de découvrir l'immense bande de sable blanc qui couvrait la pointe du Cap, l'eau turquoise, le petit cabanon au toit couvert de feuilles de palmiers où l'on vendait des rafraîchissements. Le temps était splendide, des traînées de nuages blancs effilés traversaient un ciel d'une pureté absolue. Il faisait si chaud qu'ils durent s'abriter sous l'ombre de la paillote aux heures brûlantes du déjeuner. C'est là qu'ils firent connaissance du gardien du parc marin régional. Le jeune homme proposa à Yann de revenir « un de ces jours » pour admirer les goélands d'Audouin qui nichaient sur les îlots des Finocchiarola, un minuscule archipel émergeant des eaux bleues, à quelques brassées de la plage. Robert joua avec l'enfant dans les rouleaux poussés par le sillage d'écume des ferries.

Sur le chemin du retour vers Santa-Lucia, Yann s'endormit dans le bus. Gabrielle et Robert discutaient tranquillement à voix basse. Pour une raison inconnue, la dispute éclata au début de la soirée, bien après qu'ils furent rentrés au camping. Le lendemain, Pionnel quitta la Corse sans explication.

C'est à partir de cette date que les informations sur le séjour de Gabrielle et Yann devenaient parcellaires et contradictoires. Le 10 août 1979, il est admis que l'infirmière retira mille francs – une somme importante au regard de ses revenus – au distributeur d'une agence bancaire de Bastia, quelques heures avant d'être aperçue faisant de l'auto-stop en compagnie de Yann vers le sud de la Corse.

Le 11 août, elle avait été formellement identifiée comme la cliente d'un restaurant de Propriano, deux cents kilomètres plus au sud, où elle dîna avec Yann en compagnie d'un jeune homme dont l'identité n'avait pu être établie. Dès le lendemain, aussi subitement qu'elle s'y était rendue, elle quitta cette région de la Corse pour une destination inconnue.

Pendant près de quinze jours, la présence de Yann et Gabrielle fut signalée en divers endroits de la route nationale 198. Il fut impossible de déterminer les raisons de ces errances, ni même la présence de la jeune femme et de son fils si loin du camping *Les Oliviers*, et ces incertitudes ne furent jamais levées. Gabrielle s'était-elle sentie menacée ? Avait-elle tenté de fuir quelque chose ou quelqu'un ? Et si oui, pourquoi ne pas avoir sauté avec son fils dans le premier ferry vers le Continent ?

La trace de Gabrielle se perdait à une date précise – le 26 août 1979. Mais entre son retour de Propriano le 12 août et ce jour précis, deux semaines s'étaient écoulées. Deux semaines au cours desquelles il était entendu que Yann avait disparu.

Les derniers jours de la jeune femme, du moins les dernières empreintes de son passage en Corse, remontaient aux 25 et 26 août 1979. Le déroulement de ces journées, patiemment reconstitué à travers les témoignages de ceux qui en furent les acteurs involontaires, montrait de manière indiscutable que la jeune femme était déjà privée de son fils, et qu'elle paraissait être en proie à une terreur panique.

Le 25 août 1979 au soir, Gabrielle se présenta à l'entrée du commissariat de Bastia. Elle était vêtue d'un simple pull-over beige à rayures bleues et d'un pantalon de velours rouge, et ne portait ni sac ni bagage. Le policier qui la reçut, un grand-père à la retraite au moment où Serrier l'interrogea, nota sa fébrilité et ses ongles rongés « au sang » lorsque, bégayant, elle demanda à connaître l'adresse de la pharmacie de garde. Elle affirmait être infirmière, réclamait des médicaments qui la calmeraient. Des médicaments, précisa-t-elle, qu'elle avait l'habitude de prendre. Comme il était tard – 21 heures passées –, le policier de service lui expliqua qu'il ne pouvait réclamer l'ouverture de l'officine sans l'ordonnance d'un médecin. La jeune femme insista et il remarqua sa nervosité grandissante, ses propos de plus en plus hachés :

— Elle semblait vraiment inquiète et je me suis dit que ça devait être une droguée en manque. Maintenant que je connais l'histoire, je me dis que j'aurais peut-être pu arrêter le drame, affirmera-t-il plus tard à Serrier.

Mais sur le moment il refusa malgré tout de mobiliser un commissaire de police sans les prescriptions d'un médecin.

À 22 heures, le réceptionniste de l'hôtel-restaurant *Le Mondial*, une ancienne pension de famille située en face de la poste centrale de Bastia, vit débarquer dans le hall de l'établissement une « femme assez jeune avec les yeux rouges, comme si elle avait pleuré ». La cliente demanda s'il restait des chambres disponibles et, un représentant de commerce ayant annulé sa réservation une heure auparavant, le réceptionniste accepta de loger la jeune femme. Soupçonneux devant son « état fébrile » et son absence de bagages, il exigea néanmoins le paiement comptant et par avance du prix de la nuitée, soit « soixante francs », que Gabrielle régla immédiatement en liquide.

Vers minuit, le standard de l'hôtel reçut un appel téléphonique provenant de la chambre numéro 41, qu'occupait la jeune femme. Elle réclamait la visite d'un médecin car elle affirmait se « sentir très mal ». Lorsqu'il avait ouvert la porte de sa chambre après y avoir cogné sans obtenir de réponse, le réceptionniste la découvrit prostrée dans un coin de la pièce, en larmes et le corps secoué de sanglots. Il s'approcha d'elle mais la jeune femme recula aussitôt, le dos collé au mur, et supplia :

— Appelez un médecin. Je vous en prie. Dites-lui que j'ai besoin de médicaments.

Après un quart d'heure de négociations, le médecin de garde se déplaça finalement au chevet de la jeune femme, prit son pouls et l'ausculta sommairement. Elle ne présentait selon lui « aucun symptôme grave ou inquiétant, aucun signe de détresse particulière » mais il accepta de lui prescrire une ordonnance.

Le lendemain, probablement sans être parvenue à trouver le sommeil, Gabrielle quitta sa chambre de l'hôtel *Le Mondial* à l'aube, erra dans les rues désertes de Bastia jusqu'à l'ouverture de la pharmacie de garde et y fit l'acquisition des médicaments prescrits la veille.

À la page 121 du registre 04/79 soigneusement tenu par l'officine Versini, située à l'angle de l'avenue du Maréchal-Sebastiani et de l'allée du Général-de-Gaulle, le pharmacien avait inscrit, à 09 h 03, « une boîte de Sédatoryl, une boîte de Nogadène ».

Un sédatif léger et un anti-vomitif : l'ultime preuve de vie de Gabrielle Nicolet.

*

Il y a cinq ans, Alexandre Marigot a dû arrêter de fumer après un accident cardiaque qui l'a laissé pour mort. Depuis, après un pontage réalisé en urgence, les cigarettes lui sont interdites mais il accepte que l'on puisse fumer en sa présence. Son appartement de célibataire endurci, soigneusement tenu, laisse deviner une nature plaisante et organisée. Aux murs peints en ocre, il a suspendu quelques masques africains et des toiles naïves qui lui rappellent ses Antilles natales, une décoration minimaliste mais d'un goût très sûr.

Assis sur le rebord de son canapé de cuir noir, il raconte posément son histoire, à la fin de l'été 1979. En septembre de cette année-là, alors que personne ne semblait témoigner du moindre intérêt pour le sort de Gabrielle et Yann, il demanda un congé exceptionnel à la direction d'Esquirol, fourra un sac de voyage dans le coffre de sa R5 et fila à travers la France depuis Paris jusqu'à Marseille, où il embarqua à bord du Don-Louis-Cipriani, *un cargo mixte antédiluvien qui assurait la liaison avec Bastia.*

Pendant cinq jours, muni d'une photographie de Gabrielle et Yann, il écuma les cafés et les discothèques de la ville, se présenta à la caserne des pompiers, fit le tour des agences de voyage et se rendit même à l'aéroport interroger les préposés à l'embarquement des passagers. En vain. Personne ne reconnut la femme, ni son enfant.

Le dernier jour de son voyage en Corse, alors qu'il comptait rembarquer le soir même pour le Continent, Marigot se souvint d'un camping mentionné par Gabrielle un an auparavant, dans une carte postale qu'elle lui avait envoyée à l'occasion de son premier séjour. Il retrouva le nom de l'établissement : Les Oliviers, *à Santa-Lucia.*

— Quand j'ai donné les raisons de ma visite au vieux bonhomme qui gérait le camping, il a paru très gêné et il m'a demandé une minute. Il a décroché son

téléphone, et peu de temps après, un type qui devait avoir dans les trente ans, le même âge que moi à l'époque, est arrivé. Ils m'ont demandé de les suivre dans le bureau, derrière le comptoir de l'accueil. Ils m'ont dit qu'ils ne connaissaient pas de Gabrielle Nicolet, qu'il n'y avait jamais eu personne de ce nom-là dans le registre des clients, ni cette année ni une autre, mais chaque fois que je leur mettais la photo de Gabrielle et Yann sous le nez, ils détournaient le regard comme si je leur montrais le portrait du diable en personne.

Marigot s'apprêtait à quitter les lieux lorsque son regard fut attiré par une masse colorée dans un coin de la pièce. Derrière le bureau où Cussicchio et Mallard se tenaient côte à côte, il reconnut le sac marin vert et rouge de Gabrielle et, dépassant du sac, la manche d'un chandail identique à celui que portait la jeune femme peu avant son départ, un jour où Marigot l'avait invitée à partager un soda dans la salle de repos de leur service, à Esquirol.

— Posé sur une étagère du bureau, complète l'Antillais, il y avait le poste transistor que j'avais prêté à Gabrielle juste avant qu'elle ne parte pour la Corse, deux mois auparavant.

Marigot se souvient avoir réfléchi à toute allure. Comment pouvait-il se sortir de ce guêpier ? Les deux hommes qui lui faisaient face mentaient ouvertement. Le sac, le pull-over et le poste radio de Gabrielle lui apparaissaient comme autant de mauvais signes. Il fit mine de se contenter des dénégations de Mallard et Cussicchio, les remercia pour leur aide et gagna aussitôt le commissariat de Bastia. Le policier qui consentit à recevoir sa déposition après de longs palabres écouta patiemment son récit, prit quelques notes lorsqu'il mentionna les indices débusqués dans le bureau du camping Les Oliviers *puis lui suggéra, un sourire aux lèvres, de se lancer dans une carrière de détective privé.*

Marigot quitta le commissariat « assommé et dans un état second ». Alors qu'il remontait la rue vers le centre-ville de Bastia, il remarqua la présence d'un homme « mûr de forte corpulence », assis sur le capot d'une Mercedes décapotable blanche garée en double file. L'homme portait une « veste de cuir rouge foncé », une description qui renvoie à l'évidence à Jacques Pierroni, le patron du SunSea. *L'homme écarta les pans de sa veste, dévoilant la crosse d'un revolver.*

« Mort de trouille », Marigot passa la nuit sans fermer l'œil au volant de sa voiture, sur le port de Bastia, dans une flaque de lumière orange tombant de deux immenses réverbères. Le lendemain matin, il rembarqua pour le Continent. Sans avoir trouvé quelqu'un prêt à écouter son récit – et encore moins à le croire. Sans avoir retrouvé Gabrielle et Yann.

Chapitre 23

Serrier en sait suffisamment pour espérer boucler l'affaire. La jeune femme rencontrée grâce à Rossi a refusé de témoigner à visage découvert mais, avec ce qu'elle a raconté aux deux gendarmes, Mallard et Cussicchio se « dégraferont » en garde à vue. Ils ne pourront pas nier. C'est ce qu'espère Serrier et ce qu'il croit, c'est ce qu'il a assuré à Rossi en revisitant la chronologie de l'affaire avec son adjoint, seuls, nuit après nuit dans la lueur rouge du bureau de la brigade de recherches.

Au cours des dix derniers jours, Serrier s'est attelé à la rédaction d'un rapport d'enquête, puisant à la meilleure source : son obsession pour la Femme Sans Tête. Dix-neuf petits carnets noirs couverts de hiéroglyphes, son alphabet ésotérique désormais enrichi de plusieurs dizaines de signes, retracent avec une extrême précision ses investigations, les rencontres, les filatures illégales, les questionnements, les dates, les faits et les connexions tissées entre tous les éléments de ses observations. Dix-neuf petits carnets noirs qui dessinent la cartographie labyrinthique du Mal.

De ceci, aidé par Rossi, il a tiré un mémorandum où chaque ligne apporte la démonstration de la précédente, où le hasard n'a pas sa place. Chaque rouage de la mécanique s'emboîte parfaitement dans les autres engrenages, chaque acte, chaque geste, trouve un écho dans le suivant jusqu'à la conclusion : d'une manière ou d'une autre, Éric Mallard, gouape et escroc, Cussicchio, vieillard lubrique, sont mêlés à l'assassinat de Gabrielle Nicolet et de son fils Yann, disparus à l'été 1979 en Corse.

Évidemment, le rapport tait les moyens employés pour parvenir à une telle évidence. Les filatures illégales, les photographies clandestines, le réseau de bas informateurs mis à contribution, les confessions du toxicomane moyennant une dose d'héroïne, tout cela est soigneusement masqué sous l'implacable logique des faits et quelques précautions de langage. Mais pour le reste, il ne manque rien au récit, tout est décrit avec un luxe de détails. L'attitude de Cussicchio, ses sentiments pour Gabrielle, un mobile pour la faire disparaître – la jalousie. Idem pour Mallard.

Serrier rappelle les étapes de son enquête, fait ressortir les faits saillants, la duplicité du suspect, son mode de vie, l'existence, pour lui aussi, d'un mobile – avoir voulu mettre Gabrielle au tapin, éponger une partie des dettes contractées auprès de Pierroni, le « mac » du *SunSea*, jouer les matamores auprès du truand et, qui sait, gagner de nouveaux galons en voyoucratie.

Cussicchio et Mallard : deux suspects pour deux mobiles. Sexe et argent. On n'en sortira pas. Jamais.

Le 27 juin 1989, Serrier a déposé en main propre, sur le bureau de sa secrétaire, le rapport adressé à la juge d'instruction. Il a fallu une semaine à cette dernière pour en lire les quatre-vingt-dix-sept pages denses et serrées.

Le 3 juillet, elle convoque le gendarme dans son bureau. Cette fois, Serrier quitte sa tenue civile, apporte son uniforme au pressing et gravit les marches du palais de justice de Bastia droit comme un « i » dans sa chemisette bleue et son pantalon ajusté, le képi sur le crâne, l'habit de rectitude réglementaire. Sur sa poitrine il a épinglé son brevet parachutiste et ses trois décorations, comme de précieux talismans qui le préserveront du mauvais œil. Il est rasé. Propre. Il a récuré ses ongles sous la douche jusqu'à s'abîmer le bout des doigts car il veut paraître net et efficace, effacer l'homme et ses doutes derrière « L'Enquêteur numéro 1 », le cador de la brigade de recherches, dont les intuitions ne trompent jamais et qui triomphe à la fin. Aussi quand il pousse la porte, au premier étage du palais de justice de Bastia, Serrier inspire exactement ce qu'il veut inspirer : il n'est rien d'autre qu'un uniforme. La secrétaire lui sourit poliment mais il remarque l'absence de chaleur dans son regard. Elle a dû le faire un millier de fois de cette manière depuis qu'elle s'est levée ce matin. Il s'agit d'un simple tic qui met en mouvement ses muscles faciaux. Elle pourrait grogner, se curer le nez, joindre le bout de ses doigts ou réciter une prière mais elle préfère sourire ou, peut-être, en a-t-elle simplement pris l'habitude. D'un geste, elle lui désigne un siège dans un coin de la pièce, sur lequel Serrier s'assied, les genoux parallèles,

les pieds bien à plat sur le sol, les mains sur le képi retourné qu'il tient posé sur le haut de ses cuisses. Une demi-heure passe, puis trois quarts d'heure, troublés seulement par la sonnerie du téléphone et les réponses laconiques, à mi-voix, de la charmante secrétaire, qui sourit encore à chaque interlocuteur lorsqu'elle décroche le combiné.

Puis, enfin, la juge d'instruction apparaît dans l'encadrement de la porte, vêtue d'une jupe gris perle. Elle fait un discret signe à Serrier, l'invite à pénétrer dans son bureau où les chemises multicolores de dizaines de dossiers sont empilées sur le sol, les étagères, le petit bureau qui jouxte le sien. Après les politesses d'usage elle ne dit rien, se contente de tourner les pages du rapport de Serrier. De temps à autre, d'un simple trait de stylo-feutre rouge, elle souligne un mot ou trace un point d'interrogation en regard d'un paragraphe. Le gendarme n'ose pas hasarder un coup d'œil sur le document. Il ne veut pas savoir. Il veut expliquer.

— Il existe tout de même quelques zones d'ombre dans votre démonstration, dit-elle soudainement, en le fixant.

— Lesquelles ?

Elle promène son regard sur le mémo puis, affichant une moue dubitative que Serrier prend pour une manifestation d'ironie :

— Cussicchio.

— Eh bien ?

— Eh bien ? Un vieillard à moitié sénile qui serait infoutu de savoir ce qu'il a bouffé ce matin au petit-déjeuner ? Vous vous voudriez qu'il se souvienne des détails d'un séjour, il y a dix ans ? D'une vacancière comme il en a croisé des milliers ? Vous n'avez rien de plus solide ?

Serrier attendait cette question. Il l'avait anticipée. Un coup d'avance. Comme pour ses interrogatoires. Alors, il se met à parler, d'un débit fluide et précis, une langue sans fioritures qui promène un faisceau lumineux sur le moindre recoin de l'histoire de la Femme Sans Tête. Il dévide le fil de son enquête, la découverte, les disparus, dévoile les impasses et les chausse-trappes, décrit les villageois du Cap Corse muets comme des carpes et « leur misérable petit tas de secrets », il convoque la mémoire de Yann, tente de faire vibrer la sensibilité féminine de la magistrate :

— Gabrielle était une femme seule, observe-t-il. On l'a massacrée uniquement pour cette raison.

Il s'attarde longuement sur le malaise de Cussicchio à la fin de son interrogatoire, la « mauvaise vie » de Mallard, ses combines et ses maîtresses, sa nature violente :

— Il est faible avec les forts, fort avec les faibles, avance Serrier, sans s'écarter des faits.

Pas à pas, il sape les réticences de la jeune magistrate, revient sur son récit principal emboîté dans les autres récits, les intrigues secondaires, le *SunSea*, Jacques Pierroni, les dettes de Mallard, les derniers jours de Gabrielle tétanisée, le « faisceau de présomptions » qui convergent vers la lumière. Serrier s'emporte sans hausser le ton une seule fois. Sa force réside dans ce travail méthodique qui érode le doute et finit par imposer la certitude, une œuvre de grignotage, mot après mot, phrase après phrase, cet enchaînement de causes et de conséquences toutes renvoyées les unes aux autres pour dresser un tableau cohérent de l'assassinat de Gabrielle Nicolet, de son « quart d'heure en Enfer ».

Il finit même par dévoiler sa stratégie : à condition de « leur mettre un peu de pression », Mallard et Cussicchio se coucheraient et l'affaire serait résolue. Ne restait qu'à les inculper d'« homicide volontaire ».

La magistrate l'écoute en hochant la tête, sans prononcer un seul mot, renversée sur son siège. Elle est belle, le sait et devine l'émoi de Serrier.

D'un geste lent, presque théâtral, elle tire une cigarette d'un paquet posé sur son bureau, la glisse entre ses lèvres et inhale une longue bouffée de tabac.

— C'est non, dit-elle simplement.

*

Selon un ancien collègue de Serrier, le refus de la juge d'instruction de le suivre sur la piste de Mallard et Cussicchio acheva de « le pousser vers le néant et l'obsession ». Un ancien officier se souvient quant à lui « d'un excellent élément qui a dévissé à cause de cette enquête terrible, une vraie perte pour la gendarmerie ». Un troisième, qui ne souhaite révéler ni son grade ni sa fonction à l'époque des faits, estime simplement que « Serrier était un con qui a fait foirer sa vie et celle de sa famille ».

À la grande surprise de ses collègues, le chef de la brigade de recherches décida de mettre à profit les quinze jours suivant son entrevue avec la juge pour solder une partie de ses congés. Cette requête était inédite. Même le dimanche, même en pleines vacances ou à l'autre bout de la galaxie – lors d'un voyage en Australie, en 1985 –, il ne s'était jamais véritablement absenté, téléphonant pour prendre des nouvelles de l'avancement d'une enquête ou « passant une tête » à la brigade, selon sa propre expression, pour se renseigner ou apporter un tuyau. Pas cette fois. Cette fois, il ne se montra pas. Il disparut tout à fait. Ce qu'il devait accomplir nécessitait une solitude complète.

Dans le sous-sol de sa maison, il transforma sa chaufferie en quartier général de ses hantises, poussa un bureau contre un mur, y fixa des serre-livres en métal pour y glisser la copie des dossiers sur la procédure en cours, punaisa des portraits de différentes dimensions de Gabrielle et du petit Yann et y ajouta une carte IGN de la région du Cap Corse zébrée de lignes de couleur retraçant son « pèlerinage des caveaux ». Dans une boîte de métal munie d'un cadenas à code, il enferma des photocopies du tout et ses carnets noircis de centaines d'informations.

L'endroit était sombre, les murs gris suintaient, des plaques d'humidité s'en décollaient et la tuyauterie ronronnait jour et nuit. Pour y voir plus clair, Serrier suspendit au plafond une lampe de chantier qui nimbait la pièce d'une lumière crue et sinistre. Au bout de trois jours passés dans les entrailles de sa propre maison, qui avait autrefois abrité un foyer heureux, il contempla son œuvre et s'endormit sur le lit de camp installé contre un mur.

Lorsqu'elle appuya pour la première fois sur l'interrupteur de la chaufferie et découvrit l'agencement des lieux dans le grésillement électrique de la lampe, le bureau encombré de dossiers, les agrandissements du visage de Gabrielle, les yeux fixes de Yann posés sur elle, les traits de couleur sur les cartes d'état-major et les dizaines de clichés de Mallard et Cussicchio scotchés aux murs lépreux, la femme du major Serrier referma la porte derrière elle, empila les vêtements de ses filles dans une unique valise et quitta la maison familiale sur-le-champ.

CINQUIÈME PARTIE

« Santa-Lucia : la peur change de camp ».
Titre de une de *Corse-Matin*,
10 novembre 1989.

Chapitre 24

Février 1990. Cela fait un an et demi que le maçon Curcio a mis au jour le corps de Gabrielle Nicolet dans le petit cimetière marin de Santa-Lucia. L'enquête est au point mort. Cussicchio coule une paisible retraite à Nice. Mallard continue à enchaîner les maîtresses. Serrier s'est habitué à sa nouvelle vie de célibataire. À la gendarmerie, il expédie les affaires courantes. Jusqu'à ce matin gris et froid. Le gendarme de permanence au centre opérationnel de Bastia reçoit – à deux reprises – un appel téléphonique anonyme qu'il transmet aussitôt au bureau de la brigade de recherches. À l'autre bout du fil, un homme s'exprimant d'une voix décrite plus tard comme « brumeuse et empâtée » exige de parler à « quelqu'un qui enquête sur la Femme Sans Tête ».

Serrier prend les deux appels et en consigne la teneur dans un long procès-verbal daté du jour même. Son correspondant prétend s'appeler Lionel Murillo. Il a été homme à tout faire dans un centre de vacances situé à quelques kilomètres au sud de Bastia et se présente comme « un vieux copain de ce salopard de Mallard ». Il paraît sous l'emprise de l'alcool, son débit est saccadé et hésitant, il bute sur les mots et le gendarme a le sentiment que les longues pauses qu'il observe dans son récit sont destinées à retenir des sanglots.

La première conversation, décousue, dure cinquante-quatre minutes. Murillo affirme qu'il a fait la connaissance de Gabrielle Nicolet lors de sa seconde venue en Corse, l'été de sa disparition :

— On a passé un après-midi ensemble, avec le petit, chez mon ancienne compagne qui habitait un hameau du village de Siscu.

Longuement, il détaille « la joie de vivre de cette bonne femme et de son gosse, comme s'ils avaient trouvé une famille », et s'emporte lorsque Serrier lui demande s'il a eu une « aventure » avec Gabrielle :

— Tout le monde pensait que c'était une fille légère et même une putain, répond-il. Mais elle n'était pas comme ça ! Elle voulait juste s'amuser !

L'homme assure avoir été « bouleversé » par sa disparition et, des années après avoir quitté la Corse pour le sud-ouest de la France, dit s'être rendu à Toulouse après la parution d'un article dans *La Dépêche du Midi* :

— Ça disait qu'une femme qui ressemblait à une personne disparue en Corse des années en arrière avait été aperçue sur un banc à Palavas-les-Flots. Un type avait écrit un article sur le sujet mais il n'a pas voulu me parler. Après, j'ai su qu'ils avaient trouvé la bonne femme. C'était pas Gabrielle.

Le reste de la conversation est noyé dans un flot de considérations de plus en plus obscures où il est question d'un mystérieux « Italien » rencontré par

Gabrielle peu après son arrivée en Corse. Murillo se révèle cependant incapable de livrer la moindre information sur cet inconnu mais il insiste de nouveau sur le rôle de « maman dévouée » de la jeune femme et sur l'éducation « parfaite » qu'elle s'appliquait à donner au petit Yann. Paradoxalement, il assure aussi qu'il ne la connaissait « pas très bien », et lorsque Serrier lui demande pourquoi cette histoire semble lui tenir à ce point à cœur, il raccroche.

Ce premier appel est suivi d'un autre, trois heures plus tard. Cette fois, Murillo semble à la fois plus serein et en proie à une sourde colère. Ses confidences, plus précises, s'étirent sur une heure et trente-cinq minutes au cours desquelles il traite Mallard de « connard », d'« enculé » et d'« hypocrite » et fournit à Serrier une précieuse matière pour la suite de l'enquête, retranscrite en conclusion du procès-verbal :

> « Au cours de ce deuxième échange téléphonique, M. MURILLO avançait l'existence d'un tunnel situé sous un ancien moulin à huile dans l'enceinte même du terrain de camping *Les Oliviers*, à Santa-Lucia (HAUTE-CORSE). »

*

La cassette vidéo identifiée par le code RU541-9.1.89 est rangée sur le troisième rayonnage, section des archives de la salle de rédaction de la télévision régionale, entre les rushes d'une compétition internationale d'équitation et la bande d'un terrible incendie qui ravagea la moitié du Cap Corse en 1992. Son boîtier, de couleur jaune, est entouré d'un large bandeau rouge qui indique que son contenu ne doit pas être effacé et que la cassette ne doit pas, selon la terminologie en vigueur, être « écrasée » ou réutilisée à d'autres fins que le seul visionnage.

Celui-ci s'ouvre sur une séquence de dix secondes, un plan large de la route départementale 80 qui traverse Santa-Lucia, battue par une pluie fine. Dans un coin de l'image, on peut distinguer un panneau planté au bord de la route en forme d'écu : « ** Camping Les Oliviers, *douches chaudes, réception ».*

La deuxième séquence, plus longue, débute après trente secondes de visionnage. On peut y voir le hayon d'un fourgon bleu de la gendarmerie près duquel conversent à voix basse plusieurs personnes en civil, puis un plan serré sur une combinaison blanche déposée dans le coffre ouvert d'une voiture banalisée. Le dos de la combinaison porte l'inscription « Gendarmerie nationale » et « Technicien d'Investigation criminelle ».

La dernière séquence, un lent mouvement panoramique effectué du haut vers le bas et de la droite vers la gauche, montre un camion rouge auquel est relié un énorme tuyau. L'objectif suit le déroulé du tuyau, qui se love sur le sol, se détend puis s'entortille à nouveau sur lui-même et plonge comme un lombric géant dans une crevasse noire ouverte sous une bâtisse en ruines.

Chapitre 25

Aux pieds de Serrier, la rumeur sourde monte du ventre de la terre. Le choc mat des pioches contre les cailloux scande les ordres beuglés par les gradés et les éclats de voix des jeunes appelés, leurs ahanements et les jurons quand un bloc rocheux refuse de céder. À trois mètres de profondeur, les gendarmes en treillis vert olive ont fini par découvrir le « passage secret », sous les fondations de l'ancien moulin à huile, en bordure du terrain des *Oliviers*, à l'endroit précis décrit par Murillo. La cavité exhale une odeur de renfermé. Depuis quinze jours, les averses de novembre transforment la Corse en bourbier géant, un ruissellement continu qui descend de la montagne, grossit torrents et rivières et inonde les parties basses de la côte. À cause des intempéries, le camping de Santa-Lucia ressemble à un marécage, l'eau déborde des berges de la rivière proche et gorge le sol où les chevilles s'enfoncent dans une bouillie gluante de limon et de terre, soulevant un bruit de succion à chaque pas.

Le cœur de Serrier pulse au rythme des coups de pioche. Accroupi près de lui, Rossi tente de percer le mystère du souterrain. Il penche la tête vers le trou, se démanche le cou, les mains en appui sur les rebords de l'excavation. Deux mètres sur leur gauche, d'autres enquêteurs se serrent à côté du camion rouge réquisitionné auprès d'une société de terrassement. De temps à autre, un regard mauvais glisse vers Serrier comme un reproche muet, la sanction de cette obstination délirante à vouloir élucider un crime dont personne ne souhaite plus entendre parler – un crime oublié de *tous*.

Sous terre, le boyau exploré par les gendarmes s'étire sur une cinquantaine de mètres depuis les soubassements de la bâtisse en ruines jusqu'au pied d'un gigantesque saule pleureur en équilibre sur la berge de la rivière. Le tunnel débouche à l'air libre, à quelques mètres de l'eau.

— C'est l'itinéraire idéal, avance Serrier. S'il l'a tuée dans le souterrain, il lui aura suffi de la charger sur ses épaules, de gagner la rivière et de grimper dans une barque. Ni vu ni connu. De là, en quelques coups de rame, il est passé sous le pont à l'entrée du village. Ensuite, c'est la mer. Le cimetière n'est plus qu'à trois cents mètres. Pas la peine de s'emmerder par la route. Une barque, la rivière, puis la mer : pas de témoin gênant.

Ça, c'était après le crime. Mais avant ? L'esprit de Serrier focalise sa mécanique sur le mode opératoire. Observation numéro un : de la configuration des lieux découle la préparation du supplice. L'assassin a repéré l'endroit avant d'établir minutieusement son plan de bataille. Il a évalué la portée du plus infime détail : la terre qui étoufferait les hurlements, l'itinéraire dissimulé aux regards le long du souterrain, la petite rivière et la barque, les coups de rames silencieux qui ne troubleraient pas le silence de la nuit d'été, l'endroit reculé où personne n'entendrait le bourdonnement électrique d'une scie circulaire débitant le corps de la Femme Sans Tête. D'où l'observation numéro deux : l'assassin est un « bougre de fils de putain ».

Reste la dernière confirmation. Un indice. « N'importe lequel », songe Serrier. En attendant que la fourmilière souterraine livre ses secrets de catacombe, debout sur le crachin, il enchaîne les cigarettes. Sa foi s'est abîmée depuis longtemps mais, en cet instant, il prie sincèrement – « Laissez-moi trouver quelque chose » – et invoque le souffle du « petit fantôme », respirant les remugles de la terre souillée, les vapeurs et la poussière crachées par le trou noir – « Trouvez quelque chose. N'importe quoi. Le début de l'histoire. »

Mentalement, il récapitule son propre scénario. Cussicchio a fermé les yeux, vieillard brisé et peut-être amoureux, lâche en tout cas, qui a refusé de voir une vie de travail anéantie pour une tocade, peut-être terrorisé par Mallard et ses mauvaises fréquentations. Qui a conservé ses réflexes reptiliens de *lucchisacciu* : s'effacer, ne rien dire, avaler son comptant de couleuvres grosses comme le bras.

Mais Mallard... Il apparaît comme le candidat idéal, un suspect presque parfait. Si l'on relie les fils de sa propre histoire à sa personnalité tordue, tout s'enchaîne, les faits, les dates et les témoignages, sa petite envergure, vice et couardise camouflés sous une virilité de mec à putes. Toutes les pièces du puzzle finissent par s'emboîter : Éric Mallard rencontre Gabrielle Nicolet et la séduit parmi d'autres maîtresses, puis la présente à Pierroni, le patron du *SunSea*, avant de lui proposer le tapin et l'argent facile. Mallard est un expert en mirages. Pour lui, les femmes sont des victimes et des proies, le vecteur de ses fantasmes et son propre défouloir. Il est prêt à travestir les marques de son amour, à tricher et jurer et prêter serment sur son âme. Il a voulu briller auprès du truand en rabattant de la chair fraîche. Pire encore, peut-être : pour payer ses propres dettes, il a menacé le maillon faible de sa chaîne de séduction, une presque étrangère lestée d'un gosse de huit ans. C'est pour ça que le gosse a disparu avant elle, qu'elle paniquait et a tenté de prévenir les flics avant de s'effondrer à l'hôtel. On le lui avait pris. On l'avait enlevé pour s'en servir comme monnaie d'échange : la vie de l'enfant contre les fellations à la chaîne, les soirs de haute fréquentation du *SunSea*. Gabrielle était peut-être une « paumée » mais elle a refusé. Pas le tapin. Rigoler entre copains et prendre du bon temps, d'accord. Mais pas « ça ». « Ça », non. Alors, simplement parce que cette possibilité existait, il l'a tuée. L'a peut-être giflée d'abord. Insultée. Et, saisi par la rage, l'a fracassée depuis les orteils jusqu'au crâne, il l'a réduite en lambeaux. C'est ainsi que Gabrielle Nicolet est devenue la Femme Sans Tête. Et Pierroni, le gros truand, condamné, multirécidiviste, Pierroni qui fréquente le gratin politique, Pierroni et ses millions de francs et ses éternelles vestes de cuir rouge, ses mauvaises manières, son obsession de la discrétion, son business, Pierroni a eu peur de la mauvaise publicité pour le *SunSea*. Contraint, il a étouffé le crime. Quand Alexandre Marigot, l'ancien fiancé de Gabrielle, est parti sur les traces et s'est intéressé de trop près au sort de Gabrielle, Pierroni en a été immédiatement avisé par Mallard. Il a suivi l'ancien fiancé de Gabrielle, l'a vu entrer au commissariat de Bastia et l'a tranquillement attendu dehors, dans la rue, pour exhiber son revolver et le réduire au silence. La femme et le *negracciu*, le sale nègre : on pouvait s'en débarrasser si *facilement*.

Debout au-dessus du trou, l'esprit de Serrier tourne en accéléré chaque seconde de l'enquête, les détours vers les caveaux du maquis, les interrogatoires, les milliers de mots écrits et lus, les rapports et les confidences murmurées par mille bouches anonymes, les regards empreints de pitié et de reproches de ses supérieurs, le regard bleu de Cussicchio, la silhouette de Mallard penchée sur la flamme d'un briquet dans la nuit jaune et pluvieuse, il revoit tout cela et continue de prier en silence lorsque son nom jaillit du souterrain.

« Major Serrier ! »

L'écho rebondit de voix en voix et une main blanche surgit du trou creusé dans le sol. Serrier se penche. À genoux, il saisit entre ses doigts un petit train en plastique rouge. La main disparaît puis refait surface, crispée sur une lame de scie circulaire piquetée de milliers de points de rouille. Serrier entend une voix étouffée crier « Il y a encore quelque chose ! » et il s'agenouille à son tour, se penche vers le visage d'un jeune gendarme horrifié, les lèvres tremblantes, « Descendez major, il y a encore quelque chose ». Il se laisse glisser dans l'anfractuosité et chute sur le sol, s'accroupit pour recevoir la puanteur du tunnel en plein visage et sa main se referme sur un objet dur et froid – « C'est horrible, dit la voix du jeune gendarme, c'est horrible et il y en a d'autres. » Dans la lueur tremblante des lampes torches éclairant les jambes et les bras qui s'affairent, Serrier passe ses doigts sur l'os souillé de terre, remarque les taches beiges sur le sol sombre, le petit tas d'ossements bruns et les morceaux de plastique orange, des brassards d'enfant. « Putain, putain… » disent les jeunes appelés, et lui avance le dos courbé, se baisse encore et n'ose saisir les restes entre ses doigts, les os et la bouée, le petit train de plastique sans roues, il balaie le sol du regard et rencontre les yeux vides d'une poupée de clown, les yeux vides tournés vers le plafond du souterrain.

*

Le lendemain, la presse relata cet incident, survenu quelques heures après la découverte d'ossements humains et de jouets dans le souterrain de l'ancien moulin à huile :

« Hier en début d'après-midi, alors que les gendarmes avaient laissé le souterrain de Santa-Lucia sans surveillance – pourquoi ? –, un fait nouveau et qui pourrait avoir une grande importance s'est produit entre douze et quatorze heures, alors que les enquêteurs étaient partis déjeuner : un ou plusieurs individus ont pénétré sur les lieux des investigations, autrement dit dans l'ancien moulin à huile, et ont incendié le souterrain. Les soldats du feu de la caserne de Bastia sont arrivés rapidement sur les lieux et ont pu maîtriser le sinistre. »

Dès les premiers instants de l'intervention des pompiers, l'origine criminelle de l'incendie ne fit aucun doute : on retrouva des chiffons imbibés de kérosène coincés entre les étais dressés par la gendarmerie pour soutenir la voûte affaissée du boyau et, à quelques dizaines de mètres, derrière la haie matérialisant la limite sud du camping, à deux pas des berges de la rivière, deux bidons de liquide inflammable abandonnés. Mais la véritable découverte ne fut réalisée que plusieurs heures plus tard, lorsqu'un appelé du contingent s'éloigna de la zone des fouilles pour uriner et remarqua une veste imperméable prise aux basses branches d'un arbre mort. Il reconnut aussitôt le vêtement du vieil homme qui, toute la matinée, avait rôdé dans les parages du chantier.

Serrier ordonna à trois de ses hommes de foncer vers le domicile du frère de Cussicchio, où l'ancien propriétaire du camping avait coutume de résider lorsqu'il rentrait en Corse pour les vacances. La maison, une bicoque à peine améliorée, se dressait sur deux étages de banalité crépie dans un quartier autrefois huppé à la sortie nord de Bastia. Ses hommes étaient déjà sur place lorsque Serrier gara sa voiture en travers de la route pour barrer tout accès à la maison et se précipita l'arme au poing vers la volée de marches de la porte d'entrée. À l'intérieur, un premier gendarme rassurait le frère apeuré de Cussicchio. Les deux autres s'appliquaient à passer les menottes au vieillard étendu sur le ventre. Sa gorge laissait échapper un râle sifflant. L'un des gendarmes leva la tête vers Serrier et lui tendit une chemise cartonnée avec un sourire de triomphe :

— Quand on s'est pointés, il essayait de cramer ce truc dans la cheminée.

Au dos d'une chemise rouge aux coins déjà noircis par les flammes, Serrier lut : « Dossier Nicollé ».

Chapitre 26

Il devrait pavoiser. Savourer la victoire. Le major Serrier a vaincu le temps et le doute, son instinct les a terrassés. Après l'incendie du souterrain, Cussicchio a été interpellé et, dans le dossier qu'il s'apprêtait à brûler dans la cheminée de son frère, les enquêteurs ont trouvé quelques coupures de presse et un numéro de téléphone griffonné sur une page de calepin. Vérifications faites, c'était le numéro du domicile de Gabrielle Nicolet à Charenton. Un signe de plus. Le même jour, Mallard s'est retrouvé avec une paire de menottes refermée sur ses poignets. La suite des opérations ? Ce n'est plus qu'une question de jours, de semaines peut-être.

À la brigade de recherches, ses hommes s'en veulent à présent d'avoir douté de leur chef et Serrier quitte la dépouille du « Major Zombie » pour retrouver l'uniforme immaculé de « L'Enquêteur numéro 1 », celui dont les intuitions fulgurantes permettent de dénouer les fils du crime et dont les méthodes, si peu orthodoxes, sont le signe d'une supériorité pratiquement infaillible : s'il ne disait rien de son enquête parallèle, c'était pour tracer son sillon et ne laisser aucun faux pas parasiter le cheminement de ses investigations. Ses hommes sont honteux et fiers de lui. Serrier n'en demande pas tant.

Le surlendemain de l'arrestation de Cussicchio, son arrivée à la brigade de recherches est saluée par une longue salve d'applaudissements. Ses supérieurs lui assurent n'avoir jamais remis en cause son instinct d'enquêteur mais ses choix d'enquête, « qui pouvaient apparaître inadéquats ».

Pour le féliciter et lui témoigner sa gratitude – après tout, ce succès rejaillit aussi sur la gendarmerie –, le nouveau colonel, fraîchement nommé, le reçoit longuement dans son bureau et l'invite à dîner « un de ces soirs » en compagnie de son épouse. Il lui fait promettre d'accepter et insiste pour que « Madame » l'accompagne. Serrier ne répond pas, se contente de sourire d'un air fatigué.

Le soir même, en rentrant chez lui après avoir déambulé sans but dans les couloirs de la gendarmerie, saluant machinalement les collègues croisés d'un étage à l'autre, Serrier s'assoit à son bureau, dans la chaufferie transformée en autel mortuaire, face aux portraits de Gabrielle et de Yann. Il ne parvient jamais à détourner ses pensées de Yann. Où est-il, le petit garçon ? Dans quel trou du maquis ? Mallard et Cussicchio le diront-ils ? Le vieillard le sait-il seulement ? Alors, jusqu'aux premières lueurs de l'aube, Serrier pleure et parle longuement à l'enfant.

Bientôt survient le premier obstacle. Serrier s'y attendait mais pas si tôt, pas si vite. Le procureur de la République a appelé le colonel de la gendarmerie de Bastia, pour « éclairer quelques points sur les conditions de l'interpellation de monsieur Mallard ». Lorsqu'ils ont obtenu l'autorisation d'arrêter le principal suspect, Serrier a pris la tête de l'équipe d'intervention. Il a enfoncé la porte de l'appartement de la maîtresse qu'il a si souvent épiée, a bousculé la jeune femme et s'est jeté sur Mallard, nu et à moitié endormi sur le lit. Son poing s'est fracassé sur sa bouche et des mouchetures de sang ont recouvert les draps en soie ivoire. Ses collègues sont parvenus à le maîtriser à temps mais Mallard, la bouche éclatée, s'est mis à cracher des débris de dents en hurlant à la « violence policière ». En se débattant, il a récolté de nouveaux coups. Le procureur de Bastia a exigé un rapport après avoir été avisé par l'avocat de Mallard des « conditions scandaleuses de l'interpellation » de son client.

L'essentiel est fait. Mallard est sous les verrous. À présent qu'ils se retrouvent emprisonnés dans deux ailes distinctes de la maison d'arrêt Sainte-Claire, en plein cœur de l'ancienne citadelle de Bastia, avec interdiction de communiquer, Cussicchio et lui se tiennent à la disposition de la justice. Mais quand arrivent les premières gardes à vue, Serrier est pris d'un doute.

Interrogé pendant près de vingt-quatre heures, Cussicchio s'enferme dans un mutisme absolu. C'est à peine s'il consent à ne pas mimer l'incompréhension, comme s'il ne connaissait pas la langue. Quant à Mallard, passé le choc de son interpellation, il a mis peu de temps à retrouver de sa superbe et se montre davantage préoccupé par les conséquences de son infidélité que par son sort. Aux gendarmes qui l'entendent le 13 décembre 1989, il explique n'avoir strictement rien à se reprocher. Oui, reconnaît-il face aux enquêteurs, il a « peut-être » croisé Gabrielle mais il ne voit pas en quoi cela fait de lui « un homme avec du sang sur les mains ».

Serrier assiste à une partie de son interrogatoire dans les locaux de la brigade. Il aurait voulu s'occuper lui-même de son cas mais, après l'épisode de l'arrestation musclée, sa hiérarchie a préféré désigner un autre enquêteur, en l'occurrence un jeune capitaine qui en a réclamé le privilège comme une évidence. L'officier s'est particulièrement mal débrouillé. Sa connaissance du dossier était médiocre, il n'a pas eu le temps de s'en imprégner, d'en saisir les nuances et les points de force sur lesquels il aurait pu agir. L'audition s'est soldée par une victoire sans appel de Mallard, retranché derrière un sourire moqueur, ses grands airs de séducteur alternant avec des paroles laissant planer la menace d'une procédure « foirée, qui ne tiendrait jamais devant une cour d'assises ».

Serrier aurait voulu jouer à son jeu préféré : guider le suspect dans un labyrinthe de contradictions, opérer de brusques retours en arrière, le questionner sur son emploi du temps et le rôle qu'il avait joué près de dix ans auparavant. Tout au long de son enquête, il avait imaginé la scène : la silhouette de Mallard face à lui, dans la pénombre du bureau, derrière les stores baissés. Mentalement, il en avait visualisé chaque détail, la manière dont il se tiendrait, ses premières questions. Il aurait commencé par les faits : Mallard avait connu Gabrielle, il avait sans doute eu une « relation intime » avec la jeune femme. Puis il aurait remonté le fil du temps : la petite villa près du cimetière, les filles séduites et baladées dans tout le Cap Corse à bord de son baisodrome mobile. Mallard n'aurait pu nier. Un pas après l'autre, Serrier l'aurait conduit à reconnaître d'autres faits, d'autres dates, d'autres fantasmes. Avec Pierroni, par exemple, le gérant occulte du *SunSea*, désormais en fuite.

Serrier aurait parlé à Mallard de son métier, la charpenterie industrielle, et de l'outillage sophistiqué qu'il savait utiliser pour débiter du bois – pour trancher une tête ? Il aurait avancé chaque élément avec prudence puis aurait forcé le passage à l'instant où il aurait perçu un infime vacillement dans le ton de Mallard, un clin d'œil, un tic nerveux. Il aurait alors joué l'opposition avec Cussicchio, se serait affranchi de la procédure en exhibant à chaque suspect les procès-verbaux de l'autre. Il aurait joué sur la psychologie de Mallard – manipulateur, retors, soucieux de préserver une façade de respectabilité – et celle de Cussicchio, vieillard honteux et lubrique. Tout cela, Serrier aurait su le faire, il aurait pu le faire. Au lieu de quoi, l'officier chargé d'interroger Mallard ne s'était jamais écarté des « repères chrono logiques » de l'affaire avant de s'enferrer dans des questions sans intérêt sur ce que pensait le suspect, non ce qu'il savait ou avait vécu.

À la fin de l'interrogatoire, d'après Serrier qui s'en ouvre à Rossi, la première manche est « un coup d'épée dans l'eau ».

Les semaines passent. Mallard et Cussicchio dorment toujours en prison. Leurs avocats se démènent, crient à l'injustice. Les experts commis d'office par la justice tardent à rendre leurs conclusions sur les indices relevés dans le souterrain de l'ancien moulin à huile. Ils ont des doutes sur la nature des ossements, retrouvés en grand nombre dans le tunnel. D'après un scientifique, il est pratiquement impossible de déterminer avec certitude s'il s'agit réellement d'os d'enfant. Au téléphone, pressé de questions par Rossi, le spécialiste assure que l'hypothèse de « carcasses d'animaux », sans doute des vaches, doit être étudiée, ce qui fait hurler le gendarme corse : « Un troupeau de vaches dans un souterrain de deux mètres de large ! »

Quelques jours plus tard, une commission spécialement désignée par la juge d'instruction débarque en provenance de Nice pour récupérer les indices et les analyser selon des méthodes bien plus performantes que celles autorisées par le matériel obsolète de l'hôpital de Bastia. La presse donne un large écho à la venue de ces experts. La responsable, scientifique de renom abonnée aux enquêtes complexes, laisse entendre que l'examen des pièces à conviction sera long et difficile en raison de leur « extrême dégradation ».

Elle s'épanche dans la presse, qui lui ouvre largement ses colonnes :

« Tous les ossements ont été ramenés au laboratoire d'anatomopathologie de Nice. Nous menons un travail très fastidieux et pour l'instant nous n'avons débouché sur aucune conclusion fiable. Nous avons en notre possession des radiographies de Yann mais il ne s'agit pas de radiographies osseuses. En outre, nous ne parvenons pas à nous procurer un réactif chimique qui indiquerait certainement s'il s'agit d'os d'animaux ou d'enfant. Le puzzle n'est vraiment pas facile à reconstituer. »

De fait, quinze jours après le transfert des indices à Nice, puis à Paris, le laboratoire est toujours muet. On fait simplement savoir aux enquêteurs que les morceaux de tissu et les jouets brisés découverts dans le tunnel n'apportent « aucun élément susceptible d'être utilement versé à la présente procédure ». Ces atermoiements n'empêchent pas la juge d'instruction de respecter scrupuleusement le calendrier prévisionnel de ses congés. Une semaine après l'exploration du souterrain, elle s'était envolée pour deux semaines de vacances à l'île Maurice en lançant à sa secrétaire : « Un repos bien mérité. »

Le 22 décembre 1989, Serrier reçoit un appel de Rossi. Le gendarme corse revient du palais de justice de Bastia, où sa présence a été requise à un procès pour trafic de stupéfiants.

Sa voix est nerveuse, plus nasillarde encore qu'à l'accoutumée :

— Au palais, ils disent que le *lucchese* et le *pinzutu* vont bientôt être remis en liberté. La juge a jeté un coup d'œil au dossier. D'après elle, les charges retenues contre Cussicchio sont « insuffisantes » pour justifier d'une inculpation d'homicide. Elle dit que ça pourrait peut-être tenir pour incendie volontaire, pas pour assassinat. Et que les coupures de presse sur l'affaire retrouvées dans le dossier « Nicollé » ne constituent pas des preuves.

— Et Mallard ? coupe Serrier, qui sent le sol se dérober sous ses pieds.

— Rien du tout. Son implication est jugée « inexistante ».

Le lendemain, 23 décembre 1989, la remise en liberté de Cussicchio et Mallard est officiellement notifiée à leurs avocats.

Les deux hommes ont passé vingt-sept jours en prison.

*

Au moment où les gendarmes avaient mis au jour le souterrain et révélé les indices qu'il renfermait, les deux quotidiens corses rivalisèrent de titres accrocheurs et de lyrisme justicier. « Le meurtrier sort de son trou », titra Corse-Matin, *puis : « La vérité sort de terre ». Chaque article revenait avec un luxe de détails sur les découvertes du tunnel et le crime « en passe d'être résolu », l'enquête qui avançait « inexorablement ».*

Ce ton victorieux contrastait singulièrement avec le peu de peine que les journalistes s'étaient donné jusque-là pour traiter de l'affaire. Sans doute le dénouement promis par la mise au jour d'indices « aveuglément probants » avait-il suffi à vaincre leurs réticences. Les gazettes pouvaient désormais, sans trop de risques, sonner l'hallali. Leur ton se trouva cependant – et rapidement – traversé de franches inflexions lorsque les noms des principaux suspects furent connus. « Les assassins potentiels » devinrent un « socioprofessionnel très estimé dans la région » et « un entrepreneur de bonne réputation ». Le lecteur était désormais incité à davantage de « retenue face à la rumeur qui tue autant que le fusil ou le couteau ». Il ne fut fait aucune mention de leur emprisonnement, ni de leurs interrogatoires, ni même des suites de l'affaire.

Plus tard, Serrier apprit que les avocats de Cussicchio et Mallard, ténors respectés du barreau de Bastia, avaient multiplié les coups de téléphone aux rédactions des journaux, de la radio et de la télévision régionale. Leurs arguments avaient manifestement été entendus : après leur remise en liberté, aucun reportage, aucun article, aucune interview ne furent plus jamais consacrés à l'affaire de la Femme Sans Tête.

SIXIÈME PARTIE

Le « Mystère de Santa-Lucia »
bientôt sur TF1

Le service de presse de TF1 et la brigade de recherches du groupement de gendarmerie de la Haute-Corse ont indiqué officiellement hier après-midi que l'affaire dite du « Mystère de Santa-Lucia » fera l'objet d'un tournage dans les prochaines semaines avant d'être diffusé dans le cadre de l'émission de Jacques Pradier *Témoignages*.

Les gendarmes de Bastia demandent « à toutes les personnes susceptibles de fournir des informations permettant de retrouver le corps du petit Yann Nicolet de se mettre en rapport avec la ligne téléphonique SVP qui est d'ores et déjà mise en place ».

Les enquêteurs précisent que cette ligne garantit techniquement l'anonymat des correspondants.

Édition corse de *La Provence*, 17 avril 1994

Chapitre 27

Lorsqu'Olivier Delaroche et son cameraman, Tran Van Dinh, débarquent à l'aéroport de Bastia-Poretta cinq ans après la découverte du souterrain, le 5 mai 1994, l'affaire de la Femme Sans Tête n'est plus qu'un lointain – et mauvais – souvenir. Après la remise en liberté de Cussicchio et Mallard, la rumeur avait entretenu, quelque temps encore, la psychose d'un tueur errant dans les parages du cimetière de Santa-Lucia, puis elle s'était tue pour de bon et le village n'avait pas tardé à retrouver sa quiétude, entre les discussions au *Pacifico* et les deux tombolas annuelles organisées dans la salle des fêtes, près du terrain de foot. Il n'avait fallu que quelques mois à l'affaire pour se transformer en blague de comptoir ; au bout de deux ans, elle s'était transformée en conte à dormir debout servi comme un apéritif au touriste crédule, enflée de macabres ingrédients, cadavres enterrés par dizaines sous le camping, sombres rites lucifériens, sans compter les apparitions, les nuits d'été, près du cimetière du village – « Qui sait, monsieur, prenez garde ce soir, en rentrant sous la tente… »

Aussi, au printemps 1994, l'intérêt de journalistes venus « en savoir plus » sur cette histoire qui a tellement nui « à la commune et au tourisme », a de quoi faire enrager les esprits les mieux disposés. L'initiative de saisir la rédaction de l'émission *Témoignages* revient à une jeune juge d'instruction récemment nommée à Bastia. Corse, la jeune femme a hérité du dossier de la Femme Sans Tête et, contactée officieusement par Serrier, s'y est plongée pour découvrir, sidérée, les errements passés de sa collègue et son peu d'empressement à « sortir l'affaire ». Remuée par l'histoire de Gabrielle Nicolet et de son petit garçon, elle a accepté de recevoir le gendarme dans son bureau pour l'assurer qu'elle mettrait toutes les chances du côté de la justice et voir cette énigme résolue, les assassins de Gabrielle Nicolet traduits devant un jury de cour d'assises. Pour marquer sa détermination, elle a même délivré à Serrier une commission rogatoire lui donnant tout pouvoir pour épauler l'équipe de tournage et réquisitionner l'assistance de ses collègues en cas de besoin.

Avec ce sésame, les journalistes se sentent rassurés, mais lorsqu'il les accueille à leur descente d'avion, Olivier Delaroche et Tran Van Dinh sont stupéfaits par la mise de Serrier. Ce n'est pas tant sa tenue civile qui les étonne mais sa barbe de trois jours, sa nervosité apparente et la fréquence ahurissante à laquelle il fume ses cigarettes, « comme s'il en aspirait le tabac en trois bouffées ».

Serrier les conduit à un hôtel idéalement situé sur les hauteurs de Bastia où ils seront, dit-il, « en sécurité ». Durant tout le trajet, le gendarme n'a cessé de jeter des coups d'œil dans le rétroviseur et multiplié les « coups de sécurité », empruntant des chemins de traverse, s'arrêtant parfois sur le bord de la route pour observer le trafic et les voitures qui le suivent. Avant même de les autoriser à poser leurs bagages et leur matériel de tournage dans leur chambre, il vérifie les fenêtres – elles donnent sur un patio auquel on ne peut accéder qu'en traversant la réception, toujours occupée –, actionne plusieurs fois la poignée de la porte puis propose aux journalistes de leur dresser un topo complet de l'affaire.

Pendant deux heures et demie, s'apaisant à mesure que progresse son récit, il répond calmement aux questions, monte et démonte son raisonnement, les pistes, les voies sans issue de la procédure, depuis le jour de la découverte du cadavre à Santa-Lucia jusqu'à l'été 1979, où Gabrielle et Yann Nicolet se sont évanouis dans la nature. Il n'oublie rien ; dates, faits, auditions, pistes. Tout paraît surgir de sa mémoire avec une précision clinique. Il leur parle aussi de sa quête personnelle et des démons qu'il essaie à présent de conjurer, lui, le major Serrier, l'ex-Enquêteur numéro 1 dont la vie s'effrite depuis cinq ans. Enfin, il insiste lourdement sur la « dernière chance » : l'émission de télévision. Lorsqu'il quitte les deux journalistes, il laisse dans son sillage une impression diffuse de malaise. Plus tard, l'un d'eux observera : « Il avait l'air hanté. »

Le premier après-midi des reporters est occupé à tourner les images qui serviront à planter le décor de leur reportage : vues de la vieille ville de Bastia, séquences en travelling dans les virages de la départementale 80 le long du Cap Corse, panneaux indicateurs et Santa-Lucia enfin, dont le cameraman est surpris de découvrir le panorama morne, étiré le long de la ligne droite, « pas vraiment l'idée qu'on se fait d'un joli petit village de bord de mer corse ».

Le soir même, après s'être changés à leur hôtel et avoir rapidement dîné dans un restaurant du Vieux-Port, ils garent leur voiture de location sur le parking du *SunSea*. Serrier leur a longuement décrit les habitudes de l'endroit et le genre de commerce qu'on y entretient. D'après lui, quelqu'un là-bas « parlerait plus facilement à un journaliste qu'à un flic ». Cet espoir anime Olivier Delaroche et Tran Van Dinh lorsqu'ils poussent la porte, s'installent au comptoir et, après s'être présentés, entament la discussion avec une femme entre deux âges qui semble être la tenancière. Ils précisent qu'ils ne sont ni policiers ni gendarmes et qu'ils cherchent simplement à entrer en contact avec une personne susceptible d'avoir côtoyé Gabrielle Nicolet au cours de l'été de sa disparition. Ils ne cherchent que cela, expliquent-ils, « pas jouer au Cluedo à la recherche de l'assassin ».

Contrairement à leurs craintes, la tenancière ne paraît pas choquée. Elle leur sourit, leur offre même une coupe de champagne.

— Chaque fois que je pense au petit, soupire-t-elle, les larmes me montent aux yeux.

Elle se rappelle qu'il lui arrivait de garder Yann, les « soirs de bordée où la mère s'oubliait un peu », et même si elle n'avait connu le petit garçon qu'une semaine avant sa disparition, elle se souviendrait de lui jusqu'à la fin de ses jours.

Quand les journalistes lui demandent si elle le croit toujours en vie, elle se mouche bruyamment en étouffant un sanglot :

— Qui peut le dire, monsieur... Qui peut le dire...

Après vingt minutes d'entretien, alors que les premiers clients commencent à faire leur apparition au comptoir du *SunSea*, elle se penche à l'oreille d'Olivier Delaroche :

— Si vous voulez savoir ce qui s'est passé, repassez demain à la même heure. Quelqu'un pourra vous en dire beaucoup plus que moi.

Elle tapote la main du journaliste, lui glisse un regard entendu et se dirige vers un habitué, qu'elle embrasse comme du bon pain.

Le lendemain, les journalistes retrouvent le comptoir du *SunSea* sur le coup de minuit. Ils sont seuls : ni filles, ni clients. La tenancière leur répète que « des gens » viendront leur parler mais les minutes passent, puis les heures, sans que la promesse se réalise. À 2 heures du matin, après avoir épuisé tous les sujets de conversation, il est évident que les mystérieux indicateurs resteront invisibles. Olivier Delaroche et son cameraman remercient la tenancière pour son accueil et lui demandent de les recontacter « en cas de nouveau ». Elle acquiesce l'air navré, se dit désolée que « ces saligauds n'aient pas eu les couilles de tenir parole ».

Ils sourient poliment et ouvrent la porte lorsqu'une ombre pulvérise le visage de Tran Van Dinh d'un coup-de-poing américain. Projeté à l'intérieur, le journaliste s'effondre sous une pluie de coups dans le hurlement soudain de la musique poussée à plein volume. Un coup de tête brise le nez d'Olivier Delaroche. Une douleur fulgurante irradie son cerveau. En une fraction de seconde, il aperçoit le visage ensanglanté de son cameraman, la bouche ouverte sur un magma rouge, les yeux roulant dans leurs orbites. Une troisième ombre jaillit. La mâchoire d'Olivier Delaroche se disloque. Tran Van Dinh est soulevé de terre et jeté sur le sol goudronné du parking. Son corps fait un bruit mou en chutant, un bruit mou et sourd. À l'intérieur du *SunSea*, Olivier Delaroche lève les bras pour protéger son visage, ses côtes craquent, il titube à travers la pièce, heurte le rebord du comptoir et la douleur explose dans son ventre quand une masse s'écrase entre ses jambes. Les trois ombres le traînent au-dehors. Les étoiles tanguent dans le ciel d'encre. Il tousse, rote un liquide chaud qui lui emplit la bouche et s'évanouit en entendant la voix de crécelle de la tenancière déchirer la nuit :

— C'est bon, barrez-vous. Ils ont leur compte !

*

Lorsqu'ils revinrent en Corse pour assister au procès de leurs agresseurs, qui avaient eu l'obligeance de se rendre aux gendarmes avant même l'ouverture d'une enquête, Olivier Delaroche et Tran Van Dinh furent pris en charge par trois hommes de la police judiciaire de Bastia. Malgré leurs demandes insistantes, on ne leur permit pas de rencontrer Serrier, « retenu à d'autres tâches ». Pendant le trajet qui les menait de l'aéroport de Poretta à la ville, où ils ne devaient rester qu'une journée, le temps du procès, l'un des policiers leur suggéra à plusieurs reprises de retirer leur plainte. Les hommes qui les avaient roués de coups quelques semaines auparavant, affirma-t-il, n'étaient pas de « mauvais garçons », juste des jeunes gens un peu trop sanguins. L'étonnement des journalistes grandit encore lorsqu'un avocat en robe leur fit la même recommandation à l'entrée de la salle du tribunal correctionnel de Bastia, quelques instants avant que ne débute le procès des voyous. Olivier Delaroche voulut avertir les policiers de son escorte mais il n'avait pas fait deux pas dans leur direction que l'avocat anonyme avait disparu.

L'audience fut expédiée en vingt-trois minutes. Les deux agresseurs, dont l'un au moins apparaissait intimement lié à Jacques Pierroni, furent condamnés à des peines de prison avec sursis, assorties de légères mises à l'épreuve. À aucun moment au cours des débats, on ne demanda aux journalistes le sujet de leur reportage à Santa-Lucia.

Chapitre 28

L'émission *Témoignages* consacrée à l'affaire de la Femme Sans Tête – rebaptisée « Le mystère de Santa-Lucia » – fut diffusée à 20 h 30, le 5 octobre 1994. Comme toujours, son annonce dans la presse fut accompagnée des habituelles critiques sur le « voyeurisme », le « sensationnalisme » et les « bas instincts » du public que le programme flattait. Depuis sa première diffusion, les bonnes âmes cathodiques ne cessaient de noyer sous leurs sarcasmes convenus cette troublante réalité : en de nombreuses occasions, l'audience et le succès de *Témoignages* – plusieurs millions de téléspectateurs – avaient permis de résoudre des cas de disparitions ou de meurtres laissés en jachère par la justice, des affaires criminelles inexpliquées qui laissaient souvent de petites gens au bord du chemin de la vérité. On pouvait vomir sur le présentateur du programme, ses airs compassés, sa diction mielleuse, on ne pouvait effacer ceci : *Témoignages* était une émission à ce point efficace et utile que tous les services de police et de gendarmerie de France se battaient pour y voir traité au moins un de leurs dossiers.

Ce 5 octobre 1994, le programme dévoile l'habituel plateau de télévision : un décor volontairement neutre composé d'un fond bleu clair uniforme et d'une haute table de bois clair derrière laquelle ont pris place les témoins de ce « numéro spécial » : une femme et un homme d'âge mûr à la troublante ressemblance, une jeune femme visiblement intimidée. Debout à leur côté, le présentateur, vêtu d'un costume croisé vert sombre, d'une cravate ornée de fleurs multicolores et d'une pochette assortie, se tient immobile, face à la caméra. Le rituel est immuable. Passé le générique, il rappelle l'objectif de *Témoignages* :

> « Donner comme par le passé la parole aux familles de victimes de crimes non élucidés. Vous savez que les affaires que nous vous présentons ici ont toutes un point commun : malgré l'énorme travail d'enquête effectué, on n'a jamais trouvé les coupables. (...) Seul un témoignage nouveau pourra peut-être faire avancer la vérité et nous permettre, donc, de solutionner certaines de ces énigmes criminelles. »

Le reportage, d'une durée exacte de quatre minutes et dix secondes, retrace l'affaire Nicolet, depuis l'arrivée de Gabrielle et Yann au camping jusqu'à la découverte de la jeune femme dans un caveau occupé du cimetière de Santa-Lucia. On y voyage de Bastia à Santa-Lucia par la route du Cap Corse, dans un décor usurpé de palmiers et de plages de sable blanc qui rappellent davantage la baie des Anges que la côte rocheuse et tourmentée du nord de la Corse. D'autres images montrent le cimetière de Santa-Lucia, des trucages où le visage de Gabrielle apparaît en surimpression d'un décor de montagnes et de rivages, des photomontages de la silhouette de Yann et quelques gros plans sur des coupures de presse consacrées à l'affaire. Deux interviews réalisées par la télévision régionale à l'époque de la découverte du cadavre complètent ces séquences couvertes par une musique lancinante.

Dans la séquence la plus troublante, diffusée aux dernières secondes du reportage, les silhouettes d'une jeune femme et d'un petit garçon apparaissent en ombres chinoises à l'intérieur d'une tente de camping. Un zoom se rapproche des deux formes indécises tandis que la voix off conclut son commentaire :

> « Malgré les années, aucune information n'a permis de lever le mystère. Au contraire, quinze ans après, le souvenir de Gabrielle et de Yann est bien présent en Corse mais les bouches et les portes restent fermées… »

Lorsque la lumière revient sur le plateau de télévision, le présentateur fait toujours face à la caméra, immobile. Un sourire confus éclaire son visage.

— Je crois, dit-il en regardant fixement l'objectif… Je crois qu'il nous faut à présent examiner cette question : qui était vraiment Gabrielle ? Avec nous pour en parler, sa sœur, son frère et… Et sa nièce, donc, qu'elle n'a pas connue mais qui, tous, aujourd'hui, voudraient avoir le fin mot de son histoire… Alors, je me tourne vers vous, Pauline… Vous êtes, n'est-ce pas, la sœur de Gabrielle…

— Oui…

— Et disons que lorsque tout ceci est arrivé, eh bien, donc, vous n'aviez plus vraiment de nouvelles de votre sœur... de la malheureuse victime...

L'air gêné, la sœur de Gabrielle déglutit bruyamment. C'est une belle femme d'environ soixante ans, les cheveux blancs coupés à la garçonne, qui s'excuse déjà de ne pouvoir en dire beaucoup :

— Au moment du décès de ma mère, j'avais dix-sept ans, ma petite sœur en avait onze, elle était la cadette et elle a certainement souffert énormément à ce moment-là et la vie a basculé un petit peu... la vie familiale tranquille a été finie en ce sens que mon père s'est remarié très rapidement et le bonheur du début a... a été... fini, à ce moment-là... Nous, les aînés, nous sommes partis rapidement du foyer familial... Euh, une fracture s'est faite avec Gabrielle, qui est restée dans un nouveau contexte familial...

— En fait, reprend l'animateur alors qu'elle baisse les yeux, incapable de terminer sa phrase, c'est ce qui explique que lorsque... euh... cette tragique histoire est arrivée, vous n'aviez pas vu votre sœur depuis très longtemps... C'était votre cas aussi, Jacques ?...

— Oui...

La caméra zoome sur le long visage du frère de Gabrielle. Il paraît à la fois impassible et en proie à un malaise grandissant à mesure qu'il cherche ses mots. Ses mains se tordent en un geste nerveux, puis elles lissent ses longs cheveux gris impeccablement peignés et disparaissent sous la table :

— Eh bien, disons que j'ai essayé à au moins deux reprises de reprendre contact avec Gabrielle et... donc, je n'ai pas réussi...

Le présentateur glisse un regard vers la caméra. Ce n'est ni un coup d'œil complice, ni une adresse au téléspectateur. Il veut juste vérifier que l'objectif saisit bien le visage de Jacques. D'un mouvement à peine perceptible, il se déplace légèrement sur sa gauche et découvre la silhouette d'une jeune femme assise légèrement à l'écart au bout de la table. Elle porte un élégant tailleur gris perle sur une chemise immaculée, son visage est régulier et sa peau mate. Elle ouvre de grands yeux noirs au bord des larmes.

— Laurence, vous êtes la fille de Pauline, ici présente et... Pouvez-vous nous expliquer quel genre de jeune femme, disons, a été votre tante Gabrielle ?

— En fait, je ne l'ai jamais connue, répond la jeune femme. Je n'ai connu Gabrielle qu'à travers la tendresse à la maison que ma mère pouvait évoquer à son égard... Au moment où j'ai pris conscience de l'histoire familiale et des ruptures qui avaient pu avoir lieu, nous avons essayé de renouer mais voilà, eh bien, ça a été la nouvelle, qui nous est parvenue comme un choc... Je veux dire la nouvelle du décès de Gabrielle. Sur le moment, nous avons bien été obligés d'accepter mais nous refusons de ne rien savoir sur Yann.

Le présentateur opine du chef puis se tourne vers la caméra :

— Nous allons maintenant faire appel à vous... Et cet appel, eh bien, c'est vous, Laurence, qui allez le lancer en vous adressant à ceux qui vous regardent.

Une suite de chiffres apparaît au bas de l'image : le numéro « SVP » que des témoins anonymes peuvent composer pour proposer leurs informations au standard téléphonique de l'émission.

La caméra opère un lent glissement du visage de l'animateur vers celui de la nièce de Gabrielle. Les lèvres de la jeune femme se mettent à trembler. Elle baisse imperceptiblement le regard comme pour se donner du courage puis relève la tête et fixe l'objectif de la caméra de ses yeux sombres :

— Tout d'abord il faut se mettre un peu à notre place. On… On a… On a assassiné ma tante, on lui a coupé la tête… Maintenant qu'on sait, c'est un fait que nous vivons un peu mieux. Par contre, nous sommes terriblement inquiets pour Yann. Alors je vous en prie, si vous avez le moindre élément, si vous avez vu Gabrielle et Yann en 1979 en Corse, si vous avez fait partie de ses collègues de travail, si vous avez la moindre information, appelez-nous, donnez-nous n'importe quel élément, aussi mince puisse-t-il…

Sa voix se brise net. La jeune femme se tait, hausse les épaules dans un mouvement d'impuissance et son regard plonge de nouveau vers le sol.

À l'écran, le numéro du standard SVP s'affiche une dernière fois.

*

Le standard téléphonique de l'émission Témoignages *reçut ce soir-là trente-quatre appels téléphoniques, dont la teneur fut soigneusement retranscrite par une équipe de six enquêteurs de la BR spécialement mobilisés pour l'occasion. Dans une pièce attenante au studio de télévision, ils avaient répondu à chaque appel sans pouvoir noter la provenance du numéro correspondant et, lorsque l'information leur paraissait pertinente, tenté de poser quelques questions à leurs interlocuteurs. Trente-quatre appels : d'après le producteur du programme, il s'agissait d'une « contre-performance flagrante ». « À chaque diffusion, détailla-t-il aux gendarmes, nous en recevons en moyenne entre deux cent cinquante et trois cents. »*

Il apparut rapidement que huit de ces appels avaient été passés par les « habitués », un fan-club informel de déséquilibrés et de passionnés d'énigmes policières qui, chaque mois, prenaient d'assaut le standard téléphonique pour faire part de leurs déductions, réclamer un passage à l'antenne ou s'accuser d'un meurtre. L'un de ces correspondants affirma vivre en « concubinage notoire » avec Gabrielle dans un chalet de Haute-Savoie mais ignorait, en revanche, « où le petiot a bien pu passer ». Un autre certifia avoir croisé Gabrielle le matin même, dans une rame du métro parisien, à la station Charles-Michels – son souvenir était clair dans son esprit car, expliqua-t-il, « elle ressemble énormément à Marlène Jobert ». Trois autres correspondants insultèrent les enquêteurs, six évoquèrent autant d'autres cas « troublants », « similaires » et « rigoureusement identiques » dans quatre régions différentes. Le reste des appels ne fournit aucun élément susceptible d'être exploité par les enquêteurs.

Les gendarmes guettaient cependant d'autres conversations. Une semaine avant la diffusion du programme, une dizaine de lignes enregistrées aux noms de Cussicchio, le propriétaire du camping de Santa-Lucia, d'Éric Mallard, le principal suspect, et plusieurs téléphones de leurs proches avaient été placés sous surveillance. Au cours des jours qui précédèrent et suivirent la diffusion de Témoignages, *tous ces numéros restèrent muets, aucun coup de fil ne fut émis ou reçu par aucun de ces téléphones. Un ancien gendarme de la brigade de recherches analyse ce silence comme une « sorte de preuve à l'envers ».*

Chapitre 29

Le temps a achevé son œuvre, le découragement a succédé à l'espoir de voir l'émission *Témoignages* dénouer les fils de l'intrigue. Quelques semaines après sa diffusion, plus rien ne bouge dans le dossier « Gabrielle et Yann Nicolet ». Il faut se résoudre à voir la procédure gagner le rayonnage des « affaires non résolues » sur les étagères poussiéreuses du parquet de Bastia. D'ici quelques semaines, on placera les centaines de procès-verbaux, les constatations, les photos, les coupures de presse dans plusieurs boîtes en carton, une greffière ou la secrétaire du procureur tracera au marqueur noir le nom des victimes sur le couvercle de la boîte et tout cela sera oublié. Déjà, les enquêteurs se détournent de leur travail. À la brigade de recherches, plus personne ne semble croire au *deus ex machina* tant attendu, le témoignage de dernière minute, le faux pas qui pourrait tout relancer.

Le cas de la jeune femme et de son fils revient progressivement à la nuit et au purgatoire dans lequel il végète depuis 1979. Au début de l'année 1995, les dernières espérances du major Serrier, ex-Enquêteur numéro 1 de la brigade de recherches, meurent avec la décision de la justice : refermer officiellement le dossier « Gabrielle et Yann Nicolet » dans l'attente « d'éléments nouveaux ».

Pour les supérieurs de Serrier, les investigations ont trop duré. Elles ont réduit en cendres la brigade de recherches, le service de pointe de la gendarmerie. On ne peut décemment s'acharner sur deux cadavres. D'après certains magistrats, il aurait été préférable que cette enquête n'eût jamais lieu. Des dizaines de milliers de francs ont été engloutis, à quoi bon persister ?

Seule la jeune magistrate qui avait eu l'idée de faire appel à la télévision ferraille quelque temps encore afin de conserver la main sur le dossier. En pure perte : trois ou quatre mois après la diffusion de l'émission, passé le délai raisonnable au-delà duquel personne n'attend plus le moindre indice, Serrier est convoqué dans le bureau du colonel du groupement de gendarmerie de la Haute-Corse et reçoit l'ordre officiel de mettre fin à ses investigations. Avec fermeté, l'officier lui ordonne aussi de tenir l'intégralité de la procédure – notes personnelles comprises – à la disposition de la justice.

Il n'en fait rien. Pour lui, autrefois si attaché à la discipline et à l'esprit de corps, le commandement ne signifie plus rien, ses attaches avec la gendarmerie se sont défaites, il se sent étranger, incompris de ses propres hommes, avec lesquels il se borne à d'anodins échanges. Ce n'est que bien plus tard, des mois plus tard, qu'il consent enfin à remettre la procédure à la justice, après avoir fait la copie intégrale des onze tomes qui retracent l'enquête. Il conserve tout : les procès-verbaux d'audition – celui de Cussicchio, le gérant du camping, qu'il connaît presque par cœur –, les comptes-rendus de surveillance, les transcriptions d'écoutes téléphoniques. Il veut tout garder près de lui au cas où un indice resurgirait, parce qu'il a peur d'oublier mais sait qu'il n'oubliera rien. Quitter cette affaire ? Ce serait renoncer. Ce serait s'abandonner.

Après l'avoir déchargé de l'affaire, ses supérieurs ont contraint Serrier à accepter un congé sans solde d'un an. « C'est ça ou la petite porte », lui a-t-on expliqué. « Ça » ou être viré. Serrier doit « rectifier sa position ». Régulièrement, des témoins continuent à signaler sa présence silencieuse aux abords du cimetière de Santa-Lucia ou le long des chemins semés de mausolées, au cœur du Cap Corse, traçant des signes ésotériques sur les pages de ses carnets. Rossi en a été avisé et l'a suivi en toute discrétion à deux ou trois reprises. En d'autres temps, Serrier aurait déjoué la filature au bout de deux cents mètres. Plus maintenant.

Un après-midi du printemps 1995, alors que des trombes d'eau s'abattent sur la région, son ami l'a rejoint devant le cimetière de Santa-Lucia. La discussion a été vive. Rossi a mis Serrier en garde : « Si ça se sait, les sanctions vont tomber. » Et puis il a fini par baisser les bras et ne plus rien dire le jour où Serrier, l'œil perdu dans le vague, lui a confié qu'il ressentait la présence du gosse « au fond de lui ». Lui aussi avait trouvé ça « déconnecté et totalement fou » mais il en était persuadé : il avait déjà aperçu la silhouette de Yann. Ce n'était jamais une image bien nette et bien définie qui s'imposait à son esprit, plutôt une sensation. Lorsqu'il roulait sur la quatre-voies entre Bastia et Porto-Vecchio, par exemple. Au bord de la route, il devinait un enfant blond qui le suivait du regard. S'il jetait un coup d'œil dans le rétroviseur, le gosse avait disparu. La nuit, dans sa chaufferie, il était pratiquement certain que Yann le fixait depuis le fond du garage, il pouvait sentir son regard dans son dos pendant qu'il relisait ses carnets noirs.

— Mais lorsque je me retourne, a-t-il avoué à Rossi d'une voix blanche, la pièce est vide. Il n'y a personne.

À la gendarmerie, tout le monde sait que Serrier ne va plus très bien. Ses propos deviennent incohérents. Selon Rossi, « il déconne à pleins tubes » et l'annonce du renouvellement complet des effectifs de la brigade n'arrange rien. Début 1995, le contingent d'enquêteurs fait l'objet d'une réaffectation. Le commandement du service est retiré à Serrier. L'affaire a laissé trop de traces. Seul Lucien Rossi, élevé au grade d'adjudant, se voit autorisé à conserver son rôle au sein de la brigade. Il refuse cependant d'en prendre la direction.

Il n'est bientôt plus question de Serrier, ni de ce que les gendarmes ont pris l'habitude de désigner comme « l'affaire ». De nouveau, on court après les cagoulés du FLNC et les bandits de grand chemin. La brigade de recherches se consacre enfin aux « vrais dossiers ».

Les mois, les années filent vers le nouveau siècle. 1996, 1997, 1998. Un préfet est assassiné. On dépêche en Corse des centaines de policiers. Chaque matin, un nouveau flash d'informations réveille l'île sur de nouvelles pistes, découvertes au gré de milliers de perquisitions. On arrête avant l'aube des grands-mères de quatre-vingts ans. On jette en prison d'anciens militants nationalistes pour deux coups de téléphone passés à la mauvaise personne au mauvais moment. L'État s'embourbe dans ses propres contradictions : rétablir le droit qu'il avait été incapable de faire respecter pendant deux siècles. Serrier suit cela de très loin. Ses nouvelles fonctions – la gestion du parc automobile de la caserne de Bastia – ne lui laissent que peu d'occasions de rencontrer ses collègues des forces d'élite expédiés en Corse pour « faire le ménage ».

En 1999, l'année où furent finalement arrêtés les indépendantistes qui avaient assassiné le préfet, son ex-femme épouse un type gentillet, mécanicien prospère et jeune veuf de quarante-cinq ans. Une cérémonie intime dont elle a pris la peine de l'aviser en lui téléphonant.

Leurs filles l'ont suivie et vivent désormais avec leur mère et leur beau-père qui les comble de cadeaux. La famille recomposée s'est installée dans une maison plus spacieuse, mieux entretenue, une maison où ne planent plus les relents mortifères des cadavres en décomposition, où elles n'ont plus à supporter le fantôme du demi-frère imposé par l'esprit corrompu de leur père, le petit Yann. Plus rien ne retient Serrier dans sa petite villa juchée sur les hauteurs de Bastia, son ancien havre de paix où il s'appliquait à ne jamais laisser le crime entrer. Le jardin n'est plus entretenu depuis longtemps. Les chambres des filles sont sans vie, conservées dans l'état où elles les ont quittées alors qu'elles n'étaient que des enfants, leurs édredons à présent couverts de poussière, les affiches de chanteuses oubliées accrochées au-dessus de leur lit.

Une nuit, après une dernière soirée passée à contempler les lumières de la ville tremblant sous son regard,

Serrier descend au sous-sol de la maison une dernière fois. Il décroche les photographies de Gabrielle et Yann accrochées depuis 1988 aux murs lépreux, il ouvre ses tiroirs, entoure ses carnets noirs d'un épais ruban élastique, les glisse dans une boîte métallique et occupe le reste de la nuit à ranger ses archives dans neuf cartons de déménagement qu'il entrepose le lendemain, sans avoir dormi, dans un garde-meubles de la région.

Dans ces boîtes, avec sa propre mémoire, il enferma tout ce qu'il savait de Gabrielle et Yann Nicolet, disparus à l'été 1979 au camping *Les Oliviers* de Santa-Lucia, un village sans âme du Cap Corse.

*

Le 23 octobre 2011, je rencontrai l'homme dont je suivais les traces depuis quatre ans. Le retrouver n'avait pas été chose aisée. Son départ de la gendarmerie plus de dix ans auparavant avait laissé un goût amer aux enquêteurs de la brigade de recherches. Plusieurs d'entre eux m'avaient confié leurs regrets de le voir quitter l'uniforme, tout en reconnaissant qu'« il n'y avait plus aucune solution pour lui depuis longtemps ».

Il pleuvait à verse lorsqu'il ouvrit la porte de sa modeste maison, perdue au fond d'un chemin vicinal qui marquait la limite d'un lotissement implanté dans la zone industrielle de Bastia. Son visage buriné aux joues creuses semblait largement en avance sur ses soixante-deux ans. Je me souvins de la description d'un avocat qui avait eu affaire à lui : « Tu verras son regard, de petits yeux noirs intelligents » – un regard vide, dorénavant.

Son sourire poli s'effaça au moment où je lui annonçai les raisons de ma visite. Debout sur le perron – il n'esquissa pas le moindre geste pour m'inviter chez lui –, trempé par une pluie drue et lourde, je lui expliquai les détours de mon enquête, la photocopie échappée d'un carton par un après-midi du printemps 2007, mes efforts inachevés et les refus essuyés par la justice, les témoins muets, les regards coupables, les explications vaseuses de dizaines d'anciens gendarmes, d'officiers, de magistrats, l'épisode de la montre-caméra et celui du « flic qui savait tout » ; je lui exposai la manière dont j'avais retrouvé sa trace en tapant son nom sur Internet et contacté les anciens de la promotion « Albert Dodevar 1977 » à l'école de gendarmerie de Châtellerault, les courriers à la direction de la Gendarmerie nationale ; je louai la qualité de son enquête et nos vies entrecroisées à vingt années de distance ; je tentai d'établir de minuscules points de connexion entre ses obsessions et les miennes, Gabrielle et Yann, la mère et le fils, les saints innocents, les martyrs endoloris.

Il m'écouta patiemment, moi toujours sous la pluie et lui, silhouette voûtée et immobile dans l'entrebâillement de la porte. Son regard noir fixait quelque chose sur le sol, il semblait réfléchir. Après un instant où je n'entendis plus que le martèlement de la pluie sur le toit de sa maison, l'ex-major Serrier referma lentement sa porte :

— Ne remettez plus jamais les pieds ici, m'ordonna-t-il.

SEPTIÈME PARTIE

« Non, on ne la connaissait pas. On ne les avait pas vus, elle et son petit garçon. Le petit garçon tout blond ? Non, personne. On ne sait pas où il est. Il a peut-être regagné le Continent ? Ou sa famille l'aura récupéré, qui peut le dire ? Ou c'est quelqu'un d'ici qui l'a élevé et peut-être qu'il vit très bien aujourd'hui dans une belle maison sur la corniche... Eh non qu'on ne les tue pas, les enfants, ici ! Ou bien que s'ils l'ont tué, ce ne sont pas des Corses. Même un petit garçon du Continent, on ne ferait jamais ça ici. Le petit ? On ne l'a pas vu, c'est tout. Personne ne sait. Tout ça, c'est bien malheureux, allez. C'est tellement loin, il faut arrêter de nous embêter à venir remuer votre merde, *Cristacciu !*, putain de Christ, avec vos stylos et vos carnets et votre sale tête. Qu'est-ce que vous vous mêlez de cette saloperie ? C'est des histoires, plus personne il s'en souvient. »

Une habitante de Santa-Lucia, 18 mai 2011

Chapitre 30

Le secret de la mort de Gabrielle et Yann Nicolet brûle encore au fond d'un souterrain du village de Santa-Lucia, à l'endroit où s'élevait autrefois un vieux moulin à huile, près de l'entrée du camping *Les Oliviers*. Mais on se prend parfois à douter. Tout cela a-t-il réellement eu lieu ? Une jeune femme et son enfant ont été massacrés, leur souvenir effacé de la mémoire des vivants. Quelqu'un, quelque part, sait pourquoi. Quelqu'un connaît les raisons intimes de cet assassinat, le déroulement des faits, leur enchaînement chronologique. Quelqu'un sait et ne parlera jamais.

Semblable à un processus géologique de sédimentation, le temps a fini par altérer la réalité, superposée en strates compactes de racontars, de lancinants échos sur les mobiles et le mode opératoire de dizaines d'assassins potentiels, vieillards fantasques du cru, saisonniers mutiques ou « détraqués sexuels ». À propos de Gabrielle Nicolet, on évoque encore aujourd'hui d'approximatifs lieux de villégiature et des identités multiples. On la retrouve travestie sous cent visages, fille décapitée « quelque part » par un amoureux éconduit, maîtresse d'un homme politique local, ancienne terroriste en cavale au maquis et assassinée par la « police secrète », passeuse d'héroïne utilisant un gamin (était-ce vraiment le sien ?) pour endormir la méfiance des policiers, simplement « paumée » ou « salope » ou « fille de rien » égorgée sans doute par des « bicots » ou un déserteur de la Légion et abandonnée au hasard d'une tombe qui n'aurait jamais dû être la sienne. Elle est la « Femme Sans Tête » et elle n'est que cela, une identité mutilée sur un corps mutilé, une énigm irrésolue, un bon sujet de documentaire pour la télévision. Rien d'autre.

De Yann, personne ne parle jamais. Avéré, son assassinat ébranlerait trop les certitudes d'ici. « Tuer un enfant ? Ce n'est pas de nous » : Serrier avait souvent entendu cela au cours de ses pérégrinations dans le Cap Corse. Et puisque l'infanticide n'est pas « de nous », il ne reste plus qu'à l'entourer d'un mur d'oubli aussi solide que nos propres réticences à admettre l'évidence.

*

Ce matin de l'automne 2004, lorsque le petit Sébastien, âgé de cinq ans, disparaît dans le jardin de la maison familiale posée au bord de la départementale, l'alerte est aussitôt donnée. Les gendarmes se précipitent toutes sirènes hurlantes vers Santa-Lucia. On établit fébrilement un périmètre de sécurité. Déjà, les experts de la gendarmerie enfilent leurs combinaisons blanches. Depuis la terrasse du *Pacifico*, de l'autre côté de la route, les villageois tendent le cou, inquiets. Le temps est gros, ce jour-là. Des nuages plombés pèsent sur une mer grise et sale. L'orage gronde comme une canonnade lointaine. Il arrive du large, se rapproche de la côte. Malgré la houle qui se forme, un canot de plongeurs spécialisés est mis à l'eau. Le Dragon 2B, l'hélicoptère de la Sécurité civile, d'ordinaire réservé aux cas d'urgence sanitaire, se met à bourdonner comme un énorme frelon au-dessus du paysage. Appelé en renfort, le peloton cynophile débarque ses malinois. On colle un nounours du gamin sur la truffe des chiens qui s'emballent, jappent et filent le long de la route, cent mètres, deux cents, trois cents, parcourus au pas de charge par leurs maîtres qui ne les tiennent plus. Les chiens aboient, leurs griffes raclent le bitume jusqu'aux portes du cimetière. Les gendarmes essoufflés dégrafent leurs laisses et les bêtes se précipitent vers le caveau des Cristofari, tournent en rond, comme rendus fous, aboient de plus belle et grognent face au tombeau. La zone est aussitôt bouclée, les autorités avisées. La rumeur traverse la route à la vitesse de l'éclair : « Ça » recommence, « Il » est revenu, « Il » a coupé la tête du gosse, l'a foutue dans le caveau. Chez les mêmes. Les Cristofari. Encore.

Dans ce moment de panique, nul ne songe à l'improbable : quel monstre surnaturel, quel vampire diurnambule, quelle créature de cauchemar aurait pu enlever un enfant à 11 heures du matin dans un jardin grillagé au portail fermé par un loquet, le conduire au cimetière, desceller la plaque d'un caveau, lui trancher la tête et l'y ensevelir ?

Bientôt, le compte à rebours prend fin. La mère de Sébastien accourt en robe de chambre, battant des bras comme si elle s'apprêtait à prendre son envol. Au bord des larmes, elle s'excuse et bredouille : elle n'a pas vu le mot laissé par sa sœur sur la table de la cuisine, « J'emmène Seb manger des gaufres à Bastia. » On parvient à joindre la tante sur son téléphone portable. Les gendarmes lui demandent confirmation. Les chiens regagnent l'estafette bleu marine aménagée pour leur transport. Le Dragon 2B regagne sa base sur le toit de l'hôpital de Bastia. C'est fini. Fausse alerte.

À l'apéro, le soir même, les habitués du *Pacifico*, transis d'effroi quelques heures plus tôt, pouffèrent mâlement :

— Qui y a cru, hein, à cette histoire de bonne femme ?

Mais la peur est un virus qu'on ne guérit pas facilement. Il ne suffit pas d'ouvrir les yeux pour oublier un cauchemar. À Santa-Lucia, au moindre incident, elle se réveille encore et revient rôder dans le village en faisant claquer ses mâchoires.

Épilogue

L'ex-major Serrier a quitté la gendarmerie nationale en 2002. Il occupe désormais les fonctions de responsable du personnel dans une enseigne de la grande distribution, près de Bastia. Ses supérieurs apprécient sa rigueur et sa ponctualité, ses collègues le soin quotidien qu'il met à leur prêter main-forte lorsque le besoin s'en fait sentir, sans distinction de rang, de salaire ou d'ancienneté.

Le *SunSea* n'existe plus. Rasé par un attentat en 1996, l'établissement a été remplacé par un immeuble à la prétentieuse architecture minimaliste qui abrite aujourd'hui une demi-douzaine de familles de la classe moyenne. Aucune d'elle ne souhaite entendre parler du passé.

Depuis une dizaine d'années, le camping *Les Oliviers* est géré par une honorable famille de la région de Santa-Lucia. Sans trop de regrets, les nouveaux propriétaires ont accepté la proposition de la mairie : noyer l'ancien moulin à huile sous une chape de béton armé pour permettre la construction d'un parking communal de soixante-dix places.

Amedeo « Albert » Cussicchio est décédé à Nice le 23 mai 2006, à l'âge de quatre-vingt-seize ans, entouré de l'affection des siens. Après avoir quitté la Corse en 1999, Éric Mallard s'est installé dans le sud de la France, où il vit toujours.

Le corps de Yann Nicolet, le petit garçon qui aimait les oiseaux, n'a jamais été retrouvé. Celui de sa mère, Gabrielle Marcelle Nicolet, née le 30 juillet 1950 à Brest et assassinée dans la nuit du 26 au 27 août 1979 à Santa-Lucia, a été inhumé le 13 décembre 1988 au numéro 20 de la 5e ligne, 12e division du cimetière Valmy, au sud-est de Paris. La Femme Sans Tête repose sous une simple dalle de marbre gris ornée de deux dates : 1950-1979. La concession funéraire numéro 17 843, d'une durée de trente ans, est répertoriée dans la nomenclature du cimetière comme une « PT », pour « pleine terre ». Faute de renouvellement avant 2018, les restes de Gabrielle seront réunis dans une urne après avoir été brûlés dans un crématorium.

Depuis le 15 août 2012, le dossier d'instruction D9432 ouvert le 8 août 1988 auprès du tribunal de grande instance de Bastia est frappé de prescription. Cette formule signifie que personne ne sera jamais inquiété pour avoir, dans la nuit du 26 au 27 août 1979, assassiné un enfant et humilié, mutilé, battu à mort une jeune femme.

Pour la justice des hommes, il s'agit d'une affaire classée.

REMERCIEMENTS

Trente ans après les faits, alors que les acteurs de l'affaire sont morts ou ont cadenassé dans leur mémoire les souvenirs qu'ils ne souhaitent pas toujours voir resurgir, enquêter ne fut pas chose facile. Parmi les dizaines d'interlocuteurs dont le concours a été nécessaire au cours des trois années d'enquête qui ont abouti à la rédaction de ce livre, je tiens à adresser la marque de ma gratitude à maîtres Pierre Bellaïs et Erick Campana, du barreau de Marseille ; maîtres Jean-Louis Seatelli, Benoît Bronzini de Caraffa, Angeline Tomasi et Linda Piperi, tous trois inscrits au barreau de Bastia. À Rosemay Spazzola, Vanina et Fred, la première pour son dévouement, les suivantes pour leurs anecdotes ; à ma chère amie Cathy ; à Richard, qui m'a livré sans s'en douter un précieux élément. Parmi les gendarmes dont j'ai pu retrouver la trace, l'un au moins ne souhaite probablement pas que son nom soit ici évoqué. Qu'il trouve néanmoins dans ces lignes mon témoignage d'estime pour avoir cédé, certes quelque peu forcé, à mes insistances. À Martial Leconte et Max Luciani. À M. Paul Michel, procureur général près la cour d'appel de Bastia, pour la courtoisie avec laquelle il m'a formellement interdit d'accéder aux archives du palais de justice de Bastia. À Jean-Michel Alessandrini, directeur des archives départementales de la Haute-Corse. À M. le professeur Georges Cianfarani. Aux dizaines de secrétaires d'avocats grenoblois qui ont pris la peine de répondre à mes appels, de me rappeler, de fouiller parfois leurs archives. À Michèle Agrapart-Delmas qui m'a livré, sans connaître le dossier, de pertinents éléments d'appréciation. Aux centaines d'homonymes de la famille Nicolas qui, à travers la France, de Rosporden à Grenoble, ont répondu à mes appels parfois tardifs ; en particulier, à M. Yves Nicolas, ancien capitaine de gendarmerie. À Mme Patricia Hennion, que je n'ai pas eu la chance de rencontrer faute d'éléments à soumettre à son appréciation, mais qui eut l'extrême amabilité de donner suite à mes demandes. À P.C., C.P., J.-F.F., fonctionnaires de police à la recherche d'un témoin capital et insaisissable. Aux commandants Daniel Viard, de la section de recherches d'Ajaccio, et Stéphane Bonmarchand, de la brigade de Draguignan. À Antoine-Marie Graziani, pour l'éclairage historique sur une certaine tour génoise du Cap Corse. À Manuel Carcassonne. À Jérôme Béglé, mon éditeur, si disponible et rassurant. Aux documentalistes de France 3 Corse Via Stella qui, pour cette affaire et bien d'autres, ont accepté avec résignation ma présence encombrante au milieu de leur royaume de souvenirs archivés. À Pascal Alessandri et Henri Léris. À Paul-François Torre. À Ludovic Blécher, pour la petite annonce parue sans succès dans les colonnes du quotidien *Libération*. À Jacques Pradel, dont l'amabilité et les encouragements m'ont été d'un grand secours. À Olivier Laraque pour ses récits, toujours vivants. À Nicole et Danièle, pour leurs précisions sur un village du Cap Corse. Au docteur en pharmacie Paul Ricci, pour ses explications sur les ordonnances médicales, et au docteur Paul Marcaggi pour le café au *Bar du Marché*, à Ajaccio. À Laurent Hérin pour la playlist et à Sébastien Bonifay, pour avoir tranché le nœud gordien au cours d'un trajet nocturne entre Ajaccio et Bastia. À Cathy Rocchi, Jean-Claude Acquaviva et au groupe « A Filetta ». À mon cousin Michaël Pélissier, en espérant qu'il me pardonnera ce faux bond pour le Texas. À Marie-Brigitte, pour la maison dans les vignes. À Marie Ferranti, pour le coup de pouce final.

Enfin, tout particulièrement, je dédie ceci à :
M. Alexandre Hilderal, un héros ordinaire.
M. Guy Chiambaretto, directeur adjoint de l'hôpital d'Esquirol.
Mon père, pour ses indignations.

Le Livre de Poche s'engage pour l'environnement en réduisant l'empreinte carbone de ses livres Celle de cet exemplaire est de :
370 g éq. CO$_2$
Rendez-vous sur
www.livredepoche-durable.fr

Composition réalisée par PCA

Achevé d'imprimer en Espagne en octobre 2021 par
Liberduplex
Dépôt légal 1re publication : novembre 2021
LIBRAIRIE GÉNÉRALE FRANÇAISE
21, rue du Montparnasse – 75298 Paris Cedex 06